〈作者〉をめぐる冒険

テクスト論を超えて

柴田勝二

新曜社

〈作者〉をめぐる冒険——目次

Ⅱ 〈現在〉への希求──大江健三郎

Ⅲ 重層する時空

装幀／虎尾　隆　　写真／林　恵子

序　語り直す機構——〈機能としての作者〉と『舞姫』

1　作者の〈死〉と〈生〉

小説作品において、作者はどこまでその〈主体〉として存在するのだろうか。一九六〇年代から、文学の表現を作家が自覚的にもたらした〈作品〉としてではなく、さまざまな文化的・社会的文脈のなかに成り立った〈テクスト〉として眺める趨勢が明確化されて以来、作品の統括者としての作者の存在をカッコに括って考える方法が主流をなしてきた。そうした流れを形づくることになったのは、ロラン・バルトやミシェル・フーコー、ジュリア・クリステヴァといった主にフランス系の批評家ないし学者の言説だが、それらを摂取する形で、日本においてもテクスト論的な作品把握がさまざまにおこなわれてきた。文学作品のはらむ社会・文化的文脈を洗い出すことによって、人物の生きる空間を再構築しようとした前田愛の論考や、作品をあくまでも自律的な言葉の運動する場として眺めようとする蓮實重彥の批評などは、その代表的な成果として挙げられるものであろう。

けれども一見〈作者〉の存在を捨象しているように見えるこうした方法に対して、文学作品をやはり作者の個的な営為の所産として眺めようとする見方が消え去ったわけではない。それは〈研究〉よりもむしろ〈批評〉の側に明確な傾向である。たとえば江藤淳の長年にわたる夏目漱石の研究は、次第に作品を生み出す主体としての漱石自身の軌跡を精査する方向に向かい、そのなかで優れた成果がもたらされた(1)。また山崎正和は時代社会の流れに浸透された、間主観的な存在として作家を捉える方法を打ち出しつつ、作品とともに人生を〈表現〉として生み出す作家の相貌を捉える批評を書きつづけた(2)。また彼らよりも若い世代に属する加藤典洋は近著の『テクストから遠く離れて』（講談社、二〇〇四・一）で、テクスト論的な作品把握に対して明確な異議を唱えようとしている。加藤は「テクスト論批評」においては、評価の尺度が読み手の個的な意識のなかに終始してしまうために、「普遍的な美というべきものの発現する余地がな」く、作品に対する「発見、意味づけ、価値づけは、ほんらい、恣意的たらざるをえない」という「致命的な弱点」をもつことへの不満を表明している。加藤が作者の存在を無化する「テクスト論批評」の源泉として挙げるのはやはりロラン・バルトやミシェル・フーコーといった人びとであり、とくにミシェル・フーコーの『作者とは何か』の冒頭部分に引用された「《だれが話そうとかまわないではないか》」という、ベケットの言葉に加藤は拘泥を示し、それが正確に日本語に翻訳されていないという不満を表明した上で、「わたし達は知っているのだ、本当は「だれが話そうとかまわない」のではないことを。そうでなければ小説一つ読めないことを、わたし達は、実はよくわかっているのだが、ただこの無関心との関係が、よくわからないのである」という感慨を語っている。

ここに示されている〈話している〉主体への拘泥について考える前に、あらためて振り返ってみてもよいのは、ここで自明のように前提されている、バルトやフーコーといった〈作者の死〉を揚言しているように見える人びとの論考において、本当に〈作者〉に〈死〉が与えられているのかということだ。たとえばバルトの『作者の死』において「言語学的には、作者とは、単に書いている者であって、決してそれ以上のものではなく、またまったく同様に、わたしとは、わたしと言う者にほかならない」（花輪光訳、以下同じ）と規定され、言語行為の前にも外側にもその主体は存在しないことが断言されている。別の箇所には「現代の書き手《スクリプトゥール》は、テクストと同時に誕生する。彼はいかなることがあっても、エクリチュールに先立ったり、それを越えたりする存在とは見なされない」とも述べられているが、それは逆にいえば、エクリチュールの〈内側〉には作者が書き手として存在するということにほかならない。ここでバルトは確かに作品の主体としての作者を相対化しているが、その〈作者〉とは表現の主体というよりも、そこにまつわり、その起源をなすと見なされてきたさまざまな〈神話〉である。「批評は今でも、たいていの場合、ボードレールの作品とは人間ボードレールの挫折のことであり、ヴァン・ゴッホの作品とは彼の狂気のことであり、チャイコフスキーの作品とは彼の悪癖のことである、と言うことによって成り立っている」という揶揄的な一文は、バルトの捨象しようとしている〈作者〉のあり方を端的に示している。(3) こうした次元における〈作者〉が批評と無縁の対象であることはいうまでもない。それは夏目漱石を〈則天去私〉から、谷崎潤一郎を〈女性崇拝〉から、三島由紀夫を〈天皇主義〉から解き放つことが、批評の到達点ではなく出発点をなすことになるのと同様である。

こうした意味においては、バルトが作者に〈死〉を宣告しているのはきわめて当然である。『作品からテクストへ』ではバルトは、テクストの「複数性」（花輪光訳、以下同じ）に焦点を当て、「一個の記号内容によって閉じられる」とされる「作品」と対比的に、それが社会・文化的な間テクスト性のなかで戯れることによって「象徴的エネルギー」を放ちうるものであることを強調している。そのとき当然「「テクスト」は、その父親の保証がなくても読むことができる」性格を帯びることになる。ここでも「父親」としての〈作者〉は否認されているが、その否認のされ方は一義的ではなく、「特権的、父性的、真理論的なものではなく、遊戯的」な形で作者はテクストに自己の名を刻んでいるとされる。それにつづいて、「彼の人生は、もはや彼の創作の起源とならず、彼の作品と競合する一個の創作となる。作品から人生への逆流が起こるのだ（もはや、その反対ではない）」と述べているのは、皮肉な形で〈作者〉の存在を是認する視点としても受け取られる。ここに示されているのは、作者の人生が作品の起源ではなく、むしろそれ自体が〈表現〉の所産であるという、先に挙げた山崎正和の立場と近似した視点であり、そのため「作品から人生への逆流」が起こりうることになる。(4)

こうした〈起源〉としての作者を否認しつつ、作品を支える間テクスト性をもたらす場のつくり手としての作者の存在を是認する姿勢は、ミシェル・フーコーの『作者とは何か』にも貫流している。ここでフーコーが述べるのは、要するに作品と作家の固有名が結びつけられるのが蓋然的な事態にすぎず、いいかえればある作品群が一つの固有名によって括られるのは、そこに存在する明確な傾向性が一つの固有名を呼び出してしまうからだということである。その性格はとりわけ古典期の作品に見出される。たとえば「ヘルメス・トリスメギストスもヒポクラテスも、バルザックは実在するということができる意味においては実在しなかったのですが、複数のテクストがある同一の名前の下に置かれてきたということは、それらのあいだに人びとが、同質性や系統性の関係、あるいはそれらのテクストの一部分による他方の真正性の証明、相互解釈、併存的使用といった関係を打ち立てていたことを示しています」（清水徹訳、以下同じ）といった関係性が、作品群と作家の固有名の間に想定されている。それは複式夢幻能の作者が世阿弥一人に限られないにもかかわらず、この形式の能が世阿弥の名によって統括されがちである事情と類似している。その場合、世阿弥の名は、複式夢幻能という「同質性や系統性」を司る〈機能〉として存在することになるが、フーコーが焦点化するものはこの「《作者》という機能」と作品との関係である。(5)

文学作品を作家の個的な内面の表現ではなく、他者の声を浸透させたエクリチュールとして捉える姿勢はバルトと共通しているが、そのエクリチュールの主体としての〈作者〉に置かれる比重はフーコーの方が大きい。作品を統括するものが作者の〈名前〉ではなく〈機能〉であったとしても、その機能によってエクリチュールの方向性がもたらされていることは明らかだからである。フーコーは完成された作品のみならず、断片や手稿においても、「同一の価値を担って、はっきりと顕現するところの、ある表現の中心」をなす存在が〈作者〉であると明言している。けれどもこのいい方はむしろテクストを焦点化する力の担い手としての〈作者〉の存在を重んじているといえよう。そこに「はっきりと顕現」しているものは、間テクスト性をはらみながらも他のテクストと差別化される表出の個別性であり、その差別化の主体として〈作者〉は厳然と存在しているからだ。そのき確かにこの〈機能〉を発動させている主体を個人に還元しなくてはならない必然性はない。フーコーが古典文学を例にとるように、時間の堆積は作者の〈機能〉と固有名の連結を曖昧にするからである。先に挙げた複式夢幻能の例でいえば、〈機能〉としての作者は「世阿弥」の固有名によって代表され、それ以外の固有名、たとえばほぼ同質の〈機能〉を担った金春禅竹の名は世阿弥の傍らで消去されがちになる。あるいは数世紀後の読者にとっては、一九世紀から二〇世紀にかけての日本の知識人の問題を描いたという〈機能〉的な共通性の下に、夏目漱石と森鷗外の固有名の差もほとんど閑却されているかもしれない。この論文の冒頭でベケットの言葉を引用して語られる「《だれが話そうとかまわないではないか》」という一文も、こうした固有名に対して生じざるをえない相対化を示唆するものにほかならなかったといえよう。

2　表象する主体

こうした〈機能〉として肯定されうる作者の存在は、文学作品のテクスト性を追求しようとした日本の論者においても明瞭に認められる。たとえば前田愛の代表的な著作である『都市空間のなかの文学』(筑摩書房、一九八二・一二)の序章をなす「空間のテクスト／テクストの空間」では、作品の表象空間と読み手の想像力の関係が問題化され、読み手の想像力がしばしば集合として表象された対象の近傍にある要素に対しても、一定のベクトルを付与しうる機構が追求されている。そしてこの表象空間の境界性の問題が、作品内空間の境界性の問題へと連繫され、境界的な世界に生きる人びとの織りなす様相が分析されている。こうした把握は、当然作品の空間を生きる人物が示す行動や振舞いに浸透している社会・文化的コードを読み解くことに比重を置くことになり、その眼差しはおのずと〈作者〉の存在を相対化せざるをえない。あるいは『文学テクスト入門』（筑摩書房、一九八八・三）で前田は村上春樹の『風の歌を聴け』（『群像』一九七九・六）を満たしている言葉が、それを発している人間の主体的な内面を想起させないという視点から、「かつて言葉というのは、言葉を発話した人間、あるいはその内面、あるいは思想、心理、そういったものに遡り得るという一つの暗黙の前提があった。あるいは了解があった。しかし現代では、むしろ言葉から人間へではなく、人間から言葉へという図式が成立する時代になってきた」と述べ、人間の表現の起源が個的な内面ではなく、流通する言葉の浸透にある状況を示唆している。

けれども前田愛は必ずしも作品における〈作者〉の存在を否認しているわけではなく、間テクスト的な場に身を置きつつ、自己の意識や価値観を盛り込みうる主体としての〈作者〉を想定している。たとえば『文学テクスト入門』の「コードとコンテクスト」の章で前田は芥川龍之介の『杜子春』（『赤い鳥』一九二〇・七）を取り上げ、これが唐の伝奇小説『杜子春伝』を「引用しながら、それに変形を加えて、まったく新しい文学テクストをつくりだしている」営為について考察している。原作の『杜子春伝』では一旦死んで口をきかない女に生まれ変わった杜子春は、結婚後夫が子供を床に叩きつけようとするのを見て思わず声を出してしまう展開になっていたのが、芥川の『杜子春』では、杜子春は仙術の修行のさ中に、馬に姿を変えられた母親が獄卒に苛まれるのを見るのを耐えることができず、決して声を出さないという仙人の戒めを破って「おかあさん」と叫んでしまう。前田は芥川がこうした「変形」をおこなったことに対して、その背後に明治の立身出世主義への相対化があることを指摘し、杜子春が仙人になる修行をあきらめた代わりに、泰山の麓にある、桃の花の咲く小さな家を仙人に与えられたという結末が、「陶淵明のイメージを踏まえながら、実は大正中期の小市民の小さなユートピアを描き出している」という解釈を施している。もちろんこの「大正中期の小市民の小さなユートピア」への傾斜を芥川が〈意識的〉に与えているとは前田はいっておらず、こうした方向性自体がこの作品のはらむ間テクスト性であると見ることができる。しかし少なくとも古典作品を受容しつつそれを「変形」しようとする選択が芥川のなかで主体的になされていることは否定しえない。そうした操作をおこなう〈機能〉として〈作者〉はこの作品を統括しているのである。また同じことが『羅生門』（『帝国文学』一九一五・一一）や『鼻』（『新思潮』一九一六・二）といった出発時の作品群により明瞭にいえることはいうまでもない。

　文学作品の主体としての〈作者〉の存在を積極的に無化する批評的言説を提示したのは、前節で取り上げたフランスの批評家・学者たちの影響下に活動を始めた蓮實重彥のような論者である。蓮實は自身の批評的立場を明確にする『表層批評宣言』（筑摩書房、一九七九・一一）において、「「批評」が驚くのを忘れているのは、それが「批評」的なものであれ、「創造」的なものであれ「作品」が存在してしまうという事実、それも、「作家」の精神の不滅の記念碑として抽象空間にそびえ立っている「作品」ではなく、いま、この瞬間に、読まれつつあるものとしてここに「作品」があってしまい、しかもその「作品」が、読み始め、しかも読み終えることのできるという有限な言葉からなっているという事実である」（傍点原文）と述べ、作品の言葉との遭遇がもたらす「驚き」にこそ、批評の核心があるという立場を明示している。しかし作品を自律的な〈物〉としての言葉の運動として眺めようとするこの方法は、当然その「驚き」を定着しようとする批評的営為に、加藤典洋が批判するような恣意の彩りをもたらすことになる。蓮實自身が「「批評」とは、「理性」の衰微にともない相対的な畸型性をまとう「狂気」ではなく、絶対的な畸型としての「狂気」にほかならない。そして「作品」もまた、その絶対的な「狂気」、すなわち絶対的な「白痴」いがいの何ものでもない」と述べているのは、この恣意性の跳梁に対して敷かれた正当化の布石でもある。

こうした蓮實的「狂気」の実践としての批評を、たとえば『大江健三郎論』（青土社、一九八〇・一一）に見ることができる。ここで蓮實は大江の作品群を「数の祝祭」として眺め、そこに姿を現わすさまざまな数字の織りなす光景を捉えようとしている。その中心的な事例として取り上げられた『万延元年のフットボール』（『群像』一九六七・一〜七）では、題名のなかに「万」という数が含まれていることを皮切りとして、主人公の兄弟に対して付与された蜜三郎と鷹四という名前、あるいは冒頭で蜜三郎が浄化槽用の穴に身を横たえる百分間という時間や、主人公たちがこだわる百年前の幕末の出来事といった形で、さまざまな数字、とりわけ「百」という数字が頻出することが焦点化されている。そしてその二人の主人公がシニカルな観察者と自壊的な行動者としての対立を示す展開などを踏まえて、「かりに『万延元年のフットボール』が百の物語だとする視点が成立するなら、その物語を支えているのは、こうした三と四の葛藤なのだ」という把握が提示されている。もちろん「百の物語」や「三と四の葛藤」といった括りが具体的に意味するものは考察されず、論者自身が著作の末尾に書きつけているように、結局全体の叙述が「荒唐無稽」の趣きのなかに投げ出されている。

一方、『大江健三郎論』の前に書かれた『夏目漱石論』（青土社、一九七八・一〇）は、現在でも蓮實重彥の批評活動の重要な作品としての位置を保っているが、それは皮肉なことに蓮實が重視する「狂気」の要素をはらむことが少ない叙述によって全体が貫かれていることによっている。この著作では「横たわる」「受けとる」「還る」といった人物の行為の形や、〈遠―近〉〈明―暗〉といった、対照的な組をなすことが多い表象的な要素が抽出され、それが漱石の作品群に執拗に反復されることで明確な方向性を形づくっている様相が詳細に論じられている。ここではその一々に言及することはできないが、それらは確かに「即天去私」や「自己本位」といった漱石にまつわる神話をやり過ごしつつ、漱石的世界としかいいようのない作品の基調を明確化することに成功している。

『夏目漱石論』においても蓮實は人物が「横たわる」ことの意味や、「水」が場面に侵入してきがちなことの意味を〈解釈〉しようとしていないが、しかし「漱石的「横臥」の主題は、それを生と死のはざまに据えてみるとき、始めてその意味作用を全的に開示する細部だということになるだろう」といった形で、その基底にある作家論的な主題への接近がほのめかされている。むしろこの漱石論は、「驚き」をもたらす言葉の運動との遭遇を享受することと、それを〈意味〉の地平に秩序づけることとのあわいに成り立っており、その均衡において秀逸な批評となっているのである。

蓮實重彥が文学作品の〈主題〉を括り出すことに対して禁欲的になる理由は、主として『物語批判序説』（中央公論社、一九八五・二）にうかがうことができる。ここでは作品の〈主題〉の内実となる〈近代的自我〉や〈社会的疎外〉といった「問題」が、つねに普遍的な次元に仮構されるために、作品の表現をこうした「問題」に帰着させることが、作者の個的な声を、集合的な何者かの存在に還元することになってしまうという批判に力点が置かれている。「「問題」とはきまって他者の問題であり、それについて語りうるのは、いつでも他人の言葉である。「問題」とは、だから他人の物語の説話論的な主題なのだ」と蓮實は断言している。この引用にもある「説話論的」という形容辞を蓮実は頻用し、物語が基本的に「説話論的な磁場」に成り立つ形式であることを強調している。この「説話論的な磁場」とは「誰が、何のために語っているのか判然としない領域」であり、「ここで口を開くとき、人は、語るのではなく、語らされてしまう。語りつつある物語を分節化する主体としてではなく、物語の分節機能に従って説話論的な機能を演じる作中人物の一人になるほかはない」ものである。蓮實が〈自我〉や〈疎外〉や〈孤独〉といった、「問題」を指し示す用語を避け、言葉の運動との遭遇に批評の在り処を限定しようとするのは、結局こうした「説話論的な磁場」に身を置くことを回避するための戦略にほかならない。

しかし「語るのではなく、語らされてしまう」ことを余儀なくされる「説話論的な磁場」は、作者にとって不可避の居場所であるともいえよう。「語らされてしまう」受動性が、その時代と社会に流通している「問題」に身を浸すことであっても、それは作者が引き受けざるをえない間主観性でもある。普遍的な「問題」の流通性は、作者の個別性を捨象するのではなく、むしろそれを発生させる表現の基盤となりうる。たとえば夏目漱石の『三四郎』（『東京／大阪朝日新聞』一九〇九・九〜一二）と森鷗外の『青年』（籾山書店、一九一三・二）は、近代の都市社会に投げ出された、地方出身の青年のとまどいを描くという同質の「問題」性を分けもちながら、表現の方向性や特質においてはまったく別個のあり方を示している。そして両者の差異は明らかに、同質の「問題」のなかで「語らされ」る受容性のなかを二人の作者が生きていることからもたらされているのであり、当然その差異を見極めることが〈批評〉の仕事となるはずである。

けれども普遍的な「問題」を浸透させることが、他の表現者との差異を相対化する契機である以上、作品の個別性が生み出されるのは、確かに言葉による表象の織りなしにおいてである。重要なのは、たとえば漱石の世界で人物たちを横たわらせたり、明暗を交錯させたり、雨を降らせたりしている主体は何か、ということだ。蓮實重彥の批評においては、それらは基本的に作者の意図の軛《くびき》を離れて読者を不意撃ちする言葉の運動であった。しかしそうした把握は、作者をあたかも憑依的な自動筆記者と見なすことになりかねない。作品の言葉は決して作者の身体を巫女的な媒体としてこぼれ出てくるのではなく、あくまでも表象を明確化しようとする慎重な吟味の上に定着されていく意識的な産物である。そのために作者は推敲をおこなうのであり、初稿から決定稿に至る過程での数々の改変がもたらされてくることになる。

3　推敲する作者

この小説作品のもつ、揺れ動きつつ生成していくテクストとしての側面を捉えようとした追求の最近の成果として挙げられるのが松澤和宏の『生成論の探求――テクスト 草稿 エクリチュール』（名古屋大学出版会、二〇〇三・六）である。松澤はここで文学作品が生成する過程として「つくる」

「うむ」「なる」という三つの類型を想定し、「つくる」論理が、「作家がもっぱら霊感と才能によって傑作を生み出すという近代のロマン主義的な作家・作品観」と結びつけられるのに対して、「テクストとはつねに別のテクスト群の変形的な引用であると考える近年の「間テクスト性」という概念は、無限の変容過程の所産としてテクストを捉える点で「なる」論理に属して」おり、両者の中間に「書き手とテクストとの間に血縁的な連続性を留める「うむ」論理」が存在するとされる。このうち松澤がテクストの生成論として捉えようとするものは、当然「なる」論理に属することになる。松澤は芥川龍之介の言葉を引用しつつ「生成論はまさしく、作者の意図を越えて「勝手に発展して思ふ通りに行かな」いこの創作過程を、その複数性の織りなす葛藤の劇をこそ復元しようとしているのである」と述べ、決定稿に至るテクストの言葉の変容が、あくまでも作者の主体的な企図や意志を越えた自律的な運動であることを強調している。松澤はこの「生成論」の具体的な事例を、漱石の『こゝろ』(『東京/大阪朝日新聞』一九一四・四~八)、鷗外の『舞姫』(『国民之友』一八九〇・一)、宮沢賢治の『銀河鉄道の夜』、あるいはフローベールの『ボヴァリー夫人』『感情教育』といった内外の作品に求め、そのテクストの生成と変容のあり方を検証しようとしている。

たとえば「『こゝろ』論(1)」では、漱石の『こゝろ』の「下」における先生とKの関係が、何よりも「主人」と「奴隷」のそれであるという把握が示され、その関係を明確化するべく、テクストが変容していく過程が分析されている。一例を挙げれば「下二十三」で、Kが下宿で先生と同居することになった際の状況について、「〈だから〉私は彼を〈私の〉宅へ置いて、二人前の食料を彼の知らない間に〈そつと〉奥さん〈の手〉に渡さうとしたのです。然し私は〈Kの〉経済問題について、一言も奥さんに〔云ひたくなかつたのです。〕〈打ち明ける気はありませんでした。〉」（〈 〉は推敲で加えられた箇所を、〔 〕は削除された箇所を示す。以下同じ）と語られているくだりについて、「清書原稿（略）を参照すると、「宅」の直前に「私の」が加筆され、さらに「経済問題」は「Kの」の加筆によって限定され、「打ち明ける」が加わることで、「私」が主の地位を占め、Kは食客であることがこの「宅」の〈秘密〉となってくることが判明してくる」という分析が施されている。松澤によれば、こうした推敲の方向性は『こゝろ』全体を貫流するものであり、先生が奥さんと結婚することになった際のKの言葉にも「何か御祝を上げたいが、私は〈金がないから〉上げる事が出来ません」という加筆によって、「金がない」Kの「屈辱的な状況」が強調されているという。そしてこうした先生とKとの関係を念頭に置けば、Kの自殺の必然性もおのずと明瞭になるとされる。つまり経済的な支えをもたないKは、先生と同居していた下宿に「食客」として居つづけるしかなく、そこで先生とお嬢さんとの結婚生活が始まれば、もはやKの居場所は完全に失われてしまうからである。

この「『こゝろ』論（1）」に限らず『生成論の探求』に含まれた個々の作品に対する松澤和宏の読解はどれも明快で説得力をもつが、その明快さが反照的に浮び上がらせてしまうのは、皮肉なことにそうしたテクストの方向性を明確化していこうとしている〈作者〉の存在である。『こゝろ』における先生とKの関係が示唆する〈主人―奴隷〉の分化が何を寓意するのかといった議論を松澤は回避しているが、そうした人物間の関係性を図式的に明確化しようとする〈機能〉を担っている主体は、明らかにそれを書き進めている〈作者〉以外ではない[6]。それが松澤の前提する「作者の意図を越えて「勝手に発展して思ふ通りに行かな」いこの創作過程」を具現しているとはいい難いはずである。もし松澤の指摘するように、『こゝろ』において先生とKを〈主人と奴隷〉として浮上させることが漱石の企図であったとすれば、それはむしろ「思ふ通り」に作品内で実現されているとすら見ることができよう。松澤の想定する推敲のもつ意味も、むしろ逆向きに捉えられる。つまり作者が筆を執って書いている時点では、数行の文の流れがつくる勢いによって、意識的な統御の外側に言葉がもたらされがちであり、その自律的な言葉の跳梁を、本来の企図に沿う形に引き戻そうとする行為が推敲であるはずだからだ。したがって推敲の跡を辿ることは、〈作者〉の意識的な操作が言葉の自律的な生成の運動をどのように統御していったかを見ることにほかならない。

もちろんその〈作者〉の表象の方向性が、構想の段階から作品の完成に至るまで一貫して保たれているわけではなく、書きつつそれが変化することによって、造形の不統一をきたすことがありうる。松澤も「『こゝろ』論（2）」でそうした構想の揺れを問題化しており、漱石が先生の死を「自己本位」の思想に発する「自由な死」として位置づけようとしながら、同時にそれを相対化する方向性を付与せざるをえなかった曖昧さが存在することを指摘している。たとえば「上」の語り手である「私」は、先生の思想性を認めながらも「〈私の眼に映ずる〉先生はたしかに思想家であった」といった加筆が施されることによって、それがあくまでも学生であった若い自分の眼に映った限りにおける像であったことが明確化されている。こうした揺れに松澤はテクストの複数性を見ているが、むしろそこに〈思想〉ではなく〈人間〉を描こうとした漱石の作家的な感覚が現出しているといえよう。複数的な曖昧さは何よりも人間存在が本来はらむ側面であり、死の自由を主体的に志向しながら、それを十全に選び取りえない人間として先生が描き出されているとするなら、その曖昧さを浮上させることこそが漱石の企図であったとも考えられるからである。

江藤淳や蓮實重彥がおこなったとのは異なった形で、文学作品にまつわる固定的な観念を排除しつつ、それを自律的なテクストとして読み込んでいこうとする松澤和宏の姿勢は尊重されるべきだが、今眺めていったように、その読解が前景化しているものは、むしろテクストに一つの方向性を与えるべく神経を注ぎつづける〈機能としての作者〉の営為である。たとえば『こゝろ』の読解と批評において、先生とKを〈主人と奴隷〉という図式の下に位置づけようとしている〈作者〉の像を、松澤が見ていることは疑えないはずである。こうした、通念的な作者の像を相対化しつつも、作品を読解する過程で読み手が作品のなかで抽出してしまわざるをえない作者の存在を、加藤典洋は冒頭に言及した『テクストから遠く離れて』において問題化しようとしている。加藤は「テクスト論批評」の「限界」を明らかにしようとするこの著作のなかで、あらためて文学作品における作者の存在を仮構しうる可能性を探っている。加藤は事故などで手足をなくした人間が、その後もなお失われた手足の存在を感じつづける「幻肢」の現象に作者の存在をなぞらえ、作品のなかにいないはずの「作者の像」を読み手が感じ取ってしまう機構に焦点を当てている。それは伝記的事実から召喚される作者の姿ではなく、あくまでもテクストの読解行為が浮上させる像である。「読者が、ある作品を読み、ここをこう作者が書いているのは、かくかくの理由があるからではあるまいかと感じることには、権利がある。そういう作者の意図の像への信憑、想像は、書かれたものとしての作品＝テクストが読者に発信し、読み手が受け取るところのもので、言表行為の重要な一因子だからである」と加藤は述べ、こうした「作者の意図の像への信憑、想像」に「脱テクスト論の構え」があると主張している。

加藤典洋が重要視する「作者の像」が、ここで主題化してきた〈機能としての作者〉の存在に照応するものであることはいうまでもない。興味深いのは、加藤の論が今取り上げてきた松澤和宏の『生成論の探求』と表面的な対照性を露わにしながら、方向性においては奇妙な接近を示していることだ。つまり松澤が『こゝろ』を論じつつ抽出していた〈主人と奴隷〉の図式性や、「自由な死」をめぐる揺れをもたらしていた主体として仮構されるものは、まさに加藤のいう「作者の像」にほかならないからである。松澤がもっぱら作者の書いた文や語句を吟味しつつ、表出しようとするものと書かれてしまった言葉との齟齬を埋めていこうとする営為を問題化していたのに対し、加藤は作品における自律的な表象をもたらす営為の主体を、「像」として想定しようとしていたのだといえよう。

もっとも加藤典洋の「作者の像」の観念は、基本的な姿勢としては十分了解し、共感しうるものでありながら、『テクストから遠く離れて』の具体的な議論において十分に肉化されているとはいい難い。たとえば最初の節で指摘したように、ミシェル・フーコーの『作者とは何か』の冒頭部分に引用された「《だれが話そうとかまわないではないか》」という、ベケットの言葉が含意するものは、あくまでも「固有名」としての作者の否認であり、作者の〈死〉の宣告ではない。一方で加藤が「作品、草稿、書簡、断片といったさまざまなレベルのテクスト間に差異・矛盾・食い違いをもたらす」というフーコーの言葉を引用しつつ、「そのような意味での、「統一性の原理」というより

「統一性の場」たるところに、その核心は、存在しているのである」という形で規定しようとする〈作者〉の位置こそが、フーコーの付与しようとしたものにほかならない。先にも見たように、フーコーははっきりと作者が「表現の中心」としての〈機能〉を担っているといっているのであり、基本的な主張としては、加藤はフーコーとほとんど同じことを語ろうとしているといわざるをえない。

むしろある意味では加藤典洋の方が明確に「作者の死」を宣言している。加藤によれば「現実の発語主体は、虚構言語の言語連関のなかで文学テクストを書くことを通じ、いったん死んで、架空の発語主体ともいうべき境位を獲得する」ことが、「作者の死」の意味するものである。それがバルトやフーコーにおいて相対化される作者の「境位」とはまったく別のものであることはいうまでもない。加藤のいわんとするところは、人間が現実世界における生活者としての自己を一旦無化し、表現の主体として虚構世界を構築する営為によって、新たな生を獲得するということである。加藤はその端的な例として三島由紀夫の『仮面の告白』（河出書房、一九四九・七）を取り上げている。加藤が着目するのは、この作品が作者自身と容易に結びつけられる自伝性の上に成り立っていることで、つまり作者は現実的生活者としての「平岡公威」（本名）の生を言語表象に転化させることによって、「すべて秘密は、書かれることで、秘密＝現実として聖性を奪われ、聖性をもつ現実としては扼殺される」ことになり、それが「平岡公威」を殺しつつ「三島由紀夫」を誕生させるという再生をもたらすことになる。それが加藤典洋の捉える「作者の死」のあり方である。

作家が虚構世界をつくる表現の営為によって自己の生を刷新するというのは否定しえない妥当な

見解だが、それをあえて「作者の死」と称さねばならない必然性は稀薄である。どのような見方をしても、ここでいわれているものは明らかに〈作者の誕生〉であり、「死」に至らされるものは〈生活者〉としての自己であろう。またそう考えたとしても、『仮面の告白』の執筆において〈殺された〉「平岡公威」という〈生活者〉とは何者であったのかが疑問になる。その点については以前述べたことがあるように(7)、三島由紀夫はこの作品の執筆においていわば一石二鳥の戦略を企て、結果としてそれに成功することになった。つまり『仮面の告白』の執筆の動機をなすものは二つの層からもたらされていると考えられる。一つは戦後『盗賊』(真光社、一九四八・一一)に至るまでの創作活動によって、表現者としての十分な認知を得られなかったことへの焦燥であり、もう一つは、『仮面の告白』で「園子」として描かれる女性との恋愛関係の破局がもたらした痛手である。三島は『仮面の告白』で、自己を宿命的な同性愛者に仕立て上げることによって、恋愛の破局を正当化するとともに、知的遊戯の産物でしかない小説の書き手という位置づけからの脱却を試みたのである。

しかし『仮面の告白』の叙述において、それが語り手の立場に矛盾をもたらしていることは明らかである。「私」は自己を異性愛社会の価値観に逆行せざるをえない宿命的な同性愛者として叙述する一方で、園子との恋愛においては異性愛者としての価値観のなかで行動している。この作品ではむしろその構造的な矛盾がテクストの多層性をもたらし、〈素顔〉と〈仮面〉の間で反転しつづける運動性を浮き彫りにしている。端的にいえば、この作品は自己を〈異常者〉として限定しようとしている〈正常者〉のテクストであり、それがこの作品から引き出すことのできる「作者の像」

であった。それは一つのテクストとして作品を読み込んでいくことによって得られる像であると同時に、三島由紀夫の恋愛をめぐる挿話的事実と矛盾をきたすわけではなく、むしろそれによって補強されうる。そしてそうした「作者の像」が、少なくとも倒錯的な同性愛の世界を生きた審美的作家という、三島に付与された一つの神話を相対化しているとはいいうるであろう。(8)

4　語り直される過去

いずれにしても蓮實重彥や松澤和宏が試みたように、作家に付随する固定的な像を捨象した地点で作品の表出に向き合うことによって、そこに何らかの〈形〉や〈方向性〉がつくり出されている様相を読み手は捉えることができる。そして読み手はその〈形〉や〈方向性〉をもたらしている主体としての「作者の像」を抽出することが可能なのである。欧米の文学理論に眼を向けると、そうした形における作者の存在を捉えようとした論考としてウェイン・C・ブースの『フィクションの修辞学』を挙げることができる。ここでブースは、生活者としての作者と書き手としての作者を区別し、後者に「内在する作者」という呼称を与えることで、作品内の表象の論理を生きる人間としての作者の存在を浮び上がらせようとしている。この区別は一見、加藤典洋が『仮面の告白』を論じる際に挙げた作者の「死」と「誕生」に類似しているが、ブースは虚構の語り手となることで生活者としての自己が〈死ぬ〉という見方をとっておらず、そこで作者が固有の視点や価値観に導かれる者となることを強調している。

ブースは「執筆している時の作者は、理想的で非個人的な「一般性を持つ人間」だけでなく、われわれが他人の作品の中で出会う内在する作者とは異なる、内在化された形の「自分自身」をも生み出すのである」（米本弘一・服部典之・渡辺克昭訳、以下同じ）と述べ、作家が筆を執って虚構世界を生み出す主体となることによって、現実的な生活者とは異質な「公の筆記者」ないし「第二の自己」となる機構を主張している。この二人の〈作者〉の関係についてはブースは、「優れた作品はその内在する作者の「誠実さ」を確証するのであって、その作者を創造した人物が他の形の行動において、作品中に具体化されている価値にいかにひどく反することをしようとも、関わりはないのである。恐らくは彼の人生の誠実な瞬間とは、小説を書いている時に生きられたものだけなのかも知れない」（傍点原訳文）と述べて、少なくとも倫理的な次元においては両者が連繋し合わないという見方を示している。[9] 倫理的な語り手を登場させる作者が、現実においては自堕落な生活者であったり、あるいはその逆の場合もありうるように、この二人の〈作者〉が別個の人格をもつことは珍しくない。たとえば夏目漱石にしても、講演では芸術家や文学者を「閑人」と見なしがちな世間の眼に対して、そうではないと主張するためには「如何にして活き《ママ》べきかの問題を解釈して、誰が何と云つても、自分の理想の方が、ずつと高いから、ちつとも動かない、驚かない、何だ人世の意義も理想もわからぬ癖に、生意気を云ふなと超然と構へる丈に腹ができてゐなければなりません」（「文芸の哲学的基礎」、於・東京美術学校、一九〇七・四→『社会と自分』実業之日本社、一九一三・二）と語っているが、それが偽りの信条であったのではないにもかかわらず、『それから』（『東京／大阪朝日新聞』一九〇七・六～一〇）や『こゝろ』といった代表的な作品の主人公が、「如何にして活き《ママ》べきかの問題」に対する直接的な「解釈」を提示していないことは明らかだろう。これらの作品の主人公はいずれも友人を裏切る、あるいは出し抜くと云った反倫理的な行為に身を挺するのであり、そこには否定的な形でしか「いかにして活き《ママ》べきかの問題」への答えは示されていない。

そこに漱石が宗教家・道徳家ではなく、一個の表現者である所以があることは述べるまでもない。芸術表現が倫理的な無関心のなかに成り立つ行為であるというのは芸術解釈の初歩だが、その基本的な了解事項はあらためて想起されてしかるべきであろう。つまり作者は虚構世界の造形に入り込めば、それがもたらす表象の強度を高めるための論理に従わざるをえず、それを具現化する登場人物の辿る軌跡が、作者自身の生活者としての倫理観と齟齬をきたすことがありうるからである。もっともこうしたいい方は、ここで眺めてきた作品の造形を方向づける〈機能としての作者〉に逆行するものとして響くかもしれない。けれどもその虚構世界の論理の主体こそが、作品における造形の方向性をもたらしている〈機能としての作者〉にほかならない。作者は言葉を連ねていく具体的な作業の持続によって、その方向性を明確化しつつ、起点にある生活者としての感覚を暗喩的に形象化していく。R・G・コリングウッドが『芸術の原理』で述べるように、もともと芸術家とは漠然とした動機的感情を造形の具体的な行為によって明確化していく者のことだが、その明確化の過程で作者は自身の作業を遡及的に修正していくことになる。その一例が、松澤和宏が重視した作者の推敲の作業であった。そして表現の起点的な感情が、作者が一人の生活者として生きる現実世界との交渉のなかにもたらされるものである以上、やはり現実の生身の作者と〈機能としての作者〉の間には有機的な関係が想定される。先の三島由紀夫の場合であれば、『仮面の告白』の矛盾をはらんだ造形の方向性は、失恋の痛手を抱え、作家として十分に認知されていない生活者としての三島の内面と不可分に結びついていた。また蓮實重彦が摘出した「横たわる」という夏目漱石の作品に変奏される固有の〈形〉も、蓮實自身がほのめかしているように、漱石の〈死〉に対する生活者としての意識と無縁に生じているとは考え難いのである。

もっともウェイン・C・ブースの著作においては、現実の作者と書き手として作品に「内在する」作者が、どのような連関によって結びつけられているのかに対する考察は見出せない。ブースが問題にするのは、著作の表題に示唆されているように、もっぱら作品の主題を読み手に効果的に訴えかけるべく駆使される修辞の使い手としての作者の機能である。たとえばジェイン・オースティンの『エマ』において、主人公の或る老嬢に対する侮蔑が、「若くも美しくも金持ちでもなく、結婚もしていないベイツ老嬢は、人々の寵児となるには、世にも最悪の難境に立っていたのである」と語られるように、「比較による弁解をはっきりと表現する」という。またブースはそれが虚構物語だけでなく、モンテーニュの『エセー』のような現実の自己に即した随想的作品においても、「私の生来の姿を、あなた方に覚えていただくべく提示する」のであると主張しているにもかかわらず、しばしば自分を変形させている」といった形で認められることを指摘している。けれどもここに列挙されている事例は、いずれも読み手を動かすための修辞的技法の次元で論じられており、この論で問題としている〈機能としての作者〉のあり方とはやや異質な作者の像が提示されている。

叙述に意識的な方向性を付与する主体としての作者の存在を焦点化しつつ、物語の構築の機構を追求した著作として重視すべきなのは、ポール・リクールの『時間と物語』であろう。もっとも前景化された議論においては、主題として扱われているのは、表題の示すとおり物語と時間性の関係であり、作者が自他の過去の経験を執筆時の意識によって統合形象化することによって物語が生み出される機構が、自伝、虚構物語、歴史叙述などのさまざまな素材を通して論じられている。反面ブースが問題化したような、修辞的技法の主体となる〈作者〉の存在はここではあげつらわれていない。リクールは物語と時間性の連関を象徴的に示す作品としてアウグスティヌスの『告白』を最初に取り上げ、そこに提起されている、時間という「存在しないものをどうして測定できるか」（久米博訳、以下同じ、傍点原訳文）というアポリアに、物語叙述の問題の原点が見出されるという視点を明確化している。アウグスティヌスはこのアポリアに対し、時間というものが結局人間の頭の中にしか存在しえない対象であり、過去、現在、未来として区分されている三つの時間が「過去についての（de）現在、現在についての（de）現在、未来についての（de）現在」にほかならないという結論を与えている。それぞれ「記憶」「直感」「期待」としていい換えられるこの三つの時間意識のなかで、人間の精神は「集中」と「広がり」を獲得し、過ぎ去っていく時間の一方向的な流れに抗することができるというのが、リクールが『告白』から読みとっている趣旨の中心である。

それは人間を通り過ぎていく直線的な時間を引き止め、生きられた時間としての「人間的時間」に転換させる営為だが、物語や劇の制作は「筋立て」る行為によって人間の過去の行動を統合形象化し、時間的秩序をもたらす。この「筋立て」の典型的な言説としてリクールはアリストテレスの『詩学』を取り上げ、人間の行動の模倣（ミメーシス）である劇の人物の辿る軌跡が、悲劇において

「不調和な調和」として因果づけられることの意味を考察している。「不調和な調和」とは、主人公が破局に直面する悲劇の結末が、にもかかわらず観客にカタルシスをもたらすような達成の感覚を漂わせていることを指し、そうした完結性をもった筋が「出来事を純化し、浄化する」機能を担うとされる。いいかえればそれは、「偶然的なものから理解可能なものを、特殊なものから普遍的なものを、挿話的なものから必然的もしくは蓋然的なものを生じさせる」作者の主体的認識の営為にほかならない。「時間は物語の様式で分節されるのに応じて人間的時間になるということ、そして物語は時間的存在の条件になるときに、その完全な意味に到達する」（傍点原訳文）ことに、リクールは時間と物語の本質的な関係を見出している。リクールは「物語作りは世界をその時間的次元において再び意味づけることである、と言おう」という断言を与え、その視点で歴史叙述をも物語制作の範疇に含める議論へと進んでいっている(10)。

けれども『ダロウェイ夫人』や『魔の山』『失われた時を求めて』といった具体的な作品を取り上げている第三部の議論において、リクールが力点を置くのはむしろ、作品を流れる〈時間〉自体の表出のあり方であり、「語りというものが、〈時間のはなし〉として、それでまずければ〈時間についてのはなし〉として同定され得るところではじまり、かつ終るのである」という「物語フィクションのもつ特権」が主題化されている。われわれが知りたいのは、筋立てることによってもたらされる出来事の「純化」や「浄化」が、近代の小説や戯曲においてどのように具体化されているかなのだが、そうした問題性は第三部の検討において後景に退いているといわざるをえない(11)。にもかかわらずリクールがこの著作で提示した、作家や歴史家が表象しようとする過去の自他の経験が、現在という地点から眺めた形でしか叙述しえないという機構は、重要な意味をもっている。それは明らかに過去を統合形象化しようとする叙述者自身の主体的意識の作動であり、やはりここでもそうした形で〈機能としての作者〉の存在が示唆されているのである。

5　寓意の発生

『時間と物語』における筋をめぐるポール・リクールの議論において興味深いのは、筋立てる作業において作者が筋を構築していく際に、それが個人の意識的造形のみによって統括されるのではなく、民族や共同体に受け継がれた物語の型を取り込みつつおこなわれることが指摘されていることである。こうした物語の型の通時的な継承をリクールは、「その発生過程がすでに忘れられてしまった沈澱した歴史の産物」として眺め、「筋立ての類型を構成するパラダイムは、この沈澱作用に結びつけられねばならない」と主張している。日本においても〈貴種流離〉や〈才子佳人〉といった内外の物語の型が、個人的表現である近代の小説作品に入り込んでいることは珍しくない。後で論じることになる森鷗外の『舞姫』などはその典型だが、作者の個人的営為である小説の創作が、個的な意識を越えた間主観的な層をはらみ、それが他のテクストを呼び込むことによって間テクスト性を作品に付与する側面が存在することも否定しえない。野家啓一が『物語の哲学――柳田國男と歴史の発見』（岩波書店、一九九六・七）で論じたものも、こうした物語制作における作者の個人性と間主観性ないし間テクスト性の連関の問題として見られる。

「「物語る」ということ」と題されたこの著書の最初の章で、野家は小説と比較して伝統的に語り継がれた物語が個人としての作者をもたず、柳田国男が述べるように「匿名の話者」と「匿名の読者」によって支えられてきた形式であることを強調している。したがって「物語」は「「前近代」をスプリング・ボードに「近代」を乗り越える方途をかすかに指し示す磁針の役割をも果たし」うる領域であるとされる。その一方で野家はダントの「物語文」の概念などを踏まえる形で、人間の経験が物語る行為と別個に存在しえず、「逆に、物語行為こそが「経験」を構成する」機構に対する考察を施している。過去の経験や出来事を語ることは、あくまでも「過去の痕跡に関する現在の知覚の記述」にほかならず、人間は物語ることによって自己や共同体の経験を解釈しうる。そして近代における物語ることの衰微が、人間の経験そのものを貧しくしているという危惧が、ベンヤミンと柳田国男に共通する問題意識として見出されることが指摘されている。

ここではリクールの『時間と物語』にも言及され、物語行為が「現在の時点から過去を「再構成」するという解釈学的機能をもった表現である」(「物語と歴史のあいだ」)という、ここでの議論とも連繫する視点が提示されているが、論の提示としては錯綜した面が見出される。つまり「作者の死」という観念を介して柳田国男をロラン・バルトらに結びつけるのは、作品の生成の問題と享受の問題を混同することになり、しかも起源が廃棄されているという意味における昔話的な「作者の死」は、物語行為による経験の再構築という、後半の議論と逆行せざるをえない。リクール自身が文学作品と歴史叙述を同じ地平の下で捉えようとしていたように、過去の経験や出来事を意味づけようとする「現在の知覚」の主体とは、とりも直さずここで追ってきた〈機能としての作者〉の意識にほかならないからだ。物語における「作者の死」をあげつらうならば、むしろこの次元における作者の主体性を問題化すべきであっただろう。つまり蓮實重彦が「説話論的磁場」という言葉を用いたように、物語を語る作者の「現在の知覚」ないし意識が、作者個人に帰されるものであるとしても、作者の自覚する意識自体が時代社会的な「磁場」に晒され、その個人性が浸食されている蓋然性が高いからである。

一方、野家啓一が「作者の死」の事例として挙げる昔話の話者も、個的な「再構成」の機能を限りなく稀薄にしか担わない者でありながら、共同体の折々の趨勢を浸透させることによって、やはりその話の主題や内容に何らかの偏差を生じさせる存在でありうる。野家が依ろうとする柳田国男が強調したように、昔話は通事的な継承の過程において分化と変容を繰り返すが、それをもたらす力として、柳田は無名の語り手たちの存在を決して無視していない。たとえば「花咲か爺」のおびただしい異形を生み出したのは、ほとんど読者―聞き手と互換的な存在である作者たちであり、彼らに浸透している「時代の文芸能力、次々の人生の欲求なり趣味なり」が話の変容をもたらすとされる(『昔話と文学』創元社、一九三八・一二)。もちろん柳田はこうした共同体に分け持たれた「欲求なり趣味なり」を反映させつつ話を語り直していく語り手を、「都雅」において生み出された小説や物語の個的な作者と区別している。しかしそうした形で間主観性のなかを生きる昔話の語り手が、「至って軽い心で、ほんの有合せの継ぎはぎをする」といった作業によって〈作者〉たろうとする行為に手を染める事態が起こりうる。おそらくそうした作業の積み重ねと定着によって、昔話はさまざまな異形を生み出してきたに違いない。逆にいえば、個人としての意識によって作品を構築していこうとする小説の作者も、共同体を流れる「人生の欲求なり趣味なり」を多かれ少なかれ浸透させている。結局、伝統的な物語と近代の小説のどちらの領域においても、〈作者〉は多少の〈死〉を抱えつつ〈生き〉ているのであり、その均衡の上で個人としての表現を試みているのだといえよう。

その際重要な問題として浮上してくるのが、物語や小説が基本的に、現在時の意識によって語り直された過去の経験、出来事であることが生じさせる表象の二重化である。つまり語られる人物の行動や場面の光景は、〈すでに起こった〉ものでありながら、筆を執る作者の意識のうちで〈今生じている〉ものであるという二重性を帯びざるをえない。それは〈過去〉の領域に属する叙述内容に〈現在〉の指標を否応なく刻印し、作品に表象される時間を〈過去〉と〈現在〉の間で揺らがせるということである。そしてそれは作品の表象に否応なく寓意（アレゴリー）の色合いを付与することになる。とりわけ作者が書いている〈現在〉と書かれている〈過去〉の距離に意識的であり、それを表現の戦略にしようとする場合に、作品のはらむ寓意性は強められる。ノースロップ・フライが「「私がこう言ったとき、それは同時に（allos）このことを意味する」と言っているのがはっきりしている場合は、作家はいつでも寓喩的である」（中村健二訳）と述べ[12]、ヴァルター・ベンヤミンが「アレゴリカーは、〔事物について語りながら〕この事物そのものではない他のなにかについて語ることになる」（久保哲二訳）と規定するように[13]、寓意は基本的に表層と下層の二重性のなかで事物を叙述し、しかもその二重性を半ば透かし見せることによって表現の起点にあるものを示唆しようとする形式である[14]。

この基本的な構造が、ここで見てきた物語・小説のもつ〈過去〉と〈現在〉の二重性に照応するものであることは明らかだろう。つまり文学作品の作者は、それぞれ過去の経験や共同体に受け継がれた話を、所与のものとして受け取りつつ語り直すことで、そこに自身が生きる現在時の意識を織り込み、形象化させることができるからだ。その機構は個的な作者による小説、戯曲のみならず、作者の個人性が前景化されない昔話的物語においても作動している。柳田国男が挙げるように、共同体を流通する「欲求なり趣味なり」を反映する形で、昔話は寓意性をはらみ、それに従った変容を生じさせるからである。近代においても周知のように、「桃太郎」の〈鬼退治〉の物語は、桃太郎が〈日本〉、鬼が〈米英〉として寓意されることによって、日本の帝国主義的拡張の正当化として機能することになった。一方、小説作品における様相については、『舞姫』を対象とする次節、および以下の各章で詳しく見ていくが、概していえば作家の寓意に向かう意識は、むしろ軍国主義のような普遍的な次元で流通している志向に逆行しようとする場合が多い。ある事柄を語りながら別の事柄を示唆する寓意の表現の間接性によって、作者は一つの時代的状況において直接に、あるいは素朴には語り難い事柄に対して、〈過去〉の出来事に仮託しつつ、自身の〈現在〉の声を響かせることができるのである。たとえば谷崎潤一郎の『細雪』(一部は『中央公論』一九四三・一、三、上中下巻がそれぞれ中央公論社、一九四六・六、四七・二、四八・一二、「表象としての〈現在〉」参照)は、昭和一〇年代の前半から半ばを時間的舞台としながら、そこには太平洋戦争を敗戦へと進みつつある時局のなかに生きる作者の意識が、中巻に描かれる大洪水をはじめとするさまざまな表象に託されていた。また大江健三郎の『芽むしり 仔撃ち』(『群像』一九五八・六、「〈戦い〉の在り処」参照）では、戦争末期を舞台として集団疎開を余儀なくされた少年たちの行動が描かれながら、そこにはある程度の繁栄と安定を獲得した、作者の生きる時代である昭和三〇年代の日本に対する批判が透かし見られるのである。

そしてここで追ってきた〈機能としての作者〉の存在が、そこに見出されることはあらためて述べるまでもない。しかしこうした場合であっても、〈作者〉は現在時の意識を管理しつつ、それを塗り込めるための表現をその都度選び取りつつ執筆を進めていっているとは考え難い。蓮實重彥や松澤和宏が夏目漱石の作品について見たように、表象を構築する主題としての〈作者〉は、書き進めつつそこに何らかの〈形〉や〈方向性〉を付与することによって基調をつくろうとする。それらは当然、起点にいる生活者としての作者の〈現在〉時の意識に呼応したものであり、その表象的な基調を確立しつつ、作者は現在時の意識をより明確にしていくのだといえよう。『夢十夜』（『東京／大阪朝日新聞』一九〇八・七〜八、「生きつづける「過去」」参照）においても、漱石は〈生〉と〈死〉の交錯するイメージを反復することで表現の〈形〉をつくり上げながら、自己と国における〈過去〉を葬ることの難しさを浮び上がらせていた。そして〈機能としての作者〉の像は、加藤典洋がいうように確かにテクストの読み込みによってそこに前景化されてくるのであり、にもかかわらず加藤の見方に反して、それはその背後にいる生活者としての作者と決して無縁ではなかった。そうした形で作者はテクストのなかで〈生き〉つづけているのである。

6　鏡像としての恋人

その作者の〈生〉の様相を見ようとするのが、本書における主たる目的である。とくにこれまで眺めてきた、個的な意識性と間主観性ないし間テクスト性の振幅のなかでなされる作者の営為をあらためて検討するために好適な素材となるのが、森鷗外の『舞姫』であろう。異郷における主人公の恋とその破局を描いたこの作品は、明らかに内外の古典文学に「沈澱」し、それらを支えてきた物語の枠組みを継承する地点に成り立っていると同時に、近代という時代を生きた人間としての鷗外の個的な意識を表出しているからである。前者の側面について、笹淵友一は『情史』をはじめとする中国近世に多く書かれた才子佳人型の小説が『舞姫』の基底にあることを述べ[15]、また三谷邦明は「浦島太郎」などと同じ異界訪問譚の話型のなかにこの作品が位置づけられることを指摘している[16]。前田愛の『舞姫』論である「BERLIN 1888」（『都市空間のなかの文学』所収）では、豊太郎の経験する空間移動に比重が置かれ、豊太郎が踊り子のエリスと出会うクロステル巷が、大通りであるウンテル・デン・リンデンと対比される「閉ざされた内的空間」であるゆえに、彼がエリスに近づくことができたという因果性が強調されている。前田は「外的空間から内的空間に入り込んだ異邦人の豊太郎が、最終的にはエリスを破滅させ、ふたたび外的空間に帰還して行く、ほとんど神話的と呼んでもいい構図」が存在するという概括的な把握を与えている。論の表面には現われていないものの、このくだりを書く前田の念頭には『古事記』のイザナギとイザナミ、あるいはギリシャ神話におけるオルフェウスとエウリディケーといった、文字通りの神話物語が揺曳していたとも考えられる。

こうした論者によって洗い出された『舞姫』のはらむ物語的ないし神話的な系譜は、膨大な読書経験をもつ作者鷗外が、その先行作品の海に身を浸すことによって、半ば無意識に作品の内に注ぎ込むことになった側面であろう。一方『舞姫』の中核にあるものは明らかに鷗外の近代人としての自我意識であり、その表出のあり方について多くの論が重ねられてきた。その端的な表出として見なされる、「今二十五歳になりて、既に久しくこの自由なる大学の風に当りたればにや、心の中なにとなく妥《おだやか》ならず、奥深く潜みたりしまことの我は、やうやう表にあらはれて、きのふまでの我ならぬ我を攻むるに似たり」という、ベルリンで豊太郎が経験する覚醒の叙述に対して、三好行雄は「近代的自我の覚醒」の現われを認めながら、それが「結局は豊太郎を、国家および家との関係から絶たれたデラシネにまで追いこんでゆく」というイロニーを指摘し(17)、蒲生芳郎はその覚醒が家と官僚機構という二重の拘束のなかでなされていることが、主人公を苦悩へと導くという見方を語っていた(18)。こうした、個と共同体の狭間で葛藤する人間として主人公を捉えるのは妥当な視点ともいえるが、そう眺めた際に、恋人を捨てて帰郷の道を選ぶ豊太郎の選択は、その「近代的自我」の覚醒と明らかに逆行し、彼の全体像を曖昧にすることになる。いうまでもなく発表時における石橋忍月が与えた批判の眼目はそこにあったが、三好や蒲生の見解も、やはりこの忍月の批判の枠組みのなかにとどまっているともいえよう。

一方、山崎正和は『鷗外 闘う家長』(河出書房新社、一九七二・一一)で、妊娠した恋人エリスを捨て、狂気に至らせる豊太郎の行為に、ともに自分の力を求めていたエリスと日本という国家の間で引き裂かれつつ、どちらも積極的に選びえなかった苦渋が現われていることを指摘し、それが国家と他者に対して家長的にしか振る舞いえなかった鷗外の、個人としての空虚を映しとったものであると見なしていた。この視点は豊太郎の抱えた問題を単純に近代的自我の覚醒に還元しない点では独自性をもつが、同時に鷗外を家長的人間として捉える、山崎の総体的な把握の適用を超えるものではない。少なくとも「豊太郎のまえに、あたかももうひとりの求愛者のように迫って来たのが彼の祖国という存在であった」といった関係を豊太郎と日本という国の間に想定することはできない。豊太郎はエリスとの仲が深まる過程で受けた免官による不名誉と境遇の不安定から脱することを強く望んでおり、後半の展開においてはその希求の強さによってエリスの愛を切り捨ててしまったとも受け取られるからだ。それが他者を庇護し、統括していく「家長」的な心性に矛盾する選択であることはいうまでもない。彼が本当に「家長」的人物であれば、エリスを伴って帰郷した上で、再び官僚として能力を発揮する道を探ろうとするはずである。現実に豊太郎のモデルとしても見られ、鷗外と接触もあった青木周蔵は、ドイツ人女性を妻としながら、日本の外交に尽力した人物であった。

むしろ『舞姫』において、鷗外は決して家長的ではありえなかった人間を造形しているのであり、少なくともこの作品に内在する〈機能としての作者〉は、他人を否応なく庇護せざるをえない家長的人間の像を主人公に付与していない。『舞姫』の表出が前景化させているものは、浪漫的な自己表出に強い憧れを抱きながらも、社会的存在としての居場所を獲得するためにそれを断念しようとする人間の意識である。それについて考えるときにあらためて眼を向けるべきなのが、豊太郎が〈社会〉への復帰を希求せざるをえなくなる契機となる、免官を蒙った事情である。それは一見エリスとの仲が上官に知られることによってであると自明のように見なされるが、『舞姫』の叙述が提示しているものは必ずしもそうではない。豊太郎が職を解かれる事情については、次のように記されている。

> その名を斥《さ》さんは憚《はばかり》あれど、同郷人の中に事を好む人ありて、余が屢々《しば〲》芝居に出入して、女優と交るといふことを、官長の許《もと》に報じつ。さらぬだに余が頗《すこぶ》る学問の岐路に走るを知りて憎み思ひし官長は、遂に旨を公使館に伝へて、我官を免じ、我職を解いたり。（傍点引用者）

このくだりが示しているものは、何よりもエリスとの交際が豊太郎を免官に処するための口実として使われているということだ。豊太郎の上官はもともと豊太郎の官僚としての姿勢に不満をもっていたのであり、「女優」との交わりを前面に押し出すことによって、「遂に」彼を追放することに成功したのである。その豊太郎の追放の前史は作品のなかに明瞭に語られている。それは豊太郎の自我の目覚めの具体化として語られる、彼が官長に対して「法制の細目に拘《かゝづら》ふべきにあらぬを論じて、一たび法の精神をだに得たらんには、紛々たる万事は破竹の如くなるべしなどゝ広言」したり、また「歴史文学に心を寄せ」るようになる傾斜によって、官長に疎んじられることになる展開である。

官長はもと心のまゝに用ゐるべき器械をこそ作らんとしたりけめ。独立の思想を懐きて、人なみならぬ面《おも》もちしたる男をいかでか喜ぶべき。危きは余が当時の地位なりけり。されどこれのみにては、なほ我地位を覆《くつが》へすに足らざりけんを、日比《ひごろ》伯林《ベルリン》の留学生の中にて、或る勢力ある一群と余との間に、面白からぬ関係ありて、彼人々《かのひとびと》は余を猜疑《さいぎ》し、又遂に余を讒誣《ざんぶ》するに至りぬ。されどこれとても其故なくてやは。（傍点引用者）

豊太郎が免官される先の引用部分と、このくだりははっきり照応している。つまり官長は豊太郎が「独立の思想」を抱き、個的な自我を主張し始めたことを、「心のまゝに用ゐるべき器械」にふさわしからぬ拡張として憎悪している。[19] しかし「これのみ」では追放の十分な根拠にならないために、それを満たすべき事由を探し求めていた。そしてそこに伝えられた「女優」との交際が、豊太郎を追いやるための格好の材料とされたのである。したがって豊太郎が官僚社会において不適格な人物としての烙印を押されたのは、あくまでも個的な自我表出の精神をそこにもちこもうとしたことによるのであり、またそこに鷗外がみずから生きる世界であった官僚社会に対する冷徹な認識が浮上している。一方、豊太郎に対する処遇において、エリスとの交わり自体は二次的な意味しかもっていない。むしろエリスとの出会いこそが、豊太郎の内でせり上がってきた浪漫的精神の寓意にほかならない。その関係については松澤和宏が『生成論の探求』所収の「『舞姫』論」で、豊太郎が「歴史文学」に惹きつけられたからこそ、彼女と出会うことになる古い街並みに歩を運び、「貧民街の一少女に尋常ならざる詩的な美を発見」することに導かれたのだという、妥当な指摘をおこなっている。けれども「歴史文学に心を寄せ」ることで官長に疎んじられるに至った、まさにその時期に豊太郎がエリスに出会う時間的一致を重視すれば、エリスとは彼の内にせり上がってきた浪漫的志向の外在化にほかならないといえよう。だからこそ「外物に恐れて自らわが手足を縛せしのみ」という、自身の臆病を意識している豊太郎が、大胆にも彼女に近づき、和合への道を踏み出すことができたのである。

初めて出会ったエリスの眼差しに対して、「何故に一顧したるのみにて、用心深き我心の底までは徹したるか」という感慨を豊太郎が覚えるのも、単にエリスの美しさが彼を魅了したというだけでなく、その存在が豊太郎の「心の底」に直接降り立っていく親近性をはらんでいることの証左にほかならない。このエリスが揺り動かした豊太郎の「心の底」が、彼がベルリンで目覚めさせた「奥深く潜みたりしまことの我」と響き合う位相にあることはいうまでもない。豊太郎はここで明らかに自己の内奥の鏡像と向き合い、その相互の照応のなかに降り立っていっている。その両者の鏡像性は現実的な次元においても示唆されており、父が亡くなったばかりのエリスと、幼時に父を亡くしている豊太郎はともに同じ〈母一人子一人〉の若者同士として出会っているのである。

また「舞姫」という作品の表題自体が、豊太郎とエリスを結ぶ鏡像関係を示唆していると考えられる。主人公の豊太郎でなく、副主人公的な人物であるエリスを指す「舞姫」という表題が与えられていることについては、すでに発表当時、石橋忍月が問題にしていた。「舞姫」としてのエリスが作品において一個の「陪賓」である以上「本篇題して舞姫と云ふ豈に不穏当の表題にあらずや」

（「舞姫」『国民之友』一八九〇・二）という忍月の指摘に対して、鷗外は「小説の題号の必ず主人公なるべき理、若くは小説の人物題の必ず主人公なるべき理は、果して何の辺にかある」（「再び気取半之丞に与ふる書」『国民新聞』一八九〇・四）といった形で、内外の例をとりつつそれが「不穏当」なものではないことを繰り返し主張するものの、結局最後までその積極的な意図を説明しなかった。しかしここでの考察と照らし合わせれば、この表題が妥当性をもつことが分かる。つまり「舞姫」はエリスを指すとともに、この言葉のはらむ浪漫的な運動性と貴種性は、豊太郎の内にあるものとも通じ、両者を結ぶ鏡像性を介して彼自身を浮上させる機能を有しているからである。しかも「舞」という語は音楽に合わせて踊ることの他に、「舞文」という言葉に表わされるように〈もてあそぶ〉意味があり、その点においても異郷の地で数奇な境遇に〈もてあそばれ〉た豊太郎と結びつく地平をもっているのである。

7　象徴的秩序への復帰

こうした豊太郎―エリスの間にある鏡像的な照応を前提すれば、『舞姫』に内在する〈機能としての作者〉が、作品のなかで施そうとしている方向性が明らかになるだろう。この〈作者〉は主人公に浪漫的な自我表出への志向を付与しつつ、自身が本来生きるべき世界に組み込まれるために、それをあえて断念し、捨て去る流れのなかに彼を生かそうとしているのである。この豊太郎の示す運動性は、ラカンの言説における想像界から象徴界への移行に照応するものとして見なされる。ラカンの図式においては、人間はイメージを介して自他の関係を捉えようとする不安定な想像界を通過して、言語に代表される所与の秩序によって支配される象徴界に入ることによってその社会化が実現されるとされる。その象徴界を成り立たせている秩序は、法や掟、慣習といった次元にも敷衍されうるが、そこに参与することによってなし遂げられる人間の社会化は、幼少期において把握されていた原初的な自己像の喪失と引き換えであり、ラカン的な〈去勢〉はそれを意味している。

この図式は『舞姫』の展開にほぼ当てはめられる。つまり豊太郎は鷗外の輪郭を映し取る形で、秀でた外国語の能力や克己的な性格によって象徴界への順応性の高い人間であったが、ベルリンの「自由なる大学の風」に当たり、「歴史文学に心を寄せ」る日々を送ることによって、想像界的な世界にあらためて遡行していった。加えて豊太郎は欧州行の途上では、見聞を書き留めた「紀行文」が新聞に掲載されて評判になったほどの文才の持ち主であり、ベルリンでの「歴史文学」への親炙は、自身の本来の居場所への半ばの回帰であった。「奥深く潜みたりしまことの我」とはそうした感性的な自己の浮上を指している。しかしそれは同時に豊太郎に分裂をもたらさずにいない。つまり豊太郎はこの覚醒によって芸術家や文学者へと移行したわけではなく、依然として官僚としての職務を全うしようとしている。むしろ彼は友人と「倶《とも》に麦酒《ビール》の杯《さかづき》をも挙げず、玉突きの棒《キュー》をも取らぬ」という禁欲的な姿勢を保ちつづけるのであり、この自己の顕現と抑制の狭間で分裂した不安定な状態のなかを生きている。そしてそれが自己の鏡像としてのエリスを豊太郎のもとに引き寄せることになったといえよう。

ラカンは鏡像段階にある主体が「寸断された身体（corps morcelé）」（宮本忠雄訳）をもち、[20]鏡像が「他人の像《イマージュ》」（三好暁光訳、以下同じ）として「人間の魂を奪う」役割をもつと述べているが(21)、こうした条件はほとんど『舞姫』において豊太郎がエリスと出会う状況に合致している。もっとも鏡像段階の理論においてラカンが直接の対象としているのは離乳期の幼児だが、鏡像的な人間関係は「社会的規模にまで広げてみることができる」（新宮一成『ラカンの精神分析』講談社現代新書、一九九五・一一）普遍性を帯びており、自己認識の不安定さのなかで人間が自己の鏡像に向き合う経験が成人後に訪れることは珍しいことではない。しかし豊太郎の鏡像的な想像界への遡行は、彼がすでに身を置いていた象徴界の秩序に違背するものであるために、そこから追放される要因とならざるをえない。したがって『舞姫』の後半部分で豊太郎が苦悩の末に遂行するものが、象徴界に復帰するべく自身の浪漫的志向を外在化させたエリスという鏡像を切り離す去勢的行為であったことが分かるのである。

鷗外がエリスを単に豊太郎と離別させるだけでなく、彼女を発狂させ、「精神の作用は殆《ほとんど》全く廃して、その痴なること赤児の如くなり」という状態にまで追いやらねばならなかったのも、豊太郎が自己の内に目覚めさせた浪漫的自我を葬ることが、その外的な照応物である彼女の無化をもたらさずにいないからである。いうまでもないが、鷗外が現実に関係のあったドイツ人女性エリーゼは、鷗外の発《た》った後のベルリンにあっても、鷗外との再会を遂げることのなかった来日後も精神に変調をきたすことはなかった。知られるように、エリーゼは鷗外が帰国した半月後の明治二一年（一八八八）九月中旬に来日し、鷗外との邂逅を実現することなく、約一ヵ月の滞在の後帰途に着いている。妹の小金井喜美子の記述によれば、「舷《ふなばた》でハンカチイフを振つて別れていつたエリスの顔に、少しの憂ひも見え無かつた」（『森鷗外の系族』大岡山書店、一九四三・一二）という。

『舞姫』における〈作者〉の虚構への志向は、このエリスの造形にもっとも端的にあらわれている。しかも〈作者〉はエリスが豊太郎から切り離されるための前段階を慎重につくっている。それはエリスの妊娠である。つまりエリスが〈母〉への移行を開始し、それに応じて豊太郎も〈父〉への位置に押しやられていくことによって、両者の鏡像としての照応関係は低減していくことになるからだ。それが豊太郎の望んだものでなかったことはいうまでもない。ロシア行から戻った際にエリスの妊娠を告げられた豊太郎が、一言の感想も発していないのは、彼の内に生じた強い違和感を暗示している。そして彼が天方伯に帰郷の意を伝えるのはその直後の段階においてなのである。にもかかわらずその行為が直接的には豊太郎自身によってなされるのではない成り行きは見逃すことができない。つまり豊太郎が今後生活を共にするつもりがないという意向をエリスに告げ、彼女を「精神的に殺し」たのは、豊太郎の僚友である相沢謙吉であった。その間、豊太郎は離別を告げることに躊躇し、ベルリンの街を彷徨した後病いに倒れ、「数週」の間人事不省の状態に陥っていたのである。主人公の優柔不断が招いた破局を描き出しているように見えるこの展開は、去勢行為を自身で遂行することの困難さを物語っている。彼は国家という象徴界への復帰のために自己の鏡像を捨象しなくてはならないことを自覚しながら、青年期に出会ったこの鏡像が自己の在り処として強く意識されるために、それをみずから葬る痛みを引き受けることができないのである。

したがって、エリスを〈殺す〉行為を現実に遂行するのが相沢という豊太郎のもう一人の分身であるのは、合理的な設定であったといえよう。相沢とは豊太郎から浪漫的な志向を取り去った、象徴界的秩序に合一した存在であり、いわば〈去勢後〉の豊太郎を表象する人物である。両者の親近性は作中でさまざまに示されている。免官された豊太郎に通信員の職を紹介したのは相沢であり、エリスとの関係を聞かされた際にも、相沢は「この一段のことは素《も》と生れながらなる弱き心より出でしなれば、今更に言はんも甲斐なし」という洞察を与え、豊太郎はそれに対して反駁することができない。そして帰郷の意を天方伯に伝えた豊太郎が病いに倒れた後は、相沢は文字通り豊太郎のなすべき行為を代行する者となる。したがって豊太郎が病いに伏し、代行者としての相沢がエリスを〈葬って〉いる間の「数週」の期間は、豊太郎が〈相沢〉を自身に憑依させる時間として眺められる。

けれども重要なのは、豊太郎における〈去勢〉、いいかえれば〈相沢〉への移行が、決して十全な形でおこなわれたのではなかったことだ。先に触れた、冒頭に位置する「人知らぬ恨」と末尾の相沢に対する「一点の彼を憎むこゝろ」の照応は何よりもこの問題との連関のなかで捉えられる。小森陽一は『舞姫』の手記を相沢によって付与された「弱き心」というコードを内在させ、それによって「人知らぬ恨」を抱いていた豊太郎が、手記の執筆によってエリスとの関係から喚起される「真率なる心」というもう一つのコードをそれにつき合わせることによって、相沢への「一点の彼を憎むこゝろ」を抽出するに至るテクストとして眺めている。豊太郎にとってエリスとの関係はみずから決着をつけるべきであったが、その契機を奪い、「正当な対話を不可能にさせた相沢への呪詛」が、最後の「憎むこゝろ」に込められていると小森は見なしている。(22)自己の経験を〈語り直す〉ことによって新たな自己認識に至ろうとする営為を洗い出しているこの論の方向性は興味深く、ここでの立場とも重なっている。しかしエリスとの対話の契機を奪ったのが相沢であったという因果性は、手記の執筆を待つまでもなく初めから明らかであったはずだ。それを豊太郎が末尾まで手記を書き進めることで見出すに至ったとは考え難い。

むしろこの二つの表現の照応が示しているものは、初め豊太郎にとって自己とは別個の存在と思われた相沢を、内在するもう一人の自己として認識するに至る変化であり、冒頭の「人知らぬ恨」とは、それが「腸《はらわた》日ごとに九廻すともいふべき惨痛」へと変わっていったと記されているように、自己の鏡像を捨象して象徴界へ復帰するための去勢が豊太郎に与えざるをえなかった痛みにほかならない。しかもそれを自身の自覚と決断によって遂行しなかった豊太郎は、それが去勢のもたらした痛みであることを十分に認識しておらず、手記の執筆を通して彼は自分の身に起こったものを捉えるに至るのである。いいかえれば、そこにこそ豊太郎がこの手記の執筆に導かれた動機があっただろう。そしてそれによって見出されたものが、自己の内に住まってしまった〈相沢〉の存在にほかならず、同時にそれとともに感じざるをえない、相沢との距離であった。「嗚呼《あゝ》、相沢謙吉が如き良友は世にまた得がたかるべし。されど我脳裡に一点の彼を憎むこゝろ今日までも残れりけり」という末尾の一文が示す相沢へのアンビヴァレンスは、相沢のもたない浪漫的自我への豊太郎の捨て難い執着を示唆しているといえよう。

結局『舞姫』の構築における〈機能としての作者〉がおこなったものは、象徴界的秩序のなかに身を置く主人公が、それと逆行する想像界的世界に一旦入り込みながら、本来の自己の居場所に復帰するべくそこから離脱する際に抱かざるをえない痛みを描くことであった。もし豊太郎が初めから〈相沢〉であったならば、もちろん何事も起こらなかったわけだが、国家という象徴界のなかで生きていくために〈相沢〉とならねばならないことへの違和と抵抗が、豊太郎という青年の描出に託されているのである。興味深いのは、現実の作者である森鷗外が、こうした苦悩を主人公に付与しているのが、ほとんどこの『舞姫』一作限りであったという事実である。鷗外自身は決して豊太郎的な懊悩を経験したわけではなく、エリーゼが日本に彼を追ってきた際も、冷淡といってよい処遇を与えている。少なくとも生活や行動の次元においては、鷗外が豊太郎よりも相沢に近似した人間であったことは否定し難い。それは石橋忍月との論争において、鷗外がおこなった反論にすべて「相沢謙吉」という署名が付されていることからもうかがわれる。

明治四四年（一九一一）に書かれた随想『妄想』（『三田文学』一九一一・三、四）では、『舞姫』の舞台であるベルリンへの留学時における鷗外の心境が回想されているが、そこには豊太郎の抱えていたような浪漫的な自我の昂揚は一切記されていない。語られているものは、むしろ「西洋人の見解」として認識した自我の概念に憧れつつも、それが自分に不在であるといわざるをえない空虚さである。「自分には単に我が無くなるといふこと丈ならば、苦痛とは思はれない。只刃物で死んだら、其刹那に肉体の痛みを覚えるだらうと思ひ、病や薬で死んだら、それぞれの病症薬性に相応して、窒息するとか痙攣するとかいふ苦みを覚えるだらうと思ふのである。自我が無くなる為めの苦痛は無い」と鷗外は断言している。これが留学から二十年余を経、老境にさしかかった時点で書かれたという偏差を含んでいるとはいえ、『舞姫』執筆の前提となる鷗外の内面を示唆していることは否定し難い。また小堀桂一郎の『若き日の森鷗外』（東京大学出版会、一九六九・一〇）によれば、鷗外の留学生活にとって真に浪漫的な昂揚の時代はベルリン以前の段階であり、ベルリンにおいては「少なくともライプチヒ時代に見られた純情一途、ミュンヘン時代の闊達、ある面では剛直、の気風にかげりが出てきていた」沈滞の状態にすでに移行していたという。明治二一年（一八八八）九月に帰国した鷗外は、陸軍軍医学舎教官として多忙な日々に入り、すぐに日本食の正当性を主張する『非日本食将失其論拠』（橘井堂、一八八八・一二）を私費刊行している。また留学から帰国した鷗外の実家が、外国人女性を迎え入れる雰囲気をもっておらず、来日したエリーゼへの冷淡な処遇の一因に、この家の意向に対する鷗外の受容があったことは多く指摘されているとおりである。あるいは明治二二年（一八八九）二月の帝国憲法発布に際しては、鷗外はそれを「千載ノ一遇」として喜ぶ文（「千載ノ一遇」『東京医事新誌』一八八九・二）を無署名で発表している。(23)

こうした近代国家の編成期において、それを支える象徴界的秩序に合一しつつ鷗外が『舞姫』を綴っていることを考えると、その虚構性に込められたものが一層明瞭になる。しかしもちろん重要であるのは、執筆時の境遇に反し、『妄想』において「無い」と明言されている「自我が無くなる為めの苦痛」を『舞姫』がまさに描き出していることである。明らかに鷗外は自身が憧れつつも実感し難く、またみずから抑圧しようとしていた個的な自我への志向を、主人公の青年に仮構的に託したのであり、その上で自身の生活者としての実感に沿う形でそれを否定することになった。しかし『舞姫』に描かれるような帰趨を主人公に与えるということは、少なくとも彼が抱えていた浪漫的な志向を鷗外が軽んじていなかったことを証している。また〈才子佳人〉や〈異界訪問〉といった物語の型を踏まえる形でこの作品を構築していることは、先にも触れたように、鷗外が一方ではそうした物語の堆積のなかに身を置いていることを告げていた。鷗外が早くから認識していたのは、そうした浪漫的な志向をもって社会を生きていくことの困難さであり、官僚という組織の一員としての位置を降りることなく人生を全うした鷗外の認識が、処女作にすでに予兆されていたことが分かる。そして鷗外は豊太郎と相沢の間の「一点」の差異のなかで、表現者としての自己を持続させていくことになったのである。

I　視角としての〈現在〉——谷崎潤一郎

遡行する身体——『痴人の愛』の文化批判

1　観念的な「教育」

谷崎潤一郎が関西移住後に完成させた最初の長篇小説である『痴人の愛』（『大阪朝日新聞』一九二四・三・二〇～六・一四、『女性』一九二四・一一～二五・七）は、叙述の時間構造において明瞭な円環性をもっている。一人称の「私」の語りは、「私は此れから、あまり世間に類例がないだらうと思はれる私達夫婦の間柄に就いて、出来るだけ正直に、ざつくばらんに、有りのまゝの事実を書いて見ようと思ひます。それは私自身に取つて忘れがたない貴い記録であると同時に、恐らくは読者諸君に取つても、きつと何かの参考資料となるに違ひない」というくだりに始まり、「此れで私たち夫婦の記録は終りとします。此れを読んで、馬鹿々々しいと思ふ人は笑つて下さい。教訓になると思ふ人は、いゝ見せしめにして下さい。私自身は、ナオミに惚れてゐるのですから、どう思はれても仕方がありません。／ナオミは今年二十三で私は三十六になります」（／は段落換え）という形で収束している。冒頭の「参考資料」と終結部の「教訓」は相互に照応をなす関係にある。「私」は自分とナオミという共生者との「夫婦」としての関係の経緯を叙述することが、「参考資料」としての意味をもち、それが読み手にとって何らかの「教訓」ともなりうることを主張しているのである。

語られていく内容は誰もが知るように、エリート・サラリーマンである「私」つまり語り手の譲治が、浅草のカフェーの女給をしていた十三歳年下の少女を自分のもとに引き取り、理想的な女に育て上げていこうとするものの、その目論見はことごとく裏切られ、自分の手に負えない娼婦的な女に変容していくにもかかわらず、その蠱惑から逃れることができずに、彼女に拝跪する形で共生をつづけていくというものである。こうした形で「夫婦」としての関係を持続させていく男女は、確かに譲治自身がいうように、世間において稀少な例であるに違いない。にもかかわらず譲治はこうした特異な「夫婦」のあり方の叙述が、一つの「参考資料」として、とりわけ「だん〳〵国際的に顔が広くなつて来て、内地人と外国人とが盛んに交際する」社会の趨勢のなかでは、反面教師的な意味をもつと考えているのである。譲治が手記の筆を執っているのは、ナオミが複数の西洋人と関係を結び、初め不得手であった英語も自在に使いこなすに至った、「ナオミは今年二十三で私は三十六になります」という、最終章の時間においてである。この章における様相は、冒頭部分につづいて記された「内地人と外国人とが盛んに交際する」近代日本の、「国際的」な状況の皮肉な具体化にほかならない。その点においても語りの始点と終点が照応する構造が示されているが、この「国際的」で「ハイカラ」な環境から譲治は徹底して疎外されている。ここではすでに譲治は寝室をナオミと共にすることも許されず、かつて彼女との間にもちえた親密な肉体的な接触からも放逐されているのである。

この語りの終点は、時間的には谷崎自身が『痴人の愛』の筆を執っている大正一三、四年（一九二四、五）の時点と重ねられる。谷崎の個的な意識においては、関東大震災を機に、西洋文化を受容しつづける東京圏の都市文化から地理的に離れてしまったものの、自分がそこから疎外されているという自覚をもっていたとは考え難い。関西移住の翌年に書き始められたこの作品の表層を埋め尽くしているものは、譲治の共生相手となる少女ナオミを見出す浅草のカフェー「ダイヤモンド」に始まり、最後に彼らが移り住む横浜の山手の洋館に至るまで、どこまでも擬似西洋としての東京圏の都市風俗である。反面そこには執筆時の谷崎が身を置いていたはずの関西の光景は一切姿を現わさない。その点でむしろ『痴人の愛』は、離れて間もない東京の都市文化を回顧的に眺め直す企図によって成り立っているようにも見える(1)。

にもかかわらず『痴人の愛』における〈機能としての作者〉は、語り手の譲治を〈西洋〉と決して親和しえない人間として描出しようとしている。展開の終結部においては、ナオミは西洋人と自由に交わり、英語も使いこなすことができるという形で、〈西洋〉と合一しうる人間として現われている。ナオミにおける〈西洋〉との合一は、譲治に家から一旦追いやられて戻ってきた彼女の身体が現出させる、譲治を不意撃ちするその完璧な〈白さ〉によっても表象されているが、それまで譲治を翻弄してきた彼女の娼婦性は、その存在を〈西洋化〉する駆動力として作用しているように映る。もちろん本来、女の娼婦性が〈西洋化〉を招き寄せるという因果性はない。しかしこの決して因果的な関係性をもつとはいえない、ナオミの娼婦性の肥大と〈西洋化〉の成就、およびそこからの譲治の疎外との間に一つの因果的な脈絡をもたらすことが、『痴人の愛』における〈作者〉が施した仮構の方向性であったと考えられるのである。

従来『痴人の愛』については、小林秀雄が「陶酔と苦痛との裡に自意識の確立」を図るという企図の「完成」を見て、「進んで敗北を実践して来た氏の悪魔が辿りついた当然の頂」があると評し、加藤周一が『春琴抄』(『中央公論』一九三三・六)とともに、「男の側に多かれ少なかれ被虐的嗜好がある」形での「男の女への惑溺または献身」として主題を規定したように、ヒロインの肉体の蠱惑に対して語り手が拝跪するマゾヒズムが問題化されることが多かった。しかし見逃せないのは、譲治のナオミに対するマゾヒスティックな拝跪の姿勢が、展開の起点から生起しているのではなく、当初彼がもっていた企図の挫折とともに浮上してくることである。その点で、初めからヒロインの従者であり、最後に主人の失明の境遇を、自身の手で我が身に呼び寄せる『春琴抄』の佐助とは明確な差異が存在している。

譲治のナオミに対する姿勢は、あくまでも優位者のそれとして始まっており、「彼女を十分に教育してやり、偉い女、立派な女に仕立てよう」という意図をもって、浅草のカフェーで働いていたナオミを自分の家に引き取り、共生を始めたのだった。その際見逃すことができないのは、譲治の「教育」に対する意識がきわめて抽象的、観念的な方向性を示していることだ。ナオミを「偉い女、立派な女」にするための手立てとして譲治が選んだものは英語と音楽だが、前半部分の主要な話題の一つとなるその英語学習において譲治が重んじるのは英文法であり、ナオミがこれを一向に習得できないことが彼を苛立たせている。ナオミはハリソン嬢という外国人のもとで英語を学んでいるが、発音が綺麗であったり、「空で覚える事は上手」であったりする一方で、態や時制といった文法事項は頭に入っておらず、和文英訳の力も「殆ど中学の劣等生にも及ばないくらゐ」のレベルでしかないのである。

譲治が英語学習において文法を重視するのは、背景の時代として想定される大正初年代の流れと合致した姿勢でもある。西洋文明の摂取の手立てとして、開国以来勧められてきた英語学習は、明治期においては第一に西洋の学術的な水準を理解し、そこに近づくための条件であった。そのため英語学習も実学的な性格が強く、たとえば明治二二～二三年（一八八九～九〇）に出された外山正一編『正則文部省英語読本』五巻は、英文とその内容に呼応した会話文によって各章を構成し、実際的な形での文型学習を重んじていた。一方譲治がナオミの「教育」を始めた大正初年代には、西洋文化が庶民の生活に浸透し始めると同時に、日露戦争の勝利によって得た西洋諸国に対する〈自信〉を反映する形で、明治期の無条件の外国語学習熱に対して距離を置こうとする傾向が生まれてきていた。岩野泡鳴のように、現代の青年が「軽薄で堕落してゐる」原因を外国語教育に求め、「普通学としての外国語を廃止せよ」と主張する論者もいた。[4] この時期に本格的な英文法研究が幕を開けるのも、こうした流れと背中合わせの現象であったが、具体的な語彙に対する詳細な分析を含む市村三喜の『英文法研究』（英語研究社、一九一二・九）や、より体系的、科学的な構成をもつ細江逸記の『英文法汎論』（文会堂、一九一七・五）が刊行されたのはその代表的な成果であった。[5]

作中では英語の「文典」として、ナオミに英語の手ほどきをするハリソン嬢が「神田乃武の“Intermediate Grammer”を使つてゐ」ることが記されている。これは東京外国語学校の初代校長を務め、明治・大正期の英語教育に貢献した神田乃武《ないぶ》の*"English Intermediate Grammer"*（三省堂、一九〇四・一）を指している。この教科書は序文で著者が記すように、「中等学校の四年次の生徒の使用を意図している」（原文英語）ものであり、それを使いこなせているならば、「先づ中学の三年ぐらゐな実力に相当する」と譲治が考えるのは妥当である。一方、実力的には「ナオミは恐らく二年生にも劣つてゐるやうに思へ」るのであり、それならば同じ著者による教科書でも、この前篇として出された*"English Grammer for Beginners"*（三省堂、一九〇〇・二）によって学習させるべきだっただろう。ナオミが習得していないことに譲治が腹を立てる進行形のつくり方についても、*"Intermediate Grammer"*には「Progressive Form は "various forms of Be + Present participle" ナルコト既ニ云ヘリ」と記された上で、文例が挙げられている。「既ニ云ヘリ」とされる既習事項が頭に入っていないであろうナオミが、これだけの説明で現在分詞を使いこなすことができないのは当然である。ハリソン嬢がナオミのためにこの教科書を選んでいること自体が妥当でないが、同時に譲治がこの教科書の水準を鵜呑みにして、そこにナオミを直ちに至らせようとすることも、英語学習に対する彼の観念的な姿勢を示唆するものにほかならないといえよう。

2　身体の欠落と過剰

こうした英語学習への譲治の姿勢は、時代との重なりを示しながら、西洋文化への彼の対し方全般を物語っている。中村光夫は『痴人の愛』に表象された〈西洋〉が、作者自身の認識を映した

「浅薄さと卑俗さ」に彩られていることを批判したが[6]、譲治の造形についていえば、彼の〈西洋〉への関与の「浅薄さ」は明らかにこの作品の〈機能としての作者〉が意識的に施した表出の方向性である。それは彼が身体を介在させずに観念の次元においてしか〈西洋〉を取り込みえないところに生じるものであり、それによる〈西洋〉からの疎外の様相が繰り返し語られている。たとえば譲治は英語の文法や読解にある程度の能力をもつらしいにもかかわらず、英会話についてはまったくの不得手で、ダンスの教室で「英語はどうも、……スピーキングの方になると、僕は不得手だもんだから、……」と、ロシア人女性の教師との意思疎通を図ることにしり込みしてしまう。またダンスホール[7]でナオミと踊った際にも、譲治は緊張のあまり「音楽も何も聞えなくなつて、足取りは滅茶苦茶になる、眼はちら〳〵する、動悸は激しくなる」という状態に陥り、挙句の果ては「譲治さん、あたしもう止めるわ」とナオミに腹を立てられてしまう。この〈英会話〉や〈ダンス〉を譲治が苦手にし、無様な姿を晒してしまうことの含意は述べるまでもない。文化が内在させるリズムに自己の身体を合一させることができず、そこから脱落してしまう存在として譲治を前景化するべく、こうした挿話は語られている。

それは明らかに、作品の背景をなす時代における日本と西洋文化との関わりの戯画的な比喩化にほかならない。作中に織り交ぜられるように、大正期が映画、カフェー、ダンスホールといった、主としてアメリカからの文化が庶民階層にまで浸透していった時代であることはよく知られている。それは明治期の鹿鳴館文化とは違い、一見日本人の生活のなかに西洋文化が分け入り、同化していった流れであり、作者の谷崎潤一郎自身がこうしたモダニズム文化の空気を積極的に呼吸していたように受け取られる。けれども近代の都市文化に対する谷崎の眼差しは、決してそれほど寛大なものではなかったはずだ。谷崎の視線は、和室にピアノを持ち込んで平然としている生活様式を唾棄した永井荷風と本質的に同じ方向性を共有している。昭和九年（一九三四）の『東京をおもふ』（『中央公論』一九三四・一～四）で、雨が降っただけで自動車の運行が困難になるような、大正後期の東京の「不体裁」な様相を批判的に叙述しているように、谷崎が東京人でありながら東京の都市文化に対する嫌悪を抱いていたことは看過できない。

もっともここでの筆致は、あくまでも関西の生活文化に馴染んだ時点での意識による表現であったが、関西に移住して間もない頃においても、谷崎は東京の文化的状況に対する不満をもらしている。たとえば『痴人の愛』の前半部分の執筆中に発表されたエッセイ「上方の食ひもの」（『文藝春秋』一九二四・八）には、「全体、僕は地震の前から東京が嫌ひになつてゐた」という一文が書きつけられている。このエッセイは表題のとおり上方の食文化を批評する内容だが、ここで谷崎は鯛をはじめとして「凡そ上方で獲れる魚は大概東京より美味だと云へる」と賛美し、肉についても「神戸を控へてゐるから、無論東京以上である」と褒めている。そして「僕思ふに、元来東京と云ふ所は食ひ物のまづい所なのだ。純粋の日本料理は上方に発達したので、江戸前の料理はその実田舎料理なのだ」と批判している。未完の長篇『鮫人』（『中央公論』一九二〇・一～一〇）には、それと重ねられる記述が見られる。大正九年（一九二〇）に発表されたこの作品では、主人公は自分の居住する東京が「以前に比べると不愉快な都会」になっているという感慨を繰り返し表明している。彼の東京に対する反感と嫌悪の内実は「此の頃の東京には何処に美しい市街があるか？　何処に面白い芝居があるか？　何処にうまい料理屋があるか？」という、エピキュリアン的な視点から括り出されているが、第一次世界大戦による好景気によっても東京での生活が豊かにならず、「一般には却つて住みにくい街になつた」という認識を彼は明瞭に抱いている。

こうした意識の連続性のなかで『痴人の愛』のモダニズム的な意匠が打ち出されていることを見逃すことはできない。そこに流れているものは西洋文化への憧憬だけではなく、それを受容しつつも十分に消化し、内在化させることのできなかった日本の都市文化への眼差しであり、それが譲治の形象に託されている。彼がもともと東京に生まれ育った者ではなく、宇都宮の出身であるという設定にも、それが垣間見られる。宇都宮市を県庁所在地とする栃木県は、明治期においては足尾銅山で産出される銅による製銅工業が栄え、全国の約四割の銅を生産するとともに、近代における最初の公害問題を抱えることになった。西洋化と軌を一にする近代の産業化、工業化のひずみを初めに露わにした土地と譲治は類縁をもち、しかもその近代の流れを担う重要な機関の一つであった東京高等工業学校（現東京工業大学）で譲治は学んでいる。この学校を卒業した譲治はエリート・サラリーマンとして月百五十円という高給を得、その余裕のなかでナオミを「十分に教育してやり、偉い女、立派な女に仕立てよう」とするのだった。にもかかわらず、譲治自身は自分の憧憬する西洋文化を内在化させることから拒まれつづけるのである。その彼の姿が、産業化、工業化の進展の果てに、「不愉快な都会」としての東京を現出させてしまった日本の近代に対する、谷崎の醒めた眼差しを受け止めていないはずはない。一方ナオミも、初めは「勉強」を求める譲治に対して「え、、勉強するわ、さうしてきつと偉くなるわ」と答えるものの、結局譲治のナオミに対する

「教育」は、すべて当初の目論見を裏切る形で終わることになるのである。

それにしても、ナオミが「勉強」をして、「偉くなる」とは何を意味するのか？　譲治は決してナオミの芸術的才能を見出してそのパトロンになろうとしたのではなく、優秀な「職業婦人」にナオミがなることを望んでいるわけでもない。ナオミに女子としての高等教育を受けさせるという可能性はあったが、彼女の勉学のあまりの不出来に、それを具体的な次元で考えるには至っていない。ここで譲治が思い描いている「偉くなる」ことの内実は、明らかに西洋文化を吸収して、西洋人と対等に渡り合える人間になるということであり、自分には成就することのできないと考えるその望みが、ナオミに代替的に託されている。現に譲治は「あゝ、勉強おし、勉強おし、もう直ぐピアノも買つて上げるから。さうして西洋人の前へ出ても耻《はず》かしくないやうなレディーにおなり、お前ならきつとなれるから」という言葉によってナオミを励ましている。譲治がこの願望をナオミに付託したのは、端的に彼の身体がまぎれもなく日本人としての劣等性を刻みつけているからである。「背が五尺二寸といふ小男で、色が黒くて、歯並びが悪くて」という自覚から、譲治は自分が西洋人の女を妻にすることなどありえないと考えるが、それはいいかえればどんなに努力しても自分が西洋人と〈対等〉にはなりえないという意識でもある。これが彼が生理的に覚えざるをえない、自分が〈偉くない〉という認識の起点であり、それを代替的に成就しうる可能性をもった対象として、彼はナオミを眺めている。

けれども皮肉なのは、ナオミにとって西洋人と〈対等〉であることは、ある意味では努力せずともすでに実現してしまっている課題であるということだ。そのことを知っているからこそ、ナオミは英語の学習といった知的能力の領域での努力を怠るのだといえよう。つまり、彼女は譲治にアメリカ人女優メリー・ピクフォードを想起させる肉体の持ち主であり、「ナオミちゃん、お前の顔はメリー・ピクフォードに似てゐるね」という感想を述べることに始まり、この女優の名前が繰り返しナオミの容姿の形容として与えられる。海水浴場でナオミの水着姿を眼にした際には、譲治は「ナオミよ、ナオミよ、私のメリー・ピクフォードよ、お前は何と云ふ釣合の取れた、いゝ体つきをしてゐるのだ。お前のそのしなやかな腕はどうだ。その真つ直ぐな、まるで男の子のやうにすつきりとした脚はどうだ」という賛辞を内心で捧げるのである。

メリー・ピクフォードは一九一〇年代から二〇年代にかけて人気のあったアメリカの女優である。演じたのは無垢で愛らしい少女の役柄が多く、譲治がそうしたイメージを十代のナオミに付与しようとしたのは自然な連想であっただろう。念頭に置かねばならないのは、ピクフォードが身長約一五〇センチという、きわめて小柄な女優であったことだ。共生を始めた頃のナオミは「五尺一寸」の譲治よりも「一寸ぐらゐ低かつた」と記されており、一五〇センチ強の身長であったことになるが、顔立ちにおいても肢体においても、ナオミは初めから西洋女性の美の一つの典型と見なされた女性に、十分拮抗しえていたのである。それは譲治が、もっとも距離があると自分について考える次元での〈西洋〉への到達を、ナオミが果たしているということであり、彼女は自分に対する譲治の称賛のなかに、そうした意識が混じっていることに気づいていたに違いない。譲治はナオミに向かって「僕はお前を愛してゐるばかりぢやない、ほんたうを云へばお前を崇拝してゐるのだよ。お前は僕の宝物だ、僕が自分で見つけ出して研《みが》きをかけたダイヤモンドだ。だからお前を美しい女にするためなら、どんなものでも買ってやるよ。僕の月給をみんなお前に上げてもい、が」と明言するのであり、譲治のナオミに対する「崇拝」が彼女の知的能力に向けられていないことは初めから明瞭である。「偉くなる」という指標も、西洋人への拮抗をより強化するための手立てとしてしか彼女の耳には聞こえないはずである。そして彼女はいわば出発点においてすでに〈偉かった〉のであり、英語の学習などを手立てとして、自分をあらためて「偉く」する必然性を彼女が感じなかったのは当然である。いいかえれば、ナオミにとっては譲治の〈偉くなれ〉という要請は一つのダブル・バインドとして響かざるをえない。彼女の現実的な感覚は、〈知識は豊富でも醜い女学者などにはなるな〉という、それが内包する密かな否定の方を選び取ろうとするのである。

3　ナオミの変容

しかもナオミはいつまでも無垢で愛らしい「メリー・ピクフォード」のままでいつづけるわけではない。譲治との共生が進行するとともに、ナオミはそれを裏切る像を彼に呈し始める。ダンスでの出会いなどを契機として、ナオミは複数の若い男たちと関係をもつようになり、譲治は次第に惨めなコキュの位置に追いやられていくことになるのである。それが語られる中盤以降の展開においては、ナオミはむしろ作中に名前が挙げられる、ポーラ・ネグリに重ねられる妖婦的な女に変容していく(8)。そしてそのあまりの不品行によって、一旦譲治に家から追い出されたナオミが、荷物を取りに来るという口実で戻って来た時には、彼女はもはや元のナオミとは別個の女としての像をまとっている。もともとナオミは混血児めいた顔立ちをしてはいても、日本人としての肌の色をもち、たとえばダンスの教師であるシュレムスカヤ夫人の手の白さと比べると「白いやうでもナオミの白さは冴えてゐない、いや、一旦此の手を見たあとではどす黒くさへ思はれます」という観察を譲治はしている。にもかかわらず、冒頭で触れたように、一旦家を出た後に戻って来たナオミの姿を見て、彼はその肌の白さ自体が根本的に変容しているという印象を受け取るのである。

肌の白さに至つては、いくら視詰めても全く生地の皮膚のやうで、お白粉らしい痕がありません。それに白いのは顔ばかりでなく、肩から、腕から、指の先までがさうなのですから、もしお白粉を塗つたとすれば全身へ塗つてゐなければならない。で、この不可解なえたいの分らぬ妖しい少女、――それはナオミであると云ふよりも、ナオミの魂が何かの作用で、或る理想的な美しさを持つ幽霊になつたのぢやないか知らん？　と、私はそんな気さへしました。

（二十五）

ナオミの身体が放っている「白さ」を〈西洋〉の表象として捉える前田久徳は、同時にそれが「崇高さ」をはらんだ色彩であるという指摘をおこなっている。(9) しかしここで「白」とナオミの「神」性を結びつける文脈が存在するわけではない。引用部分が物語っているものは、とりあえずナオミが日本的な〈翳り〉や〈暗さ〉から完全に脱し、〈西洋〉と合一した存在となったということである。ここでは〈作者〉は、譲治が西洋文化と観念的な関係をしかもちえないことによって、それとの合一から疎外されつづける様相の裏返しとして、どこまでも身体的な存在でありつづけることによって、〈西洋〉を自己の内に呼び寄せることになった者としてのナオミの存在を、「白」の化身として表象している。そして物語の最後の段階に至って、ナオミは現実に西洋人の男たちと自由に関係をもち、完全に譲治と別個の世界の住人としての優位性を露わにすることになるのである。

反面、譲治に付与された〈西洋〉からの疎外はこの時点で決定的なものとなる。この構図に谷崎が『痴人の愛』に込めた文化批判が収斂されているが、とりわけ観念的な形での西洋文化の摂取を徹底的に拒んでいたナオミが、最後に身体の表層においてのみならず、意識的な次元でもそのなかを生きうる人間になるという展開が示唆するイロニーは明瞭である。この点について小森陽一は「不良少年や不良少女の間に流通しはじめたナオミの身体は、譲治が〈触れる〉ことを固く拒みながら、かつてない速度で「西洋」化していくことになる」と語り、その変容を成就させる所以を、彼女の身体が「浅草的なもの」を担っていたというところに見出している。小森は「『痴人の愛』の物語は、譲治の側からいえば、偽装された〈銀座的なるもの〉が、借り物でしかなかったことを自覚し、〈浅草的なるもの〉に回帰していく過程《プロセス》であり、ナオミの側からいえば、〈浅草的なるもの〉としての彼女の身体が、見事に〈銀座的なるもの〉に変化していく過程《プロセス》であったといえよう」という図式によって、譲治とナオミの関係性の変容を捉えようとしている。(10)

この視点は興味深いが、あらためて問われねばならないのは、ナオミが果たして「〈浅草的なるもの〉」の表象としてこの作品に存在しているのかということだ。小森の捉える「浅草」は、「あらゆる人間の自己同一性を、一瞬のうちにコード変換してしまう、流動し生成変化する渦」としての空間である。そうした空間に生を享けた女であったからこそ、ナオミの身体は「〈銀座的なるもの〉」へと変容していくことが可能になるという見方であろうが、こうした劇場性はもとより都市空間の一般的な属性であり、それが浅草という土地に限定される必然性は明確ではない。小森が対比させる「銀座」について同じことをいうことも可能だからだ。むしろ浅草は公的な遊郭である吉原につながる空間であり、ナオミは吉原に近い私娼街であった千束の出身である。こうした空間においては〈買う男〉と〈買われる女〉としての男女の「自己同一性」は明瞭であり、安定している。近代の盛り場、興行街としての浅草には確かに劇場性が顕著に見られるとしても、ナオミは単にカフェーの女給として働いていたにすぎず、そうした劇場性のなかを生き抜いていたといえない。『痴人の愛』のナオミが示す〈西洋化〉がもたらされる所以は、彼女が暗く澱んだ空間としての「千束」の地に生まれ育ったことにあり、〈作者〉はそれをいわば時空の通路として、古代、中世的な身体へと彼女の存在が還元されていく過程を、彼女の〈西洋化〉の成就と表裏をなす形で語っているのである。

つまりナオミは中盤以降、多くの男たちと関係を結び、「ヒドイ仇名を附けられてゐる」存在として周知されるに至る。このナオミの娼婦的な女としての前景化は、『痴人の愛』における顕著な特性である。谷崎はすでに「毒婦物」として江戸時代を背景とした『お艶殺し』(『中央公論』一九一五・一)や『お才と巳之介』(『中央公論』一九一五・九)などを書いているが、そこに「毒婦」として現われる女たちは、世慣れない男を弄び、その恨みを買いはするものの、決して誰にも身を任せるという型の女ではない。また『悪魔』(『中央公論』一九一二・二)、『続悪魔』(『中央公論』一九一三・一)で主人公の青年を苦しめる従妹の女性も、決して無軌道な娼婦性によって際立つ存在ではなく、その若い肉体とコケティッシュな振舞いによって、主人公の性欲と想像力を掻き立て、それが彼女を不可解な存在として描かせている側面が強い。あたかも男たちの共有物として存在するかのようなナオミの娼婦性は、あくまでも『痴人の愛』の女主人公の属性として付与されたものであり、そこにこの作品に込められた新しい機軸がある。見逃せないのは、ナオミが終始自己の個的な嗜好と意思によって、みずから男たちと交わりをもつことであり、そこに彼女の〈娼婦〉としての輪郭が浮上している。それは彼女が決して、公的な管理の下に置かれる、遊女屋に抱え込まれた形での〈娼婦〉、つまり〈公娼〉の比喩ではなく、むしろ任意に男たちと関係を取り結ぶ〈私娼〉の比喩として存在していることを物語っている。彼女が千束という私娼街の出身であるという設定は、何よりもそのことを示唆している。

三田村鳶魚《えんぎょ》の『江戸時代の高級遊女』(中央公論社『三田村鳶魚全集』第一一巻、一九七五・四、所収)によれば、江戸で公娼・私娼の区別が明確化されたのは元和三年(一六一七)三月に、庄司甚右衛門が吉原町の創開を許されて以降のことである。(11) この遊女屋に管理された江戸時代の〈公娼〉との対比性によって、ナオミはむしろ中世以前の遊女たちとの類縁を浮上させることになる。千束という空間を時空の通路として、ナオミが古代・中世的な存在に還元されていくと先に述べたのは、そうした意味においてである。

もちろん現実には江戸時代にも公娼をはるかに上回る数の私娼が存在し、奴隷的な境遇の下に置かれていた。しかし少なくともイメージの次元において、個人としての身体の牽引によって男と関係を結ぶ存在としての側面が、古代・中世における〈私娼〉としての遊女たちの側に色濃いということはいいうるであろう。滝川政次郎は江口・神崎の遊女たちが「自ら售《う》らんとして粉黛を施し、香袋を匂わせ、歌声を張り上げ、舞踊してあらゆる姿態を展示し、もって客の遊心を誘う」という「積極性」によってその業を営んでいたと述べている（『遊女の歴史』至文堂、一九六五・七）。『平家物語』に語られる、平清盛のもとに一人で訪れてその歓心を買おうとした仏御前の挿話が、その端的な事例をなすものであることはいうまでもない。そうしたイメージが谷崎の内にもあったことは疑いない。たとえば『蘆刈』（『改造』一九三二・一一、一二）にはそれが垣間見られる。語り手は淀川の上流の山崎を逍遥して大江匡房の『遊女記』を想起しつつ、その地で展開されたであろう「王朝の頃」の情景を脳裡に現出させようとする。彼が思いを馳せようとするのは、「其ノ俗天下ニ女色ヲ衒ヒ売ル者、老少提結シ、邑里《ゆうり》相望ミ、舟ヲ門前ニ維《つな》ギ、客ヲ河中ニ遅《ま》チ、少《わか》キ者ハ脂粉謌咲《しふんかせう》シテ以テ人心ヲ蕩《まど》ハシ、老イタル者ハ簦《からかさ》ヲ担ヒ竿ヲ擁シテ以テ己レガ任トナス」といった水辺の遊女たちの姿だが、「脂粉謌咲シテ以テ人心ヲ蕩ハ」す「少キ者」のイメージは明らかに『痴人の愛』のナオミにつながるものでもある。

　野口武彦や田中美代子が直観した、ナオミの存在が想起させる、俗なるものと聖なるものの両義性も、近世の遊女よりも中世以前の遊女のものであるといえよう。野口は、ナオミが「だれからも所有されることによってだれにも所属しない女」となることによって、「超越的」な存在として聖化されることが、譲治の彼女に対する拝跪の条件となることを指摘している。また田中は、「あらゆる男に身をまかせ、しかも誰のものにもなら」ないナオミの存在が、「芸術に化した一種の応神仏」（傍点原文）となるという指摘をおこなっている。[12] こうした見立ての妥当性はともかくとして、少なくとも後半の展開において、ナオミが単なる好色な女を超えた輪郭を差し出していることは否定し難い。この聖と俗の反転性ないし両義性が、「仏も昔は人なりき、我等も終には仏なり、三身仏性具せる身と、知らざりけるこそあはれなれ」といった『梁塵秘抄』の今様や、前場に遊女として現われたシテが、後場の最後に普賢に変貌する謡曲『江口』の遊女の輪郭に顕著であることは明らかである。『蘆刈』にも、中古・中世の遊女たちが「観音」「如意」「薬師」といった「仏くさい名前」をもっていたのが、彼女たちが「婬をひさぐことを一種の菩薩行のやうに信じたからである」という見方が語り手の知識として織り込まれている。柳田国男や中山太郎が指摘するように、[13] 日本の遊女が巫女を起源にもつことは周知に属する。大和岩雄の『遊女と天皇』（白水社、一九九三・七）によれば、不特定多数の相手と交わることは、古代においては「神垣」にも見られるように、一つの「神事」であり、この「ハレ」の日に許される性的な放縦を、日常化させていたのが遊女たちの営為であったという。彼女たちの「神」性もそこに由来するとされるが、『梁塵秘抄』に語られる神仏への希求にも託された遊女のそうした「神性」ないし「聖性」が、稀薄化されるに至ったのが、遊郭を幕府の管理下に置いた近世以降の体制における、公娼としての遊女たちであったといえよう。

4　上方的世界への反転

『痴人の愛』の後半の展開におけるナオミが想起させる〈超越性〉は、第一に彼女が現実の生活空間を逸脱していく記号性をはらむことの指標であったが、それが中世以前の遊女と重ねられる性格を帯びることは、谷崎潤一郎の着想のなかで彼女を位置づける文化的な背景として、江戸―東京ではなく、上方が置かれていたことを物語っている。そして大正時代の東京を舞台として展開するこの作品が、作者の関西移住後に書かれたことの中心的な意味はそこに見出される。この作品に込められた中古・中世的、ないし上方的な要素としては、譲治がナオミを見出し、自分のもとに引き取る発端が、『源氏物語』の「若紫」以降の、光源氏と紫上をめぐる展開のパロディーとしての意味をもつという、誰の眼にもとまる側面以外はほとんど閑却されている。しかし発端部分が『源氏物語』との重なりをもつこと自体が、すでに重要な連関であり、中盤以降の展開において、ナオミの身体が中古・中世的な遊女の像を滲ませてくることによって、一層この作品のもつ上方的世界への繋がりが強く浮上してくるのである。また『痴人の愛』は『源氏物語』を踏まえるとともに、能のパロディーとしての側面も備えている。つまり浅草のカフェーで譲治がナオミを見出すのは、複式夢幻能の前場における、ワキと前ジテとの出会いになぞらえられる発端である。『江口』を例にとったように、複式夢幻能では前場から後場への展開において、シテはこの世の人としての仮の姿から、霊としての真の姿へと変容を遂げる。初めむしろ陰鬱な印象を与えていたナオミが、奔放な女としての姿を現わす『痴人の愛』の展開も、まさに〈ワキ〉である譲治に対して、〈シテ〉としてのナオミが示す〈仮の姿〉から〈真の姿〉への移行を示す成り行きとして見なすことができるだろう。

『痴人の愛』が刻みつけた上方的な側面は、ここに描かれる男女関係の様相自体にも映し出されている。それを傍証しているのは『恋愛および色情』(『婦人公論』一九三一・四〜六)に語られる、谷崎の男女関係に対する観念である。ここで谷崎は「平安朝の貴族生活に於いては、「女」が「男」の上に君臨しない迄も、少くとも男と同様に自由であり、男の女に対する態度が、後世のやうに暴君的でなく、随分丁寧で、物柔かに、時には此の世の最も美しいもの、貴いものとして扱つてゐた様子が思はれる」と述べているが、ここで挙げられる「後世」とは「徳川時代」以降の時代を指している。またやや後のくだりではそれを強めるように、「平安朝の女は動《やや》もすると男に対して優越な地位に立ち、男は又女に対してとかく優しかつたやうな気がする」と記されている。

これが『痴人の愛』における譲治とナオミの関係にほとんどそのまま適合する性格をもつことはいうまでもない。もちろん谷崎は出発時から女に拝跪するマゾヒズム的な嗜好を強く打ち出してきた作家であり、女の男に対する優位性という主題が、関西移住後に初めて見出されたというのは当たらないかもしれない。けれども見逃せないのは、出発時の作品における谷崎の男性主人公たちが、一面では女を苛むサディスト的な相貌を帯びていることである。『刺青』(『新思潮』一九一〇・一一)の末尾は、確かに刺青師清吉が蜘蛛の刺青を施された女の「こやし」になる運命を示唆しているが、そこに至る展開においては、清吉は針で女の肌を刺し、その痛みに苦しむ女を眺めながら美しい図案を描いていく〈サディスト〉にほかならない。また『秘密』(『中央公論』一九一一・一一)の語り手は浅草の映画館で再会した旧知の女と、目隠しをして秘密の隠れ家に連れていかれるという〈ゲーム〉を繰り返すものの、この女の正体が知れた瞬間に女への興味を失って捨て去る冷酷さを見せる男であった。妖婦的な女に翻弄される男が主人公となる『お艶殺し』においても、男は決して柔弱一方ではなく、女に指嗾《しそう》されて殺人を重ねたあげく、最後にはその女自身に死を与える激しさに動かされる人物であった。

こうした初期作品の男たちの姿勢と比べれば、『痴人の愛』の譲治のナオミへの接し方が、当初の〈教育者〉としてのそれにおいても「とかく優し」いものであり、またナオミが譲治に対して「優越な地位」を示しつづけていることは明瞭である。そして中世以前の文化のなかに遡行していく存在であるナオミが、その果てに西洋文化と合一したかのような完全な「白さ」をもって立ち現われるところに、谷崎潤一郎が『痴人の愛』に込めた文化論的なイロニーがあるだろう。そして同時にそこに、谷崎の近代批判における独特の色合いが見出される。つまり夏目漱石や永井荷風が、江戸時代との断絶の果てに文化的な統一と成熟を欠如させた世界を現出させてしまった日本の近代に対する批判意識を重要な動機としているのに対して、谷崎にとっては江戸と明治はむしろ一つづきであり、両者の非連続を前提する歴史的構図は存在しないのである。『鮫人』の登場人物が批判するような東京の生活文化の低落は、決して明治維新をその起点としていない。谷崎の〈東京〉に対する不満と〈近代〉に対する批判は確かに互換的であるものの、多く衣食住の生活文化の次元で展開されるその批判は、むしろ三百年間にわたるこの地における展開に向けられている。つまり谷崎が〈江戸―東京〉に対して覚えざるをえない不満の根元は、もともとそこが「昔は「鳥が啼く東《あずま》」と云つた夷《えびす》が住んでゐた荒蕪の土地が権現様の御入府に依つて政治的に、と云ふのはつまり人為的に、繁華な町にさせられた」(「東京をおもふ」『中央公論』一九三四・一〜四)事情によっていることに見出されるからである。

そしてこうした不満を満たしうる場として、上方の伝統と生活文化が見出されている。谷崎にとっては、上方の王朝的文化こそが西洋文化と拮抗しうる世界であり、そのためその時空間を身体にはらみうるナオミが、西洋文化との〈合一〉を成就しうるのである。この上方における中古・中世の文化と西洋文化との拮抗は『痴人の愛』の三年後に書かれた『蓼食ふ虫』(『大阪毎日新聞』、『東京日日新聞』一九二八・一二〜二九・六)においても示唆されている。ここでは主人公の要《かなめ》の感慨として、芸術作品に表現された女性が、「仏教を背景にしてゐた中古のものや能楽などには古典的ないかめしさに伴ふ崇高な感じ」をもっていたのに対して、「徳川時代」に入ってからはそうした感触は失われて「だん〳〵低調になるばかり」であるために、今では「歌舞伎を見るよりも、ロス・アンジエルスで拵へるフイルムの方が好き」であるという好尚が語られている。『痴人の愛』では、この日本の中古・中世的な女性像と「ロス・アンジエルスで拵へるフイルム」の照応が、ナオミの身体を媒介として周到に仕組まれている。一方、譲治は近代日本の都市文化の背景をなす産業化、工業化を暗喩する者であるがゆえに、西洋文化と合一しえず、そこから疎外されてしまう。その点で東京のモダン文化を肯定的に受容する地点に成り立ったように見える『痴人の愛』が示しているものは、実はそれに対するしたたかな相対化にほかならなかった。そして「参考資料」としてのこの手記がもつ「教訓」が、夫婦関係における主導権の掌握をめぐる示唆にとどまらず、表層としての〈西洋〉を観念的に追い求めることが、逆にそこから遠ざかってしまう結果を招くことへの警告をもはらんでいたことが分かるのである。(14)

〈物語り〉えない語り手——『卍』と大阪言葉

1　求められる「作者」

一人称の語り手が自身の経験を語っていくことによって成り立つ、谷崎潤一郎の数多い作品のなかで、『卍』（『改造』一九二八・三〜三〇・四、途中数度の休載を含む）はその語りが大阪言葉[1]に埋め尽くされていることによって際立っている。関西あるいは上方に生を享けた者が一人称の語り手となる場合でも、『盲目物語』（『中央公論』一九三一・九）の語り手は上方の色合いをさほど滲ませない中立的な言葉によって、戦国時代の争乱に翻弄される一人の女性の身の上を語り出している。『卍』と同じく東京出身の作家が、山崎の地で遭遇した男に、二人の姉妹と自分の父をめぐる奇妙な関係を語られる『蘆刈』（『改造』一九三二・一一、一二）においても、男はやはり上方の人間であるにもかかわらず、標準語的な言葉で延々と記憶を語っていくのだった。『春琴抄』（『中央公論』一九三三・六）は技法的には盲目の美女春琴に仕えつづける佐助の一人称の語りによって構成されうる内容をもちながら、大阪人としての佐助自身の声は、彼らをめぐる顚末を綴った「鵙屋《もずや》春琴伝」をもとに物語を綴っていく語り手が演技的に再現する場面に現われてくるにすぎない。

　こうした作品群と比べても、『卍』における大阪言葉を用いる語り手の支配の度合いはきわめて高いものである。そして容易に想起されるように、この作品の主題は叙述を埋め尽くす大阪言葉の語りに緊密な連関をもっている。けれどもそれについて考察する前に注意を払わなくてはならないのは、その大阪言葉の圧倒的な比重のなかに、谷崎自身にも擬せられる東京人である「作者」の注釈的な言葉が織り交ぜられていることだ。それはたとえば「柿内未亡人」つまり語り手の園子が同性愛の相手である光子のことを口にする際の表情について、「（作者註、柿内未亡人はその異常なる経験の後にも割に窶《やつ》れた痕がなく、服装も態度も一年前と同様に派手できらびやかに、未亡人と云ふよりは令嬢の如くに見える典型的な関西式の若奥様である。彼女は決して美女ではないが、「徳光光子」の名を云ふ時、その顔は不思議に照り輝いた）」といったように、丸カッコに括られる形で挿入され、感情に動かされがちな園子の語りに、客観的な修正を施していく機能を担っている。しかしこの「註」が、前後の園子の大阪言葉を統括する力をもつ〈地の文〉ではないことに示唆されるように、「作者」は決して園子の語りを整理しつつ、物語の輪郭を浮き彫りにしていく存在ではない。むしろ園子によって延々と語られていく〈物語〉は、彼女自身にとっても未分化な、混沌とした次元にとどまっている。絵を学ぶ技芸学校で知り合った美しい女光子と同性愛の関係に陥り、そこに彼女の婚約者や園子自身の夫が絡んでくることによって文字通り〈卍巴《まんじともえ》〉をなす錯綜した愛欲の関係が語られていくこの作品が、総体を把握しにくい印象を与えるのは、叙述が大阪言葉に塗り込められている以前に、語り手自身がその輪郭を十分に捉えていない状態で、出来事の経緯が語り出されていることによっている。

園子が経験を語っていく相手として「先生」と呼びかけられる「作者」が存在する設定自体が、何よりも語り手自身における物語内容の未整理を示唆している。話が不特定多数の読者に向けられるのではなく、物語をまとめ上げることを職能とする人間にもちかけられる段階でこの作品は成り立っているのであり、ある意味では完成した物語ではなく、その〈素材〉の段階の話に読者はつき合わされるのだともいえよう。河野多恵子が『卍』について「完成度に欠ける作品」と見なし、「幾つかの中途半端の様相の絡み合いで成り立っている」という評価を与えた(2)のも妥当である。しかしそれは谷崎が図らずも呈してしまった欠陥というよりも、むしろ意図された瑕疵にほかならない。

園子が語り手としての十全な職能をもたない語り手であることは、冒頭の次のような部分に明示されている。

先生、わたし今日はすつかり聞いてもらふつもりで伺ひましたのんですけど、折角お仕事中のとこかまひませんですやろか？　それは〱委《くは》しいに申し上げますと実に長いのんで、ほんまにわたし、せめてもう少し自由に筆動きましたら、自分でこの事何から何まで書き留めて、小説のやうな風にまとめて、先生に見てもらはうか思たりしましたのんですが、……実はこなひだ中《ぢゆう》ひよつと書き出して見ましたのんですが、何《なん》しろ事件があんまりこんがらがつて、、どう云ふ風に何処から筆着けてえゝやら、とてもわたしなんぞには見当つけしません。そんでやっぱり先生にでも聞いてもらふより仕様ない思ひましてお邪魔に出ましたのんですけど、でも先生わたしのために大事な時間滅茶々々にしられておしまひになつて、えらい御迷惑でございますやろなあ。

（その一）

ここで園子は明瞭に、自身が過去の行動を辿り直しつつ「小説のやうな風にまとめる」ことができるほど「自由に」は「筆」を動かす能力がないことを告白している。そのことと、特異な経験を自身に代わって物語の形にまとめる適任者として「先生」の手腕が求められていることは明らかに照応している。したがって可能性としては、ここで語られた内容を第一次稿として、人物間の関係や出来事の経緯をより明瞭に提示した第二次稿としての『卍』が書かれえたことになる。もちろん物語の手練れである谷崎に、内容をより整理した形において『卍』の内容を物語ることは容易であったはずだが、あえて未消化な話の提示としてこの作品を綴っていったところに造形の意識が込められている。つまりこの作品の〈機能としての作者〉は、語り手の園子を〈物語りえない〉存在として前景化しており、彼女が自己の経験を物語として統合形象化しえない人間であることと、その話のなかで語られていく行動の主体であることの間の有機的な連関を浮上させることが、『卍』における中心的な方向性であったと見なされるのである。園子の語りは自身の経験を因果性のなかに提示しないだけでなく、個々の出来事や行動に対する意味づけ自体も、その進行を通して変化させていく。たとえば技芸学校で流される光子との同性愛の噂は、初め校長の画策であったことが示されながら、その後ではそれが、光子が婚約者との仲を割かれることになる結婚の話をこわすために自身で流させたものとして捉え直される。にもかかわらず、その婚約者とされていた綿貫についても、初めは遊び人の色男的な人物として紹介されながら、後の章では性的能力の欠如によって本当に光子の心を捉ええない存在として語り直されるのである。

千葉俊二は今挙げた同性愛の噂に対する意味づけの変化をはじめとする、『卍』の語りの分かりにくさに着目し、それが語り手の園子が用いる大阪言葉のもつ「状況依存的」な性格によるという見方を示している。(3) 千葉は『改造』での連載の最初の段階では標準語によって語っていた園子を途中から大阪言葉の遣い手に変えたことの妥当さを指摘した後で、彼女が大阪人であるために「逆上、興奮しやすいタイプで、論理的思考よりも状況依存的な判断にもとづいて」事件の経緯を語りつつ、それをかえって錯綜させていくところに、語り手としての特徴があるという。確かに「標準語で書かれたものを読むよりも、大阪言葉の『卍』の本文を読むことは数等倍読みづらい」という印象を与えられることは自然だが、園子が過去の出来事を語りながらみずから興奮して話の脈絡を混乱させてしまうことと、彼女が大阪言葉の遣い手であることは別次元の問題である。(4) そうした気質をもった語り手は、用いる言葉にかかわらず遍在するからだ。たとえば太宰治の『駆け込み訴へ』(『中央公論』一九四〇・二)の語り手のユダはもちろん大阪言葉を使うわけではないが、イエスを裏切る告白をしながら激しく感情を昂揚させ、「ああ、もう、わからなくなりました。私は何を言つてゐるのだ。さうだ、私は口惜しいのです。なんのわけだか、わからない。地団駄踏むほど無念なのです」と言葉を乱れさせるのだった。

もっとも『卍』の物語内容と、それが大阪言葉のなかに住み込んだ人間によって語られていくことの間に重要な連関が存在することは否定しえない。その連関については後の節であらためて言及したいが、確認しておかなければならないのは、園子の話の内容の分かりにくさが、彼女の「逆上、興奮しやすい」という性格の個別性以前の段階で生じているということである。過去の自他の経験を統合形象化する主体は、当然それに対してメタレベルに立ちうる現在時の意識を前提としている。それは過去の出来事の連鎖のなかを生き直しつつ、それらを結ぶ因果性を見出し、それによって「出来事を純化し、浄化する」（リクール『時間と物語』Ⅰ、久米博訳）[5]営為である。園子はその営為の主体たりえない人間であることをみずから認めており、それゆえその位置を作家である「先生」に委譲しようとしている。それはいいかえれば彼女において、現在時の意識が過去の自己を差異化しえず、両者が未分化なまま連続しているということである。園子の語っていく言葉の厖大さも、むしろ彼女がそれらを整理しえず、出来事の輪郭を明瞭化するための取捨選択を施しえないことの結果にほかならない。野口武彦は『卍』の主体が「およそ告白体というものからは程遠い」ものであることを指摘し、園子の語りが「あたかもテープレコーダーから聞き手の声を消し去った結果であるかのような印象」があり、それが「読者の聴覚的な官能に訴えること」を狙って綴られていると述べている[6]。これは的確な印象だが、『盲目物語』や『蘆刈』といった冒頭に挙げた作品においても、十分にそうした効果は配慮されており、それが『卍』においてとくに特権化されているわけではない。重要なのはそれがあたかも取材したテープレコーダーの再生のように聞こえるということであり、それは整理を受ける前の素材的な感触のなかに出来事の提示が投げ出されているという、この作品の語りの性格を示唆している。逆にいえば、『卍』は過去の意識的な統合形象化という、物語の生成の原理を裏切る地点に成り立つ逆説的な〈物語〉にほかならないのである。

2 〈他者〉としての同性愛

この自己の過去の経験に対してメタレベルに立ちえない園子の意識的な特性は、決して時間的な距離を伴う対象に対してだけに限定されない。園子を特徴づけるのは、彼女が自身の意識的営為を逸脱する部分を備えてしまっており、それによって物語をまとめ上げるといった限定的な能力をもたない以前に、現実世界における自己の行動に対する主体性を失いがちなことである。いいかえれば園子のなかに、現実行動において自覚的な意識の外側から自己の身体を作動させてしまう、他者的な側面がはらまれており、それがこの作品の中心をなす、園子の光子に対する同性愛的な傾斜に顕在化している。つまり園子は技芸学校で揚柳《ようりゅう》観音に擬された女性のモデルを描いていた折に、校長にその絵が光子に似ていることを示唆されたことがきっかけで、光子と知り合う。その類似に対して、同性愛の噂を立てさせようとした校長の画策という一次的な説明が次の「その二」の章でなされるが、園子は初めは根も葉もないものとして斥けていた光子への同性愛を、間もなくみずから是認するに至るのである。

それは初め他者的な位相に置かれていた同性愛への傾斜が、次第に園子の自発性の次元に移行していくということである。にもかかわらずそれは決して園子の性愛的な体質の逆転を物語ってはいない。つまり園子は教室に入ってきた校長に最初「柿内さん、あんたの絵エはちよつともモデルに似てをらんやうですな、あんたは誰ぞ、外にモデルあるのんではありませんか」と言われ、「意味ありげ」な笑いを浮かべられた際に、当然そこで校長が念頭に置いている光子の存在を思い浮かべることができない。にもかかわらず園子はその校長の言葉に「何やしらんはつと胸いこたへるもんありましてん」という驚きを与えられ、聞き手である「先生」に向けて出来事の顚末を語る時点では、光子を「わたしが無意識のうちにモデルにしてた人」として語り出しているのである。もちろんそこには光子との同性愛を経た時点で盛り込まれた偏差が遡及的に作用しているが、重要なのは技芸学校の授業で校長に揶揄される以前に、園子がすでに光子に強く魅せられていたことだ。〈作者〉はそれを示す痕跡を、前半部分の園子の語りに繰り返し織り込んでいる。たとえば次のようなくだりである。

さう云へば私が案外早うから光子さんに気イつけてました証拠には、もうその時分に誰から聞いた云ふでもなしに、光子さんの名前やお所を、——船場《せんば》の方にお店のある羅紗《らしや》問屋のお嬢様で、住まいは阪急の芦屋川にあるのや云ふやうなこと迄ちやんと知つてましてん。

（その一、傍点引用者）

（略）そいからは断《か》う、学校の往き復《かい》りなぞに出遇ふことありましても、何や気イさして、前みたいに顔しげ〳〵見守ること出来ませなんだ。

（その二、傍点引用者）

わたしの方では疾うから綺麗な人やと思て、噂立ちません時分には、光子さんが通りなさると、それとなう傍い寄つて行つたりしましてんけど、光子さんの方ではてんと私やかい眼中にないやうな塩梅で、すうツと通つてしまひはりますが、その通られた跡の空気までが綺麗なやうな気イするのんです。

（その二、「てん」以外の傍点引用者）

つまり園子は光子との噂を立てられる前において、すでに光子の顔を「しげ〳〵見守」っていたのであり、彼女について「綺麗な人や」という認識をもち、その住居の在り処まで知っていたのである。中盤の「その十」の章で同性愛の噂を立てたのは光子自身の計略であったらしいことが示されるが、園子自身も「光子さんかて私がどんな気持でゐたか大方素振でも察しついてたですやろし」と推測しているように、光子は自身の美に対する園子のこうした魅惑をあらかじめ見て取っていたからこそ、その噂を立てる好適な相手として園子に白羽の矢を立てたに違いない。にもかかわらず、園子自身は光子に容易に看取されていた、彼女の美に牽引される情動に対してほとんど無自覚であり、外部からの働きかけを通してようやくそれに覚醒していくのである。

それはいわば園子のなかに潜んでいた、同性を愛する自己が自身に対して浮上してくる過程である。「その五」と「その六」はそれを明確化する章として眺められる。ここで自宅に光子を招いた園子は、彼女に普段のモデルに代わって観音菩薩のポーズをとってくれるように頼み、それを受け容れた光子が服を脱いでシーツをまとった姿を見せると、園子はその美しさにあらためて感嘆する。

それにとどまらず園子は光子のまとったシーツをも取り去って裸体にすると、「あ、、憎たらしい、こんな綺麗な体して、、うちあんた殺してやりたい」と叫ぶ狂的な興奮に入り込んでいくのである。この時点では初め園子の熱狂に距離を置こうとしていた光子もそれに同調し、「二人は腕と腕とを互の背中で組み合うて、どつちの涙やら分らん涙飲み込みました」という和合に導かれることになる。この場面では光子の美に牽引される園子の情動の激しさが、彼女自身の予測をも凌駕する強さで噴出してくる。初め光子が裸体になることを拒むことに対しても、園子は腹を立ててシーツを口で引き裂こうとする激情を示すが、その際の自身の振舞いについて園子は、「その時はよつぽどどうかしてたと見えまして、自分で覚えないのんですけど、まつさをになつてぶる〳〵顫ひながら光子さんを睨みつけた顔つきが、ほんまに気でも狂うたやうに思へましたさうです」と語っている。この言葉に含まれるように、「自分で覚えない」ほどの昂揚のなかで「ほんまに気でも狂うたやうに思へ」てくる逸脱が、園子の同性愛的な心性のあり方を示唆している。

　つまり園子にとって美しい同性に惹かれる情動は、あくまでも日常的な生活者としての自覚の埒外で作動する他者的な心性であり、同性に接近していこうとする内面の傾斜に対して園子は主体的になりえないのである。こうした園子の〈同性愛者〉としての心性は、同時代に流通していた女性間同性愛の言説と重なりながら、同時にそれとの差異を示している。男性間の同性愛に比べて女性間の同性愛は、通常の友愛や親交と地つづきである度合いが強く、また周囲からの触発によって喚起される場合も珍しくない。『卍』とほぼ同時代の言説である澤田順次郎の『神秘なる同性愛の研究』（大京堂書店、一九二五・六）では、「女性間恋愛の後天的なるものには、模倣に出づるもの多く、即はち時代病に囚はれて、茲に至る者が少なくない」と記され、「女性間恋愛」の〈流行〉という時代的現象に感化されることによってこの世界に入り込んでいく例が少なくないことが述べられている。(7)『卍』の語りにおいても園子が光子との関係を夫に問いつめられて、「あほらしい！　あんた女学生間のことちよつとも知らんねんなあ、誰でもみんな仲のえゝもの同士やつたら、『姉ちやん』や『妹』や云ふのん珍しいことあれへんわ」と言い返すくだりが見られる。少女同士の思慕を描いて人気を博した吉屋信子の『花物語』（洛陽堂、一九二〇）に典型的に見られるように、実人生に足を踏み出す前の少女が、自身のあるべき姿を映し出している鏡像として、美しく、知性を漂わせた同性を憧憬するという型の小説がこの時期に流行したのであり、園子の光子への行動もそうした時代的な流れを「模倣」している側面をもっている。澤田はさらに「女性間恋愛」が友愛に近似し、その延長線上に営まれる例が多いことを指摘しているが、『卍』にもその側面が含まれることは明瞭である。

けれども女性間同性愛を主題とする近代の作品の多くが、友愛との連続性のなかに生まれ、日常生活の秩序を相対的にしか逸脱しない交わりを描いていたのに対し、『卍』の同性愛は近似した出発点をもちつつ、主体の日常性を揺るがしてしまう強度を呈している。光子との性愛的な関係は、園子自身にとって未知の領域との遭遇であっただけでなく、彼女の夫との生活を危機に瀕させることになる。さらにそれは夫自身の光子への志向をかき立て、また園子と夫との夫婦関係を光子が許容しないことによって、三者が対峙し合うような地点にまで行き着く。そして最後には三人ともに服毒自殺を図るものの、園子のみが生き残って事件の顚末を語る者となるのである。こうした出来事の紛糾と人間関係の錯綜の起点をなすものが、園子の同性愛的な情動が彼女自身に対してもつ他者性にほかならなかった。園子はもともと同性愛者としての自覚のなかに生きていたわけではなく、また新しい時代を生きるモデルとなるべき知性や美しさを備えた同性に憧れる心性が彼女を動かしているわけでもない。むしろ『卍』の園子が受け取る光子の魅惑は、より純粋に肉体の発する光輝に取り込まれていく過程としての性格を帯びている。そしてその魅惑の指嗾に対して、園子は自覚的な統御を与えることを拒まれている。この内面の情動に対して主体となりえない統御の稀薄さが、自身の経験全体に敷衍される形で、彼女は「出来事を純化し、浄化する」意識的営為の担い手となりえないのである。

3 「極端」な運動性

そこに、女性の肉体の放つ美と魅惑に拝跪する人間の姿を描きつづけた谷崎潤一郎の作品としての所以があるといえよう。むしろ谷崎の多くの作品で美しい女へ信奉を捧げる男たちは、その姿勢ゆえに〈同性愛者〉的な存在であるといっても過言ではない。『痴人の愛』(『大阪朝日新聞』一九二四・三・二〇～六、『女性』一九二四・一一～二五・七)の譲治は初めナオミに対して優越する者として向き合おうとするが、自分の施そうとする訓育がすべて無効であると知ってからは、彼女の魅惑への無力な信奉者として、距離を置いて彼女を眺めるだけの日々を過ごすようになる。『卍』の三年後に書かれた『春琴抄』の佐助も、その名前が示唆するように、徹底して盲目の美しい女主人春琴に仕えつづける男であり、一切の女への優越や侵犯の欲求が彼から捨象されている。

それは谷崎の世界において、異性愛と同性愛が反転し合う関係をなしていることを物語っている。たとえば『春琴抄』において興味深いのは、この作品が性的な和合を強く滲ませた世界として成り立っていることである。それは佐助が春琴と最終的に夫婦同然の関係となり、子供を三人もうけたといった成り行きにも示されているが、佐助が火傷を負った春琴の顔を見まいとして自身の眼を針で突いて盲目になるという後半の展開も、彼らの企図せざる肉体的和合を推し進める契機となっている。その後で語られる、盲人同士が湯を使う場面で、「視覚を失つた相愛の男女が触覚の世界を楽しむ程度は到底われ等の想像を許さぬものがあらうさすれば佐助が献身的に春琴に仕へ春琴が又怡々《いい》としてその奉仕を求め互に倦むことを知らなかつたのも訝《あや》しむに足りない」と述べられているのは、それが両者が肉体的に結ばれる至福の境地でもあることを示唆している。「相愛の男女が触覚の世界を楽しむ」姿とは、とりもなおさず性交の暗喩にほかならず、ここには性器の侵入による侵犯、被侵犯の明確化を伴うことなく、男女が肉体的な和合を遂げる光景が現出している。そしてその限りにおいて、この風呂場の光景は、女性同士の性的な和合の場面に接近していくのである。

そうした形で異性愛と同性愛の反転性がここにあらわれている。『卍』においても重要なのは、ここで主題となる同性愛への傾斜が、本来異性愛の枠組みのなかで生きていた女の内において生起しているということである。園子にとっては、光子の牽引は彼女自身にも唐突な形で浮上してくるのであり、それが彼女を物語りえない語り手にする要因をなしていた。けれども彼女を突然捉える同性愛への傾斜は、彼女がそれまで身を置いていた異性愛の枠組みと有機的な連関をもち、むしろそれを前提としてもたらされている。

もともと彼女は技芸学校に行く際にも法律事務所に行く夫と同伴し、帰りには「難波や阪神で待ち合はしたりして、一緒に松竹座なぞい行つたり」もする睦まじさのなかで日々を送っている。けれども園子が同性愛に傾斜していく前提は、美に感応しやすい心性を別にすれば、やはりこの夫との生活にしか見出されない。つまり園子が光子に否応なく惹かれていくのは、夫柿内の性的牽引の乏しさの裏返しにほかならず、園子自身がその因果性を示唆している。彼女は「先生」に向かってはっきりと「わたしと夫とはどうも性質が合ひませんし、それに何処か生理的にも違うてると見えまして、結婚してからほんとに楽しい夫婦生活を味はうたことはありませなんだ」と語っているのである。園子の不満は、「いつたい此の人の胸にはパッション云ふものがあるのかしらん？」という疑問に収斂されるものであり、それが光子との一件などの「いろ〳〵の事件惹き起す元になつたのんです」という認識を彼女にもたらしている。したがって傍目には「羨ましいやう」にも映る家庭に欠如している〈幸福〉とは、この夫の「パッション」の不在がもたらす性的牽引の欠如以外ではなく、それが園子への傾斜の前提をなしているのである。

光子の恋人として作中に現われてくる綿貫は、この柿内の性的膂力の欠如を戯画的に強調する存在にほかならない。光子の婚約者という形で園子に接触することになったこの男は、実際は「ステッキ・ボーイ」と呼ばれる不能者であり、女たちに容易に接近していくものの、最終的な関係を結ぶことを回避しつづけた来歴をもっている。彼は光子の美しさへの憧憬をもつ点では園子と同類の人間だが、当然光子と園子との関係に決着をつけさせることはできず、光子を二人で〈共有〉するべく園子との間に〈姉弟〉の間柄を結ぼうとする。この綿貫が園子との間で結ぼうとする〈姉弟〉の関係は、園子と柿内との間に本来あったものを間接的に示唆している。つまり柿内と園子のそれなりの睦まじさは、いわば〈兄妹〉のそれであり、性的紐帯の稀薄さがそこに流れていたことが、綿貫の存在を介して浮上してくるのである。また綿貫が園子との〈姉弟〉の関係を「誓約書」という擬似法律的な文書の作製によって明確化しようとするのも、〈法律家〉である柿内の立場を模倣した行為であるといえよう。

こうした、『卍』における女性間同性愛の前提をなすと見られる、女に対する男の性的牽引の乏しさは、谷崎の近代に対するイロニカルな眼差しの表現でありながら、必ずしも一義的な批判の対象とされているわけではない。『卍』に現われる男たちには、確かに妻や恋人を十分に強く引き留めることのできない弱さが付与されており、一面ではそれが家庭内の現実的な不和を招く要因として働いているが、他面ではそれは女たちの性愛的な行動に新しい拡がりをもたらす前提ともなっている。『恋愛及び色情』(『婦人公論』一九三一・四〜六)で述べられているように、江戸時代以来の伝統のなかで「女性を卑しめ、奴隷視する」流れが固定化されるようになったことに対して、谷崎は明らかに批判的である。一方、「平安朝の貴族生活」においては「男の女に対する態度が、後世のやうに暴君的でなく、随分丁寧で、物柔かに、時には此の世の最も美しいもの、貴いものとして扱つてゐた様子が思はれる」のであり、『痴人の愛』の譲治以降、美しい女たちに屈従する男たちが描かれることになったのも、この中古・中世の上方世界において保たれていたと想定される、女性を尊ぶ姿勢の具体化にほかならなかった。前章でも述べたように、これらの作品が谷崎の関西移住後に書かれていることの意味は第一にそこに見出される。

逆にいえば、それは園子が光子との関係に入り込んでいった以降も、異性愛の側に反転しうる可能性を残しているということにほかならない。現実に園子は光子への志向と夫への志向の間を行き来する人間であり、その往還の激しさが、彼女の語り手としての輪郭を形づくっている。先に触れたように、この作品のもつ分かりにくさは、主に園子の語る出来事の描出が、そこに内在する因果性を一貫したものとして提示しないところにあった(8)。そしてそれは園子が過去の行動において、自覚を超えた地点で他者や外界に浸透され、それらと交わりをもつことによって、その折々の感情的な真実に憑依されてしまうからであった。この非連続性は時間的な形のみではなく、空間的な形でも現出している。光子への志向が否定されると、園子は直ちに夫との異性愛の枠組みに立ち帰ってしまうのである。「その十」の章で、光子に綿貫という相手がおり、「結婚の約束までした」ということを知らされると、園子は光子に裏切られたと思い、幻滅を覚える。すると園子は夫のもとで「あーあ、やつぱり夫は有難い、自分は罰中《あた》つたんや、もう〳〵あんな人のこと思ひ切つて、一生此の人の愛に縋《すが》らう」と心を決め、今度は夫の愛を強要する。夫の柿内は「まだ愛しかたが足らん」と「気違ひみたいに興奮」する妻の様相に対して、「お前は極端から極端やなあ」と呆れざるをえないのである。

園子がこうした内側の衝動に動かされて「極端」な移動をおこなう生活者であることは、この作品における彼女の語りから因果的な統一性を奪う要因をなす一方で、逆説的な形で彼女を〈語り手〉とする条件ともなっている。つまり自身の経験を語りながら、それに物語としてのまとまりを付与しえないところに、園子の語り手としての特性があったが、にもかかわらず彼女は現在に至る出来事の顚末を厖大な言葉に写し取り、その中身を錯綜した形で聞き手の「先生」に伝えることができる。そこに園子がこの反語的な物語の主体としてとどまりうる所以が存在している。園子の話に物語としての起伏をもたらす要素である、同性愛への傾斜をはじめとする自己の内の他者性の発動は、決して彼女を恒久的に変質させる力ではなく、そこから元の地点に戻ることのできる相対性を帯びている。それは園子が、他者的な情動に動かされた行動に対してみずから距離をとりうるということであり、この距離によって園子は自身の経験を対象化しうるのである。たとえば柿内の性的牽引の乏しさが、自分の同性愛の前提であるという認識は、あくまでも「先生」に向けて一連の出来事を語っていく段階で彼女の内に浮上してきた、遡及的な把握である。それは過去の経験を物語として統合形象化しえない語り手としての園子がもちうる、認識作用の一端にほかならない。それによって彼女は錯綜した形であれ、自身のくぐり抜けた経験を言語化しうるのである。

そして園子が示す「極端から極端」への移動の激しさは、彼女が物語を語りうる逆説的な条件をなすと同時に、この作品の特性であるユーモアや滑稽味をもたらす基盤ともなっている。通例『卍』のもつユーモアについては、その徹底した大阪言葉による語りと結びつけられがちだが[9]、むしろこの作品のユーモアは、「極端から極端」へと移動しつづける園子の運動性によってもたらされている面が大きい。光子との交渉に惑溺したかと思うと、身を翻して夫の愛を懇願する園子の「極端」さが、それ自体の過剰さによって滑稽味を漂わせている上に、その対照的な極の間の往還は、それぞれを相互に相対化してしまうからである。またこうした「極端」さは決して園子一人によって担われているわけではない。園子よりも打算的で冷静な人間として語られている光子にしても、途中で妊娠を偽って園子に腹痛を訴える場面では、「あて、もう死ぬ、死ぬ、助けてほしい」といった苦しみぶりを示し、そのあまりの大仰さに、それが演技であることをたやすく園子に見抜かれてしまう。夫の柿内ですら、終盤に示す光子への執着の度合いは、「パッション」を欠如させた人間としての、それまでの彼の輪郭を裏切っている。笑いの要因をなすものが、生の連続性の途絶にあるとしたのはベルグソンだが、こうした人物たちの行動は明らかに滑らかな連続性に逆行している。(10) しかもなおそこに浮上している一種の生命感が、笑いにつながる滑稽味を醸しているのである。

4　大阪言葉における〈他者〉

けれども『卍』におけるユーモアが、その語りを満たしている大阪言葉と密接な連関をもっていることはやはり否定しえない。他者的な情動に動かされる人間としての園子の輪郭も、谷崎がこの自身にとって新しい文化と遭遇することによってもたらされたものであると考えられる。この作品の語りと人物たちの行動を特徴づける、時間的、空間的な非連続性は、彼らがその都度の志向に身を委ねてしまうことによってもたらされていたが、とりわけ園子は、その非連続性に対する意識の稀薄さによって、他者を内に含み込んだ存在としての相貌を呈している。そして園子が大阪言葉の使い手であるという条件が、彼女のそのあり方と照応をなしているのである。なぜなら大阪言葉はもともと、発話の主体のなかに相手の存在を組み込む度合いの高い言葉だといえるからだ。それは現象的にはたとえば「イエスとノーをはっきりさせなかったり、曖昧にぼかし、単刀直入に表現することを避けたりして、相手を傷つけないでおこうとする柔らかさ」（彭飛『外国人留学生から見た大阪ことばの特徴』和泉書院、一九九三・四）によって特徴づけられる、発話者の念頭に置かれた相手に対する顧慮の大きさとしてあらわれている。その背後には当然、大谷晃一が『大阪学』（経営書院、一九九四・一）で「大阪弁がもうろうとして歯切れが悪い。これは商人の言葉だからである」と述べるような、商都としての歴史のなかで、自分の腰を低くして相手と交渉することが重んじられてきた気風が流れているだろう。

しかしそうした歴史的文脈とは別個に言葉としての特性を考慮しても、大阪言葉が構造的にはらんでいる他者志向性を析出することができる。つまり「母音をていねいに発音して、無声化が少なく、特殊拍もていねいに発音して、端正な拍と同じく単独でアクセントの山をおくことを許す傾向のある近畿方言」（平山輝男「日本語アクセントの将来」、論集日本語研究『方言』有精堂出版、一九八六・一、所収）においては、必然的にアクセントは語の後半部に置かれ、発話は全体に尻上がりになされることになる。それは話者の意識の重点が文末に注がれるということでもあり、そのため発話内容を相手にもちかける微妙なニュアンスに意が注がれることになる。また「や」「わ」「ねん」「なあ」といった語尾によって、発話の内容を相手にもちかけるための微妙なニュアンスを大阪言葉は発達させており、その際どのような色合いの語尾を選び取るかの基準が、身体的な感覚として発話者に備わっている。それは自他の関係を発話によって絶えず確認しつづけ、そのなかでより望

ましい位置に自己を置こうとする営為でもある。(11)

その意味において大阪言葉は本来構造的に他者志向性の強い言葉であるといえる。谷崎自身は「大阪語には言葉と言葉との間に、此方が推量で情味を酌み取らねばならない隙間がある。東京語のやうに微細な感情の陰までも痒い所へ手の届くやうに云ひ尽す訳に行かない。東京のおしやべりは何処から何処まで満遍なく撫で廻すやうにしやべるが、大阪のは言葉数が多くても、その間にポツンポツン穴があいてゐる」(「私の見た大阪及び大阪人」『中央公論』一九三二・二〜四)と述べ、話者が主体的にその意思を言い尽くさない言葉として捉えている。この把握が、ここでの議論とも重ねられる方向性をもつことはいうまでもない。大阪言葉の話者が意思を発話に転化し尽くさないのは、その余の部分を、一つの状況を分けもつ相手との感情的な紐帯に委ねているからであり、その相互に浸透し合う部分を前提として会話がおこなわれているからである。東京在住者などには粘着的な人間関係として印象づけられるこの相互浸透において作動しているものが、非意識的な形で他者を自己の内に呼び入れ、自己を他者に譲り渡す関係性であることは疑いない。そして『卍』に描かれる、園子が光子に牽引され、彼女との同性愛に至る様相が、他者をはらんだ形で行使される大阪言葉のもつ、構造的な性格と照応するものであることは明らかだろう。その点でいわば園子は、大阪言葉そのものの寓意として存在しているのである。

谷崎の世界を貫流するマゾヒズムの主題の表現も、大阪言葉の取り込みによって新しい方向性を与えられることになったと考えられる。前章でも触れたように『刺青』(『新思潮』一九一〇・一一)、『少年』(『スバル』一九一一・六)といった初期の代表的な作品の根底にあるものは、感覚的な刺激に対する貪欲な志向であり、その激しさはむしろサディスティックな様相を帯びている。大蜘蛛の刺青を施した女の肉体の前に跪く『刺青』の清吉にしても、もともとは自分の刺す針の痛みに耐えかねて客の上げる「呻きごゑが激しければ激しい程、彼は不思議に云ひ難き愉快を感じる」という傾向をもつ男であった。少年たちを意のままに操って遊戯に耽る『少年』の光子にもやはりサディスティックな傾向が顕著だが、感覚的な愉楽への志向が反転する形で、初期作品におけるマゾヒズムは表出されている。それに対して『卍』におけるマゾヒズムは明らかに、こうした能動から受動への反転のなかにもたらされていない。園子は初めから光子を下方から見上げる姿勢をとりつづけるのであり、光子の振舞いに嫌悪を覚えることはあっても、彼女に対して自分が主人の位置に立とうとすることは一度もない。

こうした、関係の起点から自己を相手の下方に置こうとするマゾヒズムは、『痴人の愛』以降の関西移住後に書かれた作品の系譜のなかで次第に明確化され、『春琴抄』の佐助において頂点に達することになる。このマゾヒズムの変容は、フロイトがこの観念に対して示した転回に相当しているともいえよう。初め『欲動とその運命』で対自己的なサディズムとして措定され、自律的な心性としての一次的な性格が否定されたフロイトのマゾヒズムは、後に『快感原則の彼岸』では死の本能（タナトス）の発現として捉え直され、一次的なマゾヒズムの存在の可能性が肯定されることになった。その転換の背後には、祖国オーストリアの第一次世界大戦への突入に対する悲観的な認識があるといわれるが、『痴人の愛』から『春琴抄』に至る一連の作品に現われるマゾヒスティックな人物たちは、いずれも自身の内にある自己無化というタナトスに動かされるように、相手の下方に自己を位置づけようとするのである。

『春琴抄』には周知のように当時恋愛関係にあった根津松子に対する従僕的な感情が投影されているが、『卍』の執筆時にはまだ松子の影は落ちておらず、昭和五年（一九三〇）に佐藤春夫に譲渡する形で実行される千代夫人との離婚に至る手前の段階にあった。したがって根津松子との関係とは別個にそのマゾヒズムの表出の変容を考える余地があるはずである。おそらく大阪言葉と出会い、それに馴染んでいく過程で谷崎が見出したものが、会話の主体に繰り込まれた他者の存在であったと思われる。マゾヒズムを成り立たせるものが、感覚的に受容される他者の侵害的な現前であるとしたら、そこには受容される他者と、それに感覚的な抵抗を覚える自己との共在が一つのダイナミズムとして作動していなくてはならない。そのとき大阪言葉を発話する人間にとっては、その行為自体のなかにすでに他者の空間的な現前が含意されているために、自己と他者のせめぎ合う構造がおのずから導き出されることになる。『卍』の園子がほとんど無意識の形で光子へのリビドーを育んでいたように、大阪言葉をやり取りする人間にとっては、他者を取り込んだ形で自己表出をおこなうのは意識的な作業以前の前提である。いわば大阪言葉はマゾヒズムを潜在させた言葉であるといっても過言ではないが、そこから反転されたサディズムとしてではない形で、谷崎はマゾヒズムの新たな表出の可能性を切り拓いていくことになった。『春琴抄』や『盲目物語』の背後に底流する根津松子への徹底的な拝跪の姿勢も、大阪言葉とそのなかに生きる大阪人の生理を内在化した上で、初めて谷崎の上にもたらされたものであったに違いないのである。

表象としての〈現在〉――『細雪』の寓意

1　書く時間と書かれる時間

『細雪』（一部は『中央公論』一九四三・一、三、上中下巻がそれぞれ中央公論社、一九四六・六、四七・二、四八・一二）の物語の展開と、それを執筆している作者自身の生きる時間との間には、つねに六年前後のズレが存在する。蒔岡家四姉妹の物語は昭和一一年（一九三六）の秋に始まっているが、作者谷崎潤一郎の筆は昭和一六年（一九四一）の秋頃に起こされている。[1] しかし当初「三寒四温」という表題で、「芦屋夙川辺の上流階級の、腐敗した、廃頽した方面を描くつもりであつた」（「『細雪』を書いたころ」『朝日ソノラマ』一九六一・六）着想は、時局を配慮する形で修正を加えられ、頽廃的な側面を抑制した形で構築し直されることになった。したがって現行の『細雪』の稿が起こされたのは、第一回が『中央公論』昭和一八年（一九四三）一月号に掲載されていることからうかがえるように、昭和一七年（一九四二）に入ってからであると推される。作中の冒頭の場面においては日本はまだ日中戦争も勃発していない段階にあるのに対して、女たちがビタミンの注射をし合うこのくだりを綴っている作者が身を置いているのは、すでに太平洋戦争に突入し、戦時体制が強化の一途を辿る状況であった。中巻では阪神大水害の起こった昭和一三年（一九三八）七月から、次女の幸子が東京に移り住んだ長女の鶴子の家族を訪れた東京で台風に出会う同年九月にかけての叙述が前半の主要な部分を占めているが、「疎開日記」（『人間』一九四六・一〇、『新文学』一九四七・二など、全体は中央公論社『月と狂言師』一九五〇・三、所収）の昭和一九年（一九四四）五月一五日の項には、「「細雪」中巻三百枚まで脱稿」の記載が見られる。これは台風の難を逃れて浜屋旅館に移った幸子が、四女の妙子と恋仲であった奥畑の啓坊から届けられた、妙子と写真屋の板倉の関係を勘ぐる内容の手紙を読み終えたあたりに相当する分量であり、やはり六年弱の距離が存在している。下巻の結末部で華族の血統を継ぐ男と婚約した三女の雪子が、結婚のために上京するのは昭和一六年四月であるのに対して、谷崎が下巻を脱稿したのは「昭和二十三年五月のこと」（「『細雪』を書いたころ」）であった。

この六年前後の時間的な距離が作品の叙述に偏差をもたらしている。小説作品の叙述において、語り手が執筆時の作者の意識を担う形で、過去の出来事を統括し、表象していくことになる機構についてはこれまでの章で見てきたとおりである。しかし『痴人の愛』（『大阪朝日新聞』一九二四・三〜六、『女性』一九二四・一一〜二五・七）や『卍』（『改造』一九二八・三〜三〇・四）と違って、作者が筆を執る時間と描出される時間との間にほぼ一定のズレを保ちつつ、長期間にわたって書き継がれた『細雪』においては、執筆時の意識そのものの変容が作品の内容に映し出されており、それがこの作品の個性を形づくっている。

『細雪』の叙述に刻み込まれた、作者の現在時の意識について明確に指摘した論考としては、渡部直己の「『細雪』と八月十五日」（『新潮』一九八九・一→『谷崎潤一郎 擬態の誘惑』新潮社、一九九二・六）が挙げられる。渡部は昭和二〇年（一九四五）八月一五日の敗戦を迎えた時点で谷崎が執筆していたであろう箇所を探り、それが下巻の「「五」節冒頭から、「七」節末尾までのどこか」であると限定している。この部分では雪子が大垣で名古屋の富豪と見合いをし、先方から一方的に断られるという、これまでにない屈辱的な経験が語られるが、渡部はこれに「雪子はつまりここで、これ以上なく露骨に、無条件降伏を強いられてあることになるだろう」（傍点原文）という、歴史的な事象との照応を読み取っている。また渡部はこれにつづく「八」章で語られる姉妹たちの母親の二十周忌で、母親の死にゆく姿が幸子によって想起されることが、作者の「書きつつある《いま・ここ》を囲繞する現在に演じたてられる時代そのものの死＝再生の波動にほかならず、それは決して、作者じしんの母をめぐる過去などではあるまい」（傍点原文）とも述べている。渡部はこうした照応に対して、「直叙すれすれの生々しさで『細雪』を貫く歴史」（傍点原文）あるいは「書きつつある者の《いま・ここ》を襲う外部性」（傍点原文）といった表現すら与えている(2)。

この批評は、雪子と妙子にそれぞれ「伝統の日本」と「モダニズムの日本」の寓意を見ようとする鈴木貞美の視点(3)を踏まえながら、むしろそれとの距離を強調している。つまり渡部は『細雪』が映している歴史の姿が、寓意化される以前の直接性を保っているという主張に重きを置いているが、現実に蒔岡家の姉妹たちを襲った敗戦時の事態が作品に描かれず、数年を遡行する時点での出来事が語られている以上、当然敗戦の事象は比喩としてしか作中に流入しえない。大垣での沢崎との見合いにおいて雪子が蒙った〈敗戦〉を、日本が強いられた「無条件降伏」に連結させられるとしても、それをおこなっている作者の意識が、「[事物について語りながら] この事物そのものではない他のなにかについて語る」（ベンヤミン『アレゴリーとバロック悲劇』久保哲司訳）[4]寓意（アレゴリー）の基本的な二重構造のなかで動いていることは否定し難い。

けれども鈴木や渡部によって提示された、『細雪』のはらむ〈現在時〉の表象は、この作品を捉える上で見逃すことのできない重みをもっている。『細雪』は決して失われつつある日本の伝統美への郷愁を綴った作品であるだけではなく、また野口武彦がヒロインとしての雪子に「永遠の「若さ」として表象される年ごとの時間の循環、時間の同一性の象徴」を見て取り、不可避の形で進んでいく直線的な時間との拮抗を主眼としたような明確な図式性[5]に、この作品の個別性が集約されているわけでもない。確かに年中行事として繰り返される京都での花見は、その循環性によって歴史的な時間の直線性に逆行するようにも見えるが、それは多くの和歌の主題となったように、〈自然〉の生命の循環性と対比される〈人事〉のうつろいやすさを想起させる契機である。未婚の処女として作中に存在しつづける雪子にしても、眼元に現われるシミに託されるように、加齢による生理的な変化と無縁ではなく、下巻で沢崎にすげなく拒否される一因も、寓意性を云々する以前に、彼女の〈美〉の退潮に求められることは否めない。また多くの男たちとの関係と、手仕事的な職業の両面で起伏を経験する妙子もまた、時間の進行とともに変容していく存在である。むしろ〈花は桜、魚は鯛〉といった月並みの美学に安住しうる幸子の方が、その恒常性によって作中で〈不変〉の存在でありつづける。長女の鶴子が夫の東京への転勤によって生活の環境を激変させるのに比して、幸子は流産したこともあって子供も悦子一人にとどまり、いわば姉妹の身の上を案じつづける者としての同一性を持続させるのである。

しかし幸子が叙述の主たる視点人物であり、人間関係の収斂地点としての役割を付与されつつも、彼女自身が展開の担い手となることはなく、出来事の継起がもっぱら雪子と妙子という、二人の妹をめぐる形で進行していく以上、『細雪』を動かしていく原理は、やはり不変と恒常を暗示する循環性ではなく、それによって際立たせられる、時間の不可逆な進行性の側にあるといえよう。渡部直己が強調する、歴史的時間との照応も、そこから生じているのである。冒頭に触れたように、もともと「三寒四温」という題名で構想を立てた谷崎の意図は、阪神間の「上流階級の、腐敗した、廃頽した方面」を書くことにあり、状況が許せばこの長篇は『卍』に描かれたような、錯綜する愛欲の主題を取り込みつつ、女系家族の盛衰を物語る内容をもって展開していったかもしれない。それはもともとこの作品を書く作者の眼差しが社会現実に強く向かっていたことを暗示しているが、さらに外的な状況との距離を意識的に測ることを作者に強いることになったのが、早々と与えられた発禁の処分であったことはいうまでもない。周知のように『細雪』は『中央公論』昭和一八年一月号と三月号に発表されたのみで、以後の掲載を禁じられたために、谷崎は昭和一九年七月に上巻を私家版として刊行する以外は、地下に潜行する形で戦後に至るまでこの作品を書き継がねばならなかった。

「『細雪』を書いたころ」に「発表は禁止されたけれども、戦争中もあちらこちら逃げ廻りながら稿を続けて中巻まで脱稿し」たと記しているように、谷崎のこの作品に対する執着はきわめて強く、それだけに完成と刊行を成就させるための戦略がつねに計られていたはずである。たとえば上巻で語られるロシア人のキリレンコの家に天皇・皇后の写真が飾られていることに対して、キリレンコの老母が「おゝ、それ、当り前のことごぜえます。わたしたち、白系露西亜人の生活します、天皇陛下のお蔭。――」というくだりが、軍部を意識した表現であることは容易に推測される。東郷克美によれば、同じ場面で幸子の夫の貞之助がキリレンコたちと戦局について議論した際、昭和一九年の私家版ではキリレンコが「英吉利は共産党は嫌ひですけれども、日本の勢力を支那から追ひ払ふためには、嫌ひなものでも何でも利用します。あの国は猾《ずる》ひですからね」ということになっていたのが、昭和二一年（一九四六）の中央公論社版では削除されており、そこに東郷は谷崎の連合軍情報部（CIE）の検閲に対する配慮の可能性を見ている。また老母が天皇への感謝を述べる科白にも「わたし考へます、世界ぢゆうの国、皆ボルシェヴィーキなります、日本の国、決してボルシエヴィーキなりません、なぜですか、日本の人皆、陛下に忠実ごぜえます」といった言葉が付随していたのだが、それが中央公論社版ではやはり削られている。東郷はこうした箇所を谷崎が自主的に削除したとすれば、現行本文にある「気心の知れない外国人の前などでは、何も意見を云はないことに極めてゐた」という文が「占領軍の検閲を諷しているとも読める」と述べている(6)。おそらく東郷の推測は妥当だが、ここでは谷崎の二重の配慮が垣間見られるといえよう。つまり「日本の人皆、陛下に忠実ごぜえます」という一文の削除が、連合軍の検閲を意識した変改である以前に、この一文自体が執筆時の戦時体制への接近を配慮して記されたものとして受け取られるからだ。むしろ『細雪』全体が、表現に対して加えられてくる圧力を受け止めつつ、それを相対化する戦略によって貫かれているということができるのである。

2 〈戦争〉としての水害

その際に当然考慮されなければならないのが、発禁によって生じたであろう叙述の転調である。発禁前の『中央公論』昭和一八年（一九四三）一月号に掲載されているのは上巻「八」章までであり、三月号にはその後「十三」章までが掲載されている。上巻の三分の一強にあたるこの部分では、姉妹がビタミンの注射をし合う場面に始まり、妙子の奥寺との駆落ちの事件の影響もあって雪子の婚期が遅れている事情が語られた後、雪子が瀬越というサラリーマンとの見合いをするまでの展開が語られている。一方キリレンコ一家の話題に言及されるのは「十六」章からであり、「十七」章でロシア人をめぐる国際的な政治状況に関する議論が交わされているのである。「十三」章までは政治の話題は一切差しはさまれないことを考えれば、この進展にはやはり作者による意識的な転調が織り込まれているといえよう。谷崎のなかで「時節柄、うつかりしたことを口走つて係り合ひになつては詰まらぬといふ警戒心」が高まっていったことは疑いないが、この意識はいいかえれば戦争の主体としての国家の存在を否応なく谷崎に意識させ、その影を随所に投げかけることになった。[7]

とりわけ戦火の烈しさから昭和一九年（一九四四）四月に疎開した熱海で、その大部分の稿が書き継がれた中巻においては、作者の状況に対する意識によって叙述内容が観念化される度合いが強められている。中巻の山場をなす出来事は、前半に長々と語られる、昭和一三年（一九三八）七月に阪神地方を襲った大水害の叙述だが、先に挙げた「疎開日記」昭和一九年五月一五日の記載から逆算すれば、水害のくだりが書かれたのは、熱海に疎開することになった昭和一九年の前半であったと推される。ここで四姉妹のうち末娘の妙子が水害の危機に見舞われ、写真屋の板倉の活躍によって救出されるが、この状況の設定は明らかに執筆時における作者の意識によって演出され、仕組まれたものである。作者自身が「細雪回顧」（『作品』2、一九四八・一二）で、「あの出水の箇処に書いたことを私の実際の経験であるやうに誤解してゐる人もあるやうに聞くが、私のゐたところは絶対安全なところで、実は少しも恐い思ひはしてゐない」と記しているように、妙子の遭難の逸話はあくまでも想像的な世界として成り立っている。谷崎松子の『湘竹居追想』（中公文庫、一九八六・九）を見ても、家族のうちで水害によって危機的な状況に陥った者はなく、妙子に相当する妹の信子も無事であった。

こうした事実性との差異を考慮すれば、あたかも妙子一人が選ばれて水害の危難に晒されたようにも映る。中巻の冒頭部分からの展開も、彼女をその危険な場に居合わせるための過程として見なされるのである。つまり妙子は本山にある洋裁学校に出かけていた折に激しい出水に襲われ、溺れる寸前にまで至るが、もともと妙子の手仕事的な興味は主に人形作りにあり、彼女が夙川のアパートを借りたのも、その仕事の利便を求めてのことであった。ところが中巻に入って冒頭部分で語られる奥寺の話として、妙子が人形製作にやや飽きを覚えて洋裁に転じようとしていることが示されるのである。そしてこの間近に語られる興味の転換がなければ、妙子はおそらく生命の危機に晒されるほどの水害に遭遇することはなかった。昭和一三年七月三日から五日にかけての、四六〇ミリを越える豪雨がもたらした水害の被害は、住吉川の氾濫などによって灘区から生田区（現中央区）にかけての、神戸市東部とその周辺でもっとも著しく、芦屋市、西宮市では、海抜の低い阪神沿線の地域以外では比較的被害は軽微であった。(8) もし妙子が阪急沿線の芦屋の家や西宮の夙川のアパートにいれば、ここまでの危機に見舞われることはなく、水害の叙述に多くの頁が割かれることもなかったはずだが、あえて被害の甚大であった地域に妙子を置くところに、この作品における〈機能としての作者〉の意識的な方向づけが露出している。

つまり妙子は単に外向的で自立心の強い近代的な女性として造形されているのではなく、むしろそれと逆行する側面をはらみ、両者の振幅のなかを揺れ動く人間としてこの作品に存在している。彼女は一見〈家〉に対立する個人主義者に見えながらも、対照的な性格の姉たちと激しく背き合うことはなく、また現実に精力を注いでいるのは日本人形の製作であり、日本舞踊の稽古である。とりわけ中巻においては、妙子にかけられる比重そのものが増すとともに、その振幅が焦点化されている。水害の挿話が始まるまでのわずか一、二章の間に、妙子が「洋裁」に興味を抱いて「仏蘭西」に行こうとしているという志向と、彼女が「日本舞踊」の「雪」を舞う場面が、連続して語られているのである。

こうした西洋と日本、近代と伝統の双方への傾斜を共在させつつ、真の居場所を見出しかねてあれこれと動き回っている妙子の姿は、明らかに近代日本の進み行きそのものの表象であり、この作品の〈作者〉はそうした分裂を提示した上で、その主体である人物が洪水に巻き込まれて危機に瀕する事態を語っている。それはやはり生身の作者としての谷崎が身を置いている、日本という国が晒されている状況の危うさと照応せざるをえない。「六」章で幸子は妙子の身を案じて本山に向かった夫の貞之介を慮って、「知らず識らず危険区域へ足を踏み入れて、水に取り巻かれてしまつた、と云ふやうなことはないであらうか」という危惧を抱くが、その状況に陥っているのは貞之介ではなく妙子であった。それが日中戦争から太平洋戦争へと「危険区域に足を踏み入れ」、米軍の攻勢という激しい「水」に取り囲まれてしまった、日本の昭和一九年当時の状況と響き合うことはいうまでもない。日本の戦況は『細雪』の上巻が書き進められていった昭和一八年（一九四三）に悪化の度合いを強め、二月のガダルカナル島撤退につづいて五月にはアッツ島の守備隊が全滅している。翌一九年に入ると二月に南方の拠点であったトラック諸島が攻撃されて基地としての機能を失い、三月末には西方のパラオが襲撃されている。それによって昭和一八年九月の御前会議で設定された「絶対国防圏」の領域も、洪水が堤防を越えるように簡単に侵されてしまったが、『細雪』中巻の水害の様相はまさにその侵犯の時期に執筆されていたのである。[9]

もちろんこうした戦況は、大本営の発表によって歪曲された形でしか人びとに伝えられていないが、この段階になると新聞の報道も次第に威勢の良さを失っていき、国民の挺身を求める口調が比重を高めていった。たとえばトラック諸島の戦況を伝える『大阪朝日新聞』（一九四四・二・一九）には「敵はトラックにまでやつて来た、これは夢でもない噂でもない、厳たる今日の事実なのだ、悪鬼は今われ〳〵の門をこぢあけ、土足で玄関へ上りこまうとしてゐるのだ」と記され、米軍の攻勢が臨界域を越えようとしていることへの危機感を漂わせている。谷崎自身も戦況に対して悲観的な意識をもっており、「疎開日記」の昭和一九年三月四日の項には、戦勝の噂に対して「所謂戦果なるものはデマに過ぎざるべし、畢竟これは斯くあれかしと願ふ都民の希望が恰も事実なるが如く想像され流言となりしものならん」という冷静な感想を書きつけ、トラック諸島への攻撃についても「トラック島の時は日本の電波探知器が用をなさず不意討を食ひたる形にてアメリカの新聞にはこれで真珠湾の仇を討つたと出でし由、果して然らば日本の損害は相当大なりしにあらざるかと思ふ」という、的確な推測を述べている。

こうした谷崎の意識が、水害の具体的な描出をおこなう〈作者〉としての造形のあり方に、緊密に連繫していっていると考えられる。そしてそのとき妙子を窮地から救うのが板倉であったことは、彼の誠意と行動力を証し立てる以上に、やはり一つの寓意性を帯びざるをえない。もともと板倉はアメリカでカメラの技術を学び、それによって自立しようとしている〈モダン〉な人間であると同時に、旧弊な人間関係を否定せず、昔の主人である奥畑に従順でありつづける〈前近代〉の側に立つ人間でもある。この二つの世界の価値を共存させる性格によって、板倉は妙子と同質性を分けもっており、水害での救出によって、それがあらためて前景化されることになる。同時にこの出来事によって、板倉は妙子にあった死すべき運命をも引き継いでしまう。彼が後の章で黴菌に侵され、戦場でもがき苦しむ兵士のように、激痛に悶絶しながら息絶えるのは、その帰結にほかならないといえよう。

3　イロニーによる相対化

将来の刊行を可能にするべく、戦争遂行者としての国家の体制を肯う言説を叙述の表層にちりばめつつ、その状況を相対化する寓意的なイロニーを織り交ぜていくこの作品の〈作者〉の手法は、中巻で多く頁を割かれる、隣人のドイツ人家族であるシュトルツ家の人びととの交わりの描出にも明確に現われている。ロシアを対象とする反コミンテルンの性格をもつ日独防共協定が締結されたのは昭和一一年（一九三六）一一月であったが、一二年（一九三七）一一月にはその防共協定にイタリアが参加し、一五年（一九四〇）九月にはベルリンで三国条約が結ばれ、日独伊三国同盟が成立している。中巻で語られる両家の親交の様相は当然その同盟関係を反映させており、戦争の長期化から帰国を決めたシュトルツ氏を雪子が東京見物に案内するのが、その関係を受容する地点に仮構された寓意をはらむことはいうまでもない。雪子が悦子とともにシュトルツ氏と息子のペータアを案内するのは帝国ホテルに始まり、陸軍省、帝国議会、首相官邸、海軍省、司法省といった、国家的な性格の露わな建築物ばかりであり、彼らの親交に込められた含意の在り処を明らかにしている。雪子は単に鈴木貞美が述べるように、その本心が直接語られず、「伝統風俗とともにやがて消えさりゆく女の型として想い描かれている」点で、「日本の伝統」の表象として存在しているの(10)ではない。雪子は華奢な身体つきをしていながらもめったに病気にかからない頑健さを備え、悦子の看病にも進んで尽力している。妙子が奥畑と駆落ちの事件を引き起こした際にも、雪子は誤って新聞に名前を出された自分のことよりも、妙子の将来を気づかって、長女鶴子の夫である辰雄の処置を強く批判して周囲を驚かせたのだった。ある意味では幸子と違った形で雪子は蒔岡家の人びとを支える存在であり、しかもみずから家庭をもたないことによって、いわば〈家のない家長〉としての相貌を帯びている。そうした相貌と、慣れない東京の地で外国人を案内する苦労を厭わないことは、明らかに通底している。

小森陽一は蓮實重彥との対談で、雪子を天皇に擬することのできる可能性を指摘しているが、[11]確かにもともと雪子に付与されていた〈家長〉的な性格が、旧憲法下の日本という〈家族国家〉の〈家長〉としての天皇の存在と響き合うことは事実である。とりわけ中巻においては同盟関係を結ぶことになる国の人間と、日本の〈代表〉として接することによって、その側面が浮上している。けれども興味深いのは、この場面にも一方ではそのドイツとの関係を相対化する作用が担わされていることだ。シュトルツ氏を案内する際にも、外国語の巧みでない雪子との間に円滑な意思疎通がなされたとは思われず、幸子が「子供のお附合ひに喰つ着いて来たシュトルツ氏が、言葉の通じない不自由さを忍び、絶えず気にして腕時計を見ながら、黙々として引つ張り廻されてゐたであらう恰好が、どんなに間の抜けた、当人にしてみればどんなに迷惑なものであつたか、凡そ推測出来る」と思うような状況が現出していたに違いない。こうした関係のズレは両家の子供たちの交わりのなかにも盛り込まれており、しかもそこでもそれを雪子が見出すという形で描かれている。

「それ青桐です」

「アヲギリですか」

「アヲギリギリと違ひます、アヲギリです」

「アヲギリギリ、……」

「アヲギリ」

「アヲギリギリ、……」

ペータアはふざけてゐるのか本当に云へないのか、どうしても「アヲギリギリ」と云つて「アヲギリ」と云はない。悦子は又癇を立てゝ、

「ギリギリと違ひます。ギリ一遍です」

と云つてゐる。それが「義理一遍です」と聞える可笑しさに、雪子は怺《こら》へきれなくなつて吹き出してしまつた。

（中巻・十）


ここにも日独両国の関係を、肯定と揶揄の両価的な眼差しによって捉えようとする方向性が滲出している。もともと日本はドイツとの協力関係に積極的であったわけではなく、英米との関係の方が歴史的にも文化的にも国民のなかに定着していた。三国同盟は英米との関係を悪化させ、太平洋戦争への突入の契機となったが、この二国と対立してまでドイツと協力関係を結ばねばならない必然性は稀薄だったのである。むしろヨーロッパでイギリスと対立していたのは、そこでの覇権を狙っていたドイツであり、表面的には反コミンテルンを掲げた協定を結ぶことによって、ドイツは実は日本を自身の対英政策の道具としようとしていた節がうかがわれる。元老の西園寺公望は「結局

ドイツに利用されるばかりで、なんにも得るところがない」と漏らし（原田熊雄述『西園寺公と政局』第七巻、岩波書店、一九五二・三）、それに先立ってジャーナリストの桐生悠々は「この両国（アメリカとイギリス――引用者注）特にイギリスに依存しなければ、東亜の新秩序は一切の点において望が少ない」（納谷千博編『日英関係史一九一七〜一九四九』東京大学出版会、一九八二・九）と断言していた。また当時のドイツの指導者ヒットラーが、アーリア人種至上主義者であったことは述べるまでもない。ヒットラーの蔑視は日本人にも向けられ、文化的な創造力をもたない劣等民族として括られていたのである。

このような前提を考えると、日本がドイツと協力関係を結んだのは不思議にも思えるが、それを先導したのは主として陸軍の上層部であり、当時ヨーロッパでドイツが戦勝を重ねていた状況から、勝ち馬に乗ろうとする意向によって内閣を動かした結果が三国同盟の成立にほかならなかった。しかしドイツとの友好関係は決して国民全体に浸透しやすいものではなく、政策上の「義理一遍」のものでしかなかった側面が強い。しかも昭一八年（一九四三）初めにドイツがロシアで敗北を喫し、さらに同年九月にイタリアが降伏するに及んで、三国同盟の構想は崩壊し、日本は太平洋圏で単独で連合国軍を相手に戦わねばならなくなった。ドイツとの協力関係は昭和一九年の時点では有名無実のものとなっていたが、それが日本人とドイツ人の家庭の交流の様相に、噛み合わない一面を織り交ぜるイロニーとして表現されていると考えるのは、決して見当違いではないはずである。

こうした戦時下におけるイロニーのあり方は、保田與重郎や太宰治といった、イロニーを本領とすると見なされる文学者たちのそれと比べても、むしろより手の込んだ辛辣さを帯びている。保田は出発時においてはその古典志向の姿勢を、時代に対するイロニーの戦略としえたが、戦時体制の進行とともにそれが逆に時局のデマゴーグとしての性格をもつことになるという、二重のイロニーを現出させることになった。戦時下の保田はそれを再度反転させる方向をとることはなく、「文化といふものも、つねに国家の興亡をかけた戦争をたゝかつてゐるものでなければならぬ。国家と離れない文化といふものは、大体さういふものである」（「戦争と文化」『あけぼの』一九四一・一〇）、「思想上の攘夷論は今後さかんになると思はれるが、それに対し英語を学ぶことは必ずしも英国文化の奴隷となることでないと云ひ、我々も英語を学んだけれど決して彼の奴隷とならぬといふのは、言も心もよいが、残念ながら英語を学ぶことは、英文化の奴隷と無意識のうちになり易かつたのである」（「文化人の使命」『中央大学新聞』一九四二・一）といった主張をおこない、当時唱えられていた「国学」の復興に同調するような言説を示すに至った。一方、太宰治は『散華』（『新若人』一九四四・三）で、アッツ島で玉砕を遂げた若い文学志望者の手紙を引用しつつ、自分が戦場ではなく文学において死すべき存在であることを表明している反面、『十二月八日』（『婦人公論』一九四二・二）では語り手の女性に「此の親しい美しい日本の土を、けだものみたいに無神経なアメリカの兵隊どもが、のそのそ歩き廻ることなど、考へるだけでも、たまらない。此の神聖な土を、一歩でも踏んだら、お前たちの足が腐るでせう」と言わせ、また日本文学報国会の趣旨に賛同する形で、日本留学中の魯迅に日本固有の精神を賛美させる『惜別』（朝日新聞社、一九四五・九）を書いたりしている。

保田や太宰が示したこうした時局への半面以上の歩み寄りと比べれば、『細雪』に見られるイロニーの表出は、展開の進行にともなってより明確な対他性を帯びるに至っている。それは公的な刊行を封じられた形で書き進められることによって、かえって外部世界への批評性が高められた結果だが、こうした視点をとることで、渡部直己が問題視していた、下巻における〈敗戦〉の表出についても、別個の把握をおこなうことができる。つまり渡部は大垣で雪子が富豪の沢崎と見合いをし、その際に雪子が死んだ母親を追憶したり、その後雪子が手ひどい断られ方をすることを、作品に刻み込まれた〈敗戦〉の表象として眺めている。けれども渡部自身が谷崎の書簡などを手掛かりとして推測しているように、終戦時までに下巻を「七」章程度まで書き進んでいたとしたら、雪子が拒絶される成り行きは当然下巻に取りかかった段階で視野に入れられていたに違いない。現実の状況においても昭和二〇年（一九四五）に入った頃には、木下杢太郎が日記に「人々の顔に沈痛の色あり。或人は既にあきらめてゐる故何ともなしといふ」（一九四五・二・一九）と記しているように[12]、すでに日本の敗戦は動かし難いものとして人びとに意識されていた。八月一五日における天皇の言葉が、谷崎の意識に亀裂を走らせ、それが作品のなかに「直叙に近い形」で入り込み、幸子の亡き母親への回想や、雪子の見合いの不首尾を作品の展開としてもたらしたということは考え難いのである。

むしろこの作品の〈機能としての作者〉が敗戦の表象として意識的に位置づけていたものは、中巻における板倉の悶死である。先に見たように、世界大戦という「大洪水」に呑み込まれた日本の寓意としての妙子を救出することによって、その運命を引き継いでしまった彼が絶命することによって、すでに日本の敗戦は作品内に表象されていた。「疎開日記」の昭和一九年（一九四四）一二月二二日の項には「「細雪」中巻完結するを得たり」という記載があり、板倉が中耳炎を悪化させ、その手術の失敗から全身を黴菌に犯され、最後には脱疽を来して激痛に悶えながら死へと接近していく中巻終盤の展開は、この年の暮れに執筆されていたと推される。空襲による脅威は疎開先の熱海でも決して間遠ではなかったが、谷崎は「一時間程にて空襲解除、午前中細雪執筆」(一二月七日)、「今暁も午前〇時頃より空襲警報あり、終日執筆、今日は六枚程進行す」(一二月一二日)、「家族は皆壕に入りたれども予は「細雪」を執筆す」(一二月一三日)といった精励ぶりのなかで『細雪』中巻の稿を書き進めていっている。昭和一九年一一月に始まり翌年にかけて激化の一途を辿る東京への空襲は、遠からぬものとして受け取られていた日本の敗戦を人びとの眼前に露わにさせる事態となった。この現実的な危機の接近のなかで叙述されていった板倉の死への歩み寄りに、自国の滅亡が折り重ねられていると考えるのは不自然な想定ではないはずである。

4　剝落する幻想

日本の現実の敗戦は、板倉が死に至るくだりが執筆されていた時期に半年あまり遅れて訪れるわけだが、その点でこの作品は明確な予見性を備えているといえる。(13) 終戦前後から昭和二三年(一九四八)にかけて書かれた下巻においてもそれが別な形で現われている。蒔岡家の姉妹たちは、これまで生きてきたのとは別個の状況に直面させられるのであり、それがやはり雪子と妙子の二人に中心的に担わされている。大垣での雪子の見合いの失敗は、その下巻における明確な転調を告げている挿話にほかならない。つまり雪子と沢崎の見合いがもたれた大垣は作中に語られるように関ヶ原の合戦の舞台となった土地であり、そこで上方の伝統と気風のなかで過ごしてきた雪子が〈敗北〉することとは、当然三百数十年前の〈西軍〉の敗戦を想起させることになる。沢崎は関ヶ原の戦いに勝った徳川家康の出身地である三河に近い名古屋の住人であり、また「東京をおもふ」(『中央公論』一九三四・一〜四)で語るように、谷崎は少なくともその「草創期」における江戸を、「関ヶ原で勝ちを制した覇者の都」として見なしていた。したがってこの見合いでの雪子の〈敗北〉は、太平洋戦争における日本の敗戦を示唆するというよりも、むしろ彼女が生きてきた〈上方的〉な価値の崩壊を予告する出来事として受け取られるのである。

その際、時代の転換とともに喪失を余儀なくされると見通された〈上方的〉な価値の中心にあるものは、家族主義的な生き方であり、人間が家族との連関のなかでよりも、一人の個人に還元された形で生きることを強いられる世界のなかに、雪子もまた導き入れられる。それが終戦前後から書き進められた『細雪』下巻の差し出している〈東京的〉な価値観であり、それが同時に〈戦後的〉なヴィジョンとして下巻の基調を形づくっている。「私の見た大阪及び大阪人」(『中央公論』一九三二・二〜四)でも、生活の流儀や慣習が東京では「各家庭バラバラ」であるのに対し、「関西には、此の生活の定式と云ふものが今も一と通りは保存されて」おり、モダンな住宅が並ぶ阪神地方においても「あの辺に住んでゐる人々の生活は決してその建て物の外観が示すやうにハイカラではない」と記されている。さらにここで谷崎は、さまざまな行事によって関西の「市民は自分たちの住んでゐる町が一つの大きな家族であるやうに感じ」るのに対して、東京では街の大きさもあってそうした一体感をもたらす契機が欠如していることを指摘している。現実に東京は江戸時代以降、タテの序列を重んじる武士の街として展開してきた性格を引き継いでおり、一方、大阪は家族を中心として営まれる商人の街として発展してきた。他地域からの流入者の数も当然江戸、東京の方が大きく、代々の家族の連続性のなかで人間が生きる度合いは、谷崎が感じるように少なくとも相対的には関西の方が高いといえよう(14)。そしてこうした〈上方的〉な生き方の喪失する世界として下巻の基調が形づくられており、また戦後の日本社会は現実にそうした道筋を進んでいくことになる。そこにもこの作品が滲出させているもう一つの予見性を見ることができるのである。

こうした〈東京的〉ないし〈戦後的〉な状況の到来とともに、蒔岡家の〈旧家〉としての枠組みも無化され、雪子を眺める眼差しも、〈個人〉を見るそれに変質する。たとえば沢崎との見合いで雪子が断られた直接の原因が「眼の縁の翳り」であったと幸子が忖度していることは、一人の女性としての雪子の容貌面における瑕疵が、すでに蒔岡家の幻想性を凌駕してしまっていることを示唆している。さらにそれにつづく橋寺との見合いにおいては、雪子の〈個人〉としての弱点が正面から否定されることになる。見合い後の交際を申し込む橋寺の電話に雪子は適切な受け答えをすることができず、激怒した橋寺に破談を申し渡される成り行きは、沢崎との見合いよりもさらに明確な〈敗北〉が雪子個人に与えられた挿話であるといえよう。彼女が一人の〈社会人〉としての個的な輪郭をもたぬ、未熟な存在であることが初めて外部から指弾されたからである。これまでそれらの弱点は見逃しうる次元にとどまっていたか、あるいは蒔岡家がもちえたオーラによって覆い隠されていたが、もはやそれによって防護されえない露わな形で表面に浮上してきている。それによって雪子は〈旧家の美しい令嬢〉という幻想性を奪い取られ、〈容貌の衰えつつある三十過ぎの箱入り娘〉という否定的な規定のなかに投げ込まれてしまうのである。そして中巻における雪子が旧憲法下の天皇の比喩としての属性を備えていることを念頭に置けば、この幻想の剝落が、同時に戦後における天皇の神性の喪失をも示唆していることはいうまでもない。

下巻で繰り返し表象されるこの幻想の空無化は、妙子をも襲っている。ここでの妙子は将来性のない奥畑との関係を引きずっていることを姉妹に指弾され、重い赤痢を患って生死の境をさまよい、バーテンの子供を身ごもって結局死産に終わるが、こうした妙子の描出に、終戦による時代の激変が流れ込んでいることは否定しえない。下巻における妙子の〈堕落〉した輪郭が、終戦後の占領下の風俗を投影させたものであろうことは、容易に見て取れるが、この作品の〈機能としての作者〉は彼女や雪子の上にあった肯定的なイメージを剝落させ、個人としての否定的な負荷を担わせる〈幻滅〉の段階として、下巻の基調を形づくっているのである。とくに妙子の輪郭の中心にあったといえる、経済的にも自立して生活しうる女性という幻想は、この巻で強く相対化される。人形製作による収入は決して自身の生活を支え、楽しむことのできる域のものではなく、奥畑に金をせびることによって生活を維持していたらしいことが、「二十三」章から「二十四」章にかけて明らかにされる。妙子もまた男に依存しつつ生きる〈前近代的〉な女性の一人にすぎなかったことが示唆され、それに重なるように、彼女の身の上に噴出してくるさまざまな「穢れ」が描出され、にわかに妙子は否定的な輪郭のなかに置かれることになる。(15) また妙子は中巻で、戦場で負傷した兵士のように悶死していく板倉を頤使する存在である点で〈軍部〉の比喩をなしていたといえるが、その彼女が下巻で指弾の対象となるのは、当然昭和二一年（一九四六）五月に始まる「東京裁判」をはじめとする戦争指導者への追及と呼応するはずである。

こうした、旧憲法下のさまざまな体制の空無化として谷崎の〈戦後的〉ヴィジョンは表象されている。けれどもこのように考えると奇妙にも見えるのは、下巻の後半で雪子の新たな見合いの相手として華族の庶子である御牧が登場し、結局この男と雪子が結ばれることになるという帰結であろう。もっとも現実に雪子のモデルである森田重子は、華族の血を汲む相手である渡辺明と結婚しており、その事実性を取り込んだ展開にすぎないともいえる。しかし雪子や妙子のまとっていた幻想が剝奪される基調を下巻がもっているとすれば、華族という、天皇を中心とする幻想を喚起する制度の末端に雪子が結びつけられるのは、その基調と逆行する設定であるようにも映る。しかも谷崎が下巻を書き進めているのは、すでに新憲法によって華族制度が解体された戦後においてであり、だとすれば雪子を御牧に嫁がせる成り行きは、虚構化の過程で再考すべき問題であったかもしれない。けれども雪子は御牧との対面で、初めて自分が出会うべき相手に出会ったかのような反応を示し、「眼が例になく興奮に輝いてゐる」という面持ちを見せるのである。

おそらくここには谷崎の〈戦後〉に対するイロニカルな意識が投げ込まれている。ここで御牧が庶子という迂遠な形で関わっている華族制度は、明らかに日本の文化的伝統の換喩であり、天皇の神性をはじめとするさまざまな幻想が無化された終戦後にあって、信頼しうる連続性の在り処として捉えられている。「三つの場合」（『中央公論』一九六〇・九、一一、六一・二）に紹介されているように、渡辺明が徳川の流れを汲む津山藩主の三男であり、その兄が子爵に叙せられているのに対して、『細雪』の御牧が京都の藤原氏の血筋に属する子爵の庶子として位置づけられていることにも、その趣意は託されている。奈良時代以降総体としての貴族階層が、日本文化の重要なつくり手であったことは否定しえず、一方、天皇は個人として主体的な文化の創造を担うというよりも、むしろ後白河院や後鳥羽院がそうであるように、政治の第一線から退いた上皇の段階において、文化的な営為への関与をおこなうことが多かった。また国民に対して絶対化された天皇の神性にしても、明治以降の近代国家の構築の過程で、政治的な虚構としてもたらされたものにすぎない。いいかえれば天皇の神性と文化的な伝統の間に有機的な関係はない。谷崎はそのことを十分に了解した上で、文化の連続性の換喩としての華族につながる人間を登場させたに違いない。

そのときに看過できないのは、終戦後に谷崎が京都に居を占めて生活と活動をおこなったことである。戦災を受けることなくその文化財を維持することができた京都で過ごすことで、谷崎は失われたものと失われなかったものとの対比をあらためて実感することになっただろう。「疎開日記」昭和二〇年（一九四五）五月七日の項には、移動中の列車から京都を眺めた印象として「沿道の風物も街区も東山西山も、昔の通りなり。たゞ僅かに建物疎開をせるところが二三ありしのみ。東西本願寺、東寺の塔、賀茂川桂川の流れ等昨年九月以来のなつかしき景色なり」と記され、空襲によって灰燼に帰した東京や名古屋の街との対比が谷崎を捉えたであろうことをうかがわせる。その後昭和二一年（一九四六）一一月から谷崎は京都に居住し、小堀遠州による庭園を愛でたり（「京洛その折々」『旅』一九四九・九）、能楽師や狂言師といった人びととの交遊を楽しんだりしている（「茂山千作翁のこと」『毎日新聞』一九五〇・二）。もっとも『細雪』の御牧自身はむしろ西洋志向の人間であり、航空学や住宅設計といった近代のテクノロジーを学んできている。けれども彼は四十歳を超えても定職をもたず、社会的な位置を明確にしておらず、いわば未だカオス的な段階のなかに身を置いている人間である。雪子と結婚するに当たっても、父の子爵に家を買ってもらっているが、おそらく子爵に象徴される文化的伝統の備給を受けつつ、新しい時代に向けて道を開いていくというのが、御牧に託された谷崎のヴィジョンであっただろう。渡辺明が木工家であったのに対し、御牧が〈家〉を設計する人間として位置づけられていることがそれを示唆していることはいうまでもない。しかしそれは一方、旧来の〈家〉を御破算にすることを求めるのであり、これまでそこに依存しつつ一方では密かな〈家長〉として生きてきた雪子は、このカオス的な状況に立ち返るべく最後に「下痢」を繰り返さなくてはならないのである。

Ⅱ

〈現在〉への希求——大江健三郎

〈戦い〉の在り処——『芽むしり 仔撃ち』の「戦争」

1 「戦争」への距離

「戦争」はどこでおこなわれているのか？ そこでは誰が、何のために〈戦って〉いるのか？

大江健三郎の最初の長篇小説である『芽むしり 仔撃ち』（講談社、一九五八・六）が、読み手に想起させるのはこうした問いではないだろうか。この作品は表層的には太平洋戦争を思わせる戦争の末期に、感化院の少年たちが山間の村に集団疎開をするものの、その村の大人たちの身勝手によって、疫病の蔓延する空間に放置される出来事の顚末を描いたものである。けれども彼らを取り囲んでいる戦争がおこなわれている年がいつであり、どのような戦況にあるのかは示されておらず、作者の大江健三郎自身が少年時に遭遇した太平洋戦争を指していると安易に前提することはできない。少年たちが疎開のための移動に要したものとして記される三週間にわたる時間も、四国のなかの町から村への疎開には長すぎる時間である。平野謙はこの設定の非現実性から、「一応昭和二十年一月前後に発生した感化院の少年の集団疎開というこの物語の設定が、本質的には無何有郷《むかうのさと》的なそれであることを、まずはじめに断っておく必要がある」という前提を与えようとしている。反面、平野はこの作品が「むかし流の架空のユートピア物語の一種」であることを否定し、作者の眼差しが「太平洋戦争末期という時空にしかと根をおろし」ていることを認めている。(1)

一方、小森陽一は「『芽むしり 仔撃ち』の物語状況を規定しているのは、明らかに「第二次世界大戦」あるいは「太平洋戦争」と歴史的に名付けられてきた戦争である」という前提から論を起こしながら、主人公の少年たちが、疫病の蔓延する谷間の村に見捨てられ、自分たちだけの生活を始める展開に、ジュール・ヴェルヌの『十五少年漂流記』やウィリアム・ゴールディングの『蝿の王』との重なりを見ている。『芽むしり 仔撃ち』はこうした寓話的世界への傾斜をはらみ、それが戦争の実体性を稀釈しているという見方を小森はしている。つまり少年たちの居場所となる「山の奥の僻村」は洪水の力によって孤立することになった空間だが、それにとどまらず、第一章で「人殺しの時代だった。永い洪水のように戦争が集団的な狂気を、人間の情念の襞《ひだ》ひだ、躰のあらゆる隅ずみ、森、街路、空に氾濫させていた」と述べられるように、戦争自体が「洪水」に譬えられている。それは「「僕」という語り手の中で、自然現象としての「洪水」と、人間の手で遂行されたところの「戦争」は区別されていない」ことを物語るものであり、そこにこの時点での作者大江健三郎が、十分成熟した「作家の眼」をもっていなかったことがあらわれているとされる。(2)

こうした批評はそれぞれ視点としての興味深さをもちながら、この作品に語られる「戦争」に対する把握としては、必ずしも妥当であるとはいえない。たとえば平野謙が、大江の意識が「根をおろし」ているという「太平洋戦争末期の時空」とはどのようなものなのか。「太平洋戦争末期」に日本の各地を襲っていた連合軍による烈しい空襲も、少年たちが身を置いていた「町」に対する打撃として挿話的に示唆されているにすぎず、作品内の展開においては少年たちへの脅威としては位置づけられていない。また小森陽一がいうように、ここで大江が太平洋戦争を「洪水」の比喩によって括り、その残酷さを不可抗力的な〈天災〉のアナロジーとして語ろうとしていたとすれば、確かに政治的な悲劇としての戦争に対する認識の浅薄さが問われても仕方がないかもしれない。けれどもこの作品に描かれる「人殺し」が、他国の人間との間に繰り広げられるものとして表出されていない以上、複数の国家間の争闘としての「戦争」は、いずれにしても比喩的な次元においてしか捉えられない。一方、「人殺し」をもともと「戦争」とは別個の地点でおこなわれる行為として想定すれば、「戦争」はその行為を暗喩するイメージとして逆向きに機能することになり、そこでは小森陽一が批判するような、現実認識の浅薄さを問題化すること自体が意味を奪われてしまう。表出の可能性としては「洪水」によって「戦争」を譬えるだけでなく、「戦争」によって「洪水」を譬えることもできるのであり、あるいはそれらがともに暗喩として重層的に機能することによって、それら以外の争闘の烈しさを浮び上がらせることもできるはずなのである。

作品内の表象としては、「戦争」が本来示唆する内実であるはずの、敵国の軍隊、兵士と主人公たちが対峙する場面は不在である。それはもちろん主人公が兵士たりえない年齢の少年であり、国と国との武力的な争闘に直接関与しえない存在だからだが、この作品の表象を構築する〈作者〉は同じく太平洋戦争の末期を時代的な背景とする、『飼育』（『文学界』一九五八・一）が提示していた、敵国の兵士として現われる黒人兵ほどの具体的な形象さえも、『芽むしり 仔撃ち』には盛り込んでいないのである。確かに小森陽一が引用するように、第一章には次のような記述が置かれ、作品内の行動の基本的な輪郭をなしているように見える。

人殺しの時代だった。永い洪水のように戦争が集団的な狂気を、人間の情念の襞ひだ、躰のあらゆる隅ずみ、森、街路、空に氾濫させていた。僕らの収容されていた古めかしい煉瓦造りの建物、その中庭をさえ、突然空から降りてきた兵隊、飛行機の半透明な胴体のなかで猥雑な形に尻をつき出した若い金髪の兵隊があわてふためいた機銃掃射をしたり、朝早く作業のために整列して門を出ようとすると、悪意にみちた有刺鉄線のからむ門の外側に餓死したばかりの女がよりかかっていて、たちまち引率の教官の鼻先へ倒れてきたりした。殆《ほとん》どの夜、時には真昼まで空爆による火災が町をおおう空を明るませあるいは黒っぽく煙で汚した。(第一章 到着)

ここにちりばめられた「若い金髪の兵隊」や「機銃掃射」といった言葉が、具体的に太平洋戦争を想起させる言葉であることは否定できない。けれども重要なのはこれらの要素をはらんだ出来事が、むしろ作品の前史として、回想の色合いをもって語られていることである。また敵国の主たる攻撃として挙げられる「空爆」のもたらす火災によって覆われるのは「町」であり、少年たちが直接対峙する相手が帰属する共同体である「村」との対比性がそこに浮上している。疎開によって逃れてきたという設定が示すように、出来事が展開していく山間の村は、むしろ「戦争」自体からは隔てられた空間であり、『飼育』の作品空間との基本的な共通性が付与されている。『飼育』では落下した敵国の戦闘機に乗っていた黒人兵が、明確な他者として村のなかに置かれ、「僕」をはじめとする村の少年たちと、その距離を越えた束の間の交わりをもつのだったが、黒人兵が戦争のコードを逸脱した一個の他者としての相貌を帯びるのは、「僕」たちが過ごす「谷間の村」が、もともと現実の戦争の脅威から切り離された空間だからであった。「戦争は、僕らにとって、村の若者たちの不在、時どき郵便配達夫が届けてくれる戦死の通知ということにすぎなかった」といった記述によって、「僕」たちと戦争との距離が明示され、それにつづく「《敵》の飛行機も僕らには珍しい鳥の一種にすぎないのだった」という一文が、その乗務員であった黒人兵を〈自然〉の暗喩として差し出す前提をなしていた。

もちろん現実に大江健三郎が少年時代を過ごしていた「谷間の村」が、戦時下においてそれほどのどかな反現実性のなかに安らいでいたわけではない。大江が十六歳まで過ごした(3)愛媛県喜多郡大瀬村(現喜多郡内子町)も、戦争の長期化に伴い戦時態勢を強いられることになった。『新編 内子町誌』(内子町誌編纂委員会、一九九五・一〇)によれば、この四国の山間の土地にも防空監視所が設けられて、米軍戦闘機の飛来が逐一報告されたが、次第に米軍機の飛来は頻度を増し、「何百という編隊が内子の上空を飛」ぶ状態となった。大都市圏を壊滅させたような空襲に見舞われることはなかったものの、単独の戦闘機が村に爆弾を投下するということは繰り返し起こっていた。防空演習や避難訓練が実施され、防空壕がつくられることは都市部と同じであり、住民はやはり「困苦欠乏に耐え」る生活を送らねばならなかった。そこからも『飼育』に描かれるような戦争を別世界の出来事として受け取る距離感が、あくまでも戦後の執筆時の意識によって仮構されたイメージであることは明らかである。にもかかわらずこの作品では敵国の兵士の到来という形で本来の「戦争」のコードは保存され、「太平洋戦争」の歴史性から完全に脱却した世界がそこに構築されていたわけではない。一方、『芽むしり 仔撃ち』の展開において語り手の「僕」たちが関わる「戦争」は、終始疎開先の村人との対峙関係のなかで生起するのであり、国対国の枠組みからはどこまでも離脱していく性格を示しているのである。

2　連続する「都市」と「村」

『芽むしり 仔撃ち』の少年たちにとっての「戦争」は、たとえば次のように叙述されるものである。

山狩り、竹槍をもち鍬をもった村の大人たちの沈黙した夜の山狩り、追われて森を走り洪水の谷に落ちて溺死する兵隊。僕らは一様に深い吐息をついて、躰じゅうを揺り動かす山狩りの血なまぐさいイメージにひたった。僕らはまったく戦争の渦中にいるのだった。そして僕らへ厖大な危機が獣のように暗い頭をすりよせてくる。ああ、山狩り。（第一章　到着、傍点引用者）

ここで語り手の「僕」たちがその「渦中」にいると実感する「戦争」とは、具体的には軍隊からの脱走兵を捕えようとする村人の行動の烈しさを指している。この村人が「三日間飲まず食わず」でおこなう「山狩り」に対して、住人の一人である「鍛冶屋」は「ひどいもんだ」という感想を口にするが、先の引用部に語られる「人殺し」が日常化した「集団的な狂気」の主体は、戦争の遂行者としての国家よりもはるかに強く、脱走兵を捕捉するために執拗な「山狩り」をおこない、疫病の蔓延する村に子供たちを置き去りにする村人の側に収斂されていっている。同じく谷間の村を舞台とする『飼育』とは対比的に、『芽むしり 仔撃ち』の少年たちは、「僕ら遠い都市から来た者たち」と語られる、村の外側に属する存在であり、それによって閉鎖的な共同体からの疎外と抑圧の対象とならざるをえない。主筋に合流する形で語られる、脱走兵に対する苛酷な処置や、村に住む朝鮮人に対する差別が、このムラ共同体がなす排他的な閉鎖性を強調するための挿話であることはいうまでもない。

「遠い都市から来た者たち」である「僕」たちは「感化院」の少年たちであり、戦争が「末期的な症状」を呈するに至った段階になって、「親もと引取り」が始められたにもかかわらず、「大半の家族は決して自分たちの厄介な悪い同胞を迎えにあらわれなかった」ために、彼らの集団疎開が企図されることになったのだった。それは少年たちが、出自の地であるはずの「都市」からも排除された存在であったことを物語る設定である。そして三週間にわたる「旅」を経て辿り着いた、身を落ち着けるべき「山の奥の僻村」の住人たちからは、さらに苛酷で直接的な疎外を与えられることになる。この作品の〈機能としての作者〉は、主人公の少年たちが「都市」と「村」の両方に疎外され、この二重の疎外のなかで孤立しつつ、自分たちの世界をつくり上げることを強いられるという構図を明確化している。こうした少年たちの疎開の様相が、太平洋戦争時に現実におこなわれた学童の集団疎開とは別個のものであることはいうまでもない。集団疎開は主に農村部に縁故をもたない学童を対象として、一九四四年六月から東京をはじめとして、横浜、大阪、神戸、名古屋といった都市圏で実施されていった措置である。受け容れ先は主に地方の旅館や寺院であり、地元住民との軋轢が生じることは珍しくなかったが、歓迎会を開き、戦火を逃れてきた子供たちを励まそうとする地元もあった。反面『芽むしり 仔撃ち』で描かれる少年たちの人間関係を特徴づける、語り手の「僕」とその弟の親密さに象徴されるような緊密な信頼関係(4)は、現実の集団疎開においては欠如しがちな側面であった。苛酷ないじめが男女いずれの間にも横行し、それによって食物を確保できなくなる学童も少なくなかった。(5)

大江健三郎自身は終戦時に大瀬国民学校の五年生であり、当然疎開は経験していない。『芽むしり 仔撃ち』に仮構された疎開が、主人公の少年たちを既存の共同体のなかに居場所をもつことのできない〈漂流者〉として位置づけ、とりわけムラ共同体の住民に強く嫌悪される存在として彼らを浮き彫りにするための装置であることは明らかである。平野謙が疑念を呈した、三週間という非現実的な移動の時間も、彼らの〈漂流者〉としての輪郭を明確にするための前提にほかならなかった。しかし忘れてはならないのは、彼らが親元のある「遠い都市」においても、感化院の「不良」として嫌悪された者たちであったことで、この作品では少年たちを排除しようとする力の在り処として、「都市」と「村」は照応しているのである。この照応は、彼らを一旦受け容れた際に村長が放つ次のような宣告にも露出している。

「お前らの仕事は、松山を開墾することだ、怠けるな」と村長は演説の終りにふいに声を荒くして叫んだ。「盗み、火つけ、乱暴を働く奴は村の人間が叩き殺してやる。お前らは厄介者だということを忘れるな。それをかくまって食わせてやるんだ。この村のむだな厄介者だといつも覚えておけよ。お前ら」

（第二章　最初の小さな作業）

ここでは少年たちが関係をもつ共同体が、「都市」と「村」の間で連続しつつ、いずれも彼らを拒む距離を突きつけてくる点では同質である照応が浮上している。少年たちは「都市」の感化院においても「厄介な悪い同胞」として居場所を与えられない者たちであったように、危機を逃れるべく辿り着いた「村」においてもやはり「むだな厄介者」でしかない。彼らはいずれの共同体においても、その閉鎖性によって疎外される者たちであり、彼らが「不良」であるとは、つまりその共同体の論理に組み込まれない異端的な存在であることの比喩にほかならない。しかも少年たちが「開墾」するべき「松山」は、同時に彼らが過ごしていた感化院のあった都市の名前としても想定しうる言葉であり、そこにも「都市」と「村」が連続的に重なり合う関係が滲出している。

そう考えたときに浮び上がってくるものは、主人公の少年たちにとっての「戦争」の真の相手である。「都市」と「村」の間で連続しつつ、排他的な閉鎖性によって外部の人間を排除しようとする共同体とは、とりも直さず現在に至るまで綿々と維持されてきた、日本の社会そのものの謂であり、とりわけ安保体制のもとで経済成長に狂奔し始めた一九五〇年代後半の日本社会の姿が、表出の背後に透かし見られるのである。その点については江藤淳がつとに『作家は行動する』（講談社、一九五九・一）で、疫病から逃亡する村人の行動に対して発せられる「なぜなんだ?」という仲間の「南」の問いかけが、「現にわれわれがそこにおかれている一九五八年の日本の具体的な状況」に向けて投げられていることを指摘しているとおりである。江藤は「われわれの周囲に充満している現実逃避と、その現実のなかにおきさらされているわれわれの存在」の表象がこの作品の内実をなしていると考えている。これはここでの論点とも重なる明敏な指摘であろうが、江藤はここでは作品の表現と「日本の具体的な状況」との照応に対する分析はしておらず、もっぱら「日本語の現在の不安定な性格」を生かした文体の斬新さのなかに立ち現われている「小説」としての豊かさの方を重んじている[6]。それはこの著作が文体論として書かれている以上、当然の方向性であろうし、また同時代の人間として「日本の具体的な状況」が自明の前提として受け取られていたからでもあろう。しかし作品が書かれて半世紀近くを経た現在に、あらためて追求する必要があるのは、むしろその「日本の具体的な状況」に対する寓意化の機構であろう。そこにこそ大江健三郎の現実とあいわたる意識と、この作品における〈機能としての作者〉の施す形象化のあり方が浮上しているはずだからである。

3 〈現在時〉の状況

『芽むしり 仔撃ち』は太平洋戦争末期という見かけの設定の下に、現実的な闘争を隠しもち、そこにはらまれた志向を寓意化した物語にほかならない。〈作者〉が施した作中の表象の方向性と時代的な文脈から、その闘争として想定されるのは、一九五五年から五七年にかけて激化していった砂川基地闘争である。砂川基地闘争は、一九五〇年代前半から紛糾してきたアメリカ軍立川基地の拡張に対する住民の反対運動と、それに対する警察側との熾烈な衝突をその内実とする民主主義運動であったが、現地の住民のみならず、学生、労働者の広範囲な参加によって、この時代の象徴的な出来事としての位置を与えられることになった。反対者と警察との衝突が顕在化したのは一九五六年一〇月であり、鉄兜や棍棒で武装した約二千名の警官隊は、スクラムを組もうとする労働者や学生に対して棍棒で打ち、足蹴にするといった振舞いをおこない、八百名を超える負傷者を出した。翌一九五七年六、七月にも、測量を阻止しようとする人びとと、機動隊との間に衝突が起こったが、この際には前年のような流血の惨事には至らなかった。(7)

大江健三郎はこの闘争に関与した者としての痕跡を残している。エッセイ集『壊れものとしての人間——活字のむこうの暗闇』(講談社、一九七〇・二)の「作家にとって社会とはなにか?」の章には、「ぼくが『資料戦後学生運動』(三一書房版)の、自分が学生であり、借間に閉じこもって小説を書いていた時期とかさなる部分に、いくつかの直接、記憶にある事実と文章とを見出す。たとえばぼくは砂川の桑畑でむかえた夕暮を思い出す」という記述が見出される。また『芽むしり仔撃ち』と同年に発表された『見るまえに跳べ』(『文学界』一九五八・六)には、砂川基地闘争との連関のなかで、主人公の現在の無気力が語られている。この作品では、主人公の前史として、基地闘争に関与した自己像が提示されていた。

二年まえ、ぼくは基地拡張を反対する闘争に加わって雨に濡れた髪から滴《したた》る雨水が眼や唇をつたい、あごを流れえりくびに流れこんで下着を濡らすのを疲れきり寒さに身ぶるいしながら耐えていたものだった。そして汚ならしい喉の皮膚に剃刀傷のある勤人と腕をくみ、ぬかるみに立って歌い、頭をがんがんさせた。しかし警官に殴りつけられて列からはじきだされる時、ぼくの体は怒りから針を刺された貝の肉のようにごういんに縮みあがり、切れた歯茎からの血の味が口腔いっぱいにひろがって、ぼくにおちついたかいがいしい感情を回復させたものだった。

『見るまえに跳べ』は現実世界への積極的な関与に踏み出すことができず、「見る」ことに停滞せざるをえない若者である「ぼく」が、自分が家庭教師をしている少女と関係をもち、彼女の妊娠に歓喜を覚えるものの、堕胎によってその感情も失われ、再び自分が「跳ぶ」ことのできない退行的な人間であることを認識するに至るという展開をもつ短篇小説である。語り手の「ぼく」に託された暗鬱な停滞感は、持続的な疲労感を抱えた『奇妙な仕事』(『東京大学新聞』一九五七・五)や『死者の奢り』(『文学界』一九五七・八)の主人公たちのそれと地つづきであり、『芽むしり 仔撃ち』の浪漫的な昂揚感の仮構性を示唆している。引用に語られる闘争の現場の光景は、「二年まえ」のものであると記されているので、基地拡張に対する反対者と警官隊との激しい衝突が起こった一九五六年のものであると考えられるが、その翌年から大江の表現者としての活動は始められている。その時間的な連関を念頭に置けば、大江の初期作品の登場者たちの暗鬱さが、砂川基地闘争での経験に発するものとして見ることも可能である。これらの作品が、闘争での経験をくぐり抜けた末に、所与としての体制を変革することの困難さを実感した若者の諦念を漂わせているのに対して、『芽むしり 仔撃ち』では、現実に苛酷な弾圧を受ける少年を主人公とすることによって、それを反転させた浪漫的な自律と行動への希求が前景化されることになった。

砂川基地闘争の根底にあるものが、安保体制に対する強い批判意識であったことはいうまでもない。日米安全保障条約の第三条に基づいて締結された日米行政協定は、アメリカ軍が日本において無際限に駐留し、基地を保有することを認めていたが、その協定自体が占領下に非民主的な経緯によって成ったものであった。一九五二年二月末に行政協定が調印されるまで、その内容は国民に対して隠蔽されており、政府は安保条約の調印によって行政協定が自動的に承認されたと見なすという論理によって反対を封じ込めようとした。そしてこの行政協定によって、基地拡張のための用地の収用が引き起こす問題が内灘、伊良湖、浅間といった多くの場所で顕在化していくことになった。砂川での衝突もこうした問題の一環をなし、行政協定そのものの存廃にあらためて問いを投げかける場となった。多くの知識人、学生の関心を惹きつけたのはそのためである。

しかし重要なのは、この闘争の現場において、反対者たちが決して警官隊と武力的に拮抗しようとせず、一方的に打たれ、蹴られるままであったことで、村人の疎外や抑圧に対して少年たちが徹底して無力な存在として描かれる『芽むしり 仔撃ち』との表象としての連関は、むしろそこにあらわれている。つまり『見るまえに跳べ』の叙述にあるように、一九五六年の衝突では、警官による相手を人間扱いしないかのような暴力的な弾圧がおこなわれた。堀田善衛の「砂川からブダペストまで――歴史について」（『中央公論』一九五六・一二）という報告では、「発掘作業」と称された、反対者たちのスクラムを崩す攻撃が「頭髪をつかむ、指をひねる、蹴る、棍棒で頭、首、肩を撲る、腹を突く、胸を突く」といった形でおこなわれ、厖大な負傷者をもたらしたことが記されている。しかもこの現地の衝突において、負傷者が生じたのはもっぱら反対者の側であり、警官隊はほとんど無傷であった。地元民や彼らを支援する労働者、学生たちは「警官隊の実力行使に対して、スクラムを組み歌を歌って、たまに押した以外全く手向かいしなかった」（廣中俊雄「警察官の悲劇――砂川における警官隊の実力行使をめぐって(8)」『中央公論』一九五六・一二）のであり、ほとんど一方的に殴打され、蹴りつけられるままであった。

この現実的な衝突において、決して両者がせめぎあっているとはいえない対峙関係が、『芽むしり仔撃ち』の村人と少年たちの関係に仮構的に転換されているといえよう。「芽むしり仔撃ち」という、一方的な攻撃の甘受を含意する表題が、その構図を示唆していることは明らかである。帰還した村人たちに対しても、少年たちは置き去りにされたことに対する抗議の声を上げることはできず、それをなかったことにしようとする村人の要請を、有無をいわずに受け容れさせられる。語り手の「僕」はそのなかで独り村人の行状を暴く意志を打ち出すが、それによって彼は、「僕の胸を村の男の竹槍の太い柄が激しく横殴りに払い、僕は羽目板に頭を打ちつけて倒れ呻いた。呼吸を回復することができない」という暴力に晒されることになる。それに合わせて、軍隊から脱走した兵隊が捕えられ、憲兵の竹槍によって突き殺されたらしいことが述べられているが、〈作者〉はこうした組織からの脱落者や共同体への反逆者を決して容赦しない主体として、村と軍隊を並行的に提示し、それらを包括する共同体として、日本という国を浮上させている。それによって、やはり疎外の対象となる朝鮮人の李が、脱走兵に対する処置を眼にして「俺たちはかくまっておいたのにおなじ日本人同士で殺しあう。山へ逃げ込む奴を、憲兵や巡査や、竹槍をもった百姓や、大勢の人間が追いつめて突き殺す。あいつらのやる事はわけがわからない」という感慨をもらすように、異端的な存在を許容せずに消去しようとするのが、「日本人」という総体的な次元に帰せられる行為であることが示されているのである。

二年後に発表された『遅れてきた青年』(『新潮』一九六〇・九〜六二・二)には、この『芽むしり仔撃ち』の構図を引き継ぎつつ、〈戦い〉の真の相手としての「日本人」の存在が前景化されている。語り手の「わたし」は、終戦後教室で女教師を傷つけたことによって救護院に収容され、そこを出た後、大物政治家に接近することによって、社会の中枢に踏み込んでいく野心を実現させようとするが、ここで彼の行動の起点的な動機をなす〈戦い〉への志向は、明確に同国人に向けられている。救護院の職員とのやり取りで、「きみは村の人を苦しめたいのか?」と尋ねられた「わたし」は、「苦しめてやりたい、殺してやりたい、誰もかれもみんな、やっつけてやりたい。あいつらは味方じゃない、敵だ。ぼくはあいつらをやっつけてやる、敵をやっつけてやる」と答え、それにつづく「なぜ村の人が敵なのか?」という問いに対しては「日本人みんな敵だ、今はそれがわかったんだ、日本人誰もかれも敵だ。ぼくは敵をやっつけてやる。裸にして殴ってやる、跪《ひざまづ》かしてやる。殺してやるぞ」という意思を露わにするのである。

4　受動と反抗

『遅れてきた青年』はその点でいわば、『芽むしり 仔撃ち』の復讐戦としての相貌をもった作品である。そこから遡及して考えても、『芽むしり 仔撃ち』が太平洋戦争を仮の舞台としながら、共同体の閉鎖的な論理の外側に出ることを否定する、日本社会の特質を批判的に寓意化した物語であることが分かる。もちろんそれは決して一九五〇年代後半に顕在化したものではなく、古来の民族的な性格にすぎないということもできる。しかし終戦後の混乱とアナーキズムの時代を経て、アメリカの軍事的な庇護下で経済的な安定をある程度実現させていくとともに、「五五年体制」として維持されることになる自由民主党の政権下で、その体制が所与の現実としての堅固さを示すに至ったのが、この時期であったことも事実である。『芽むしり 仔撃ち』が発表された一九五八年は「ナベ底不況」といわれる不況が国民を襲った年であったが、翌年には再び好況に転じ、一九六〇～六一年の「高原景気」へとつながっていく。前年の一九五七年には工業生産額が戦前水準の二倍に達し、一九五〇年の朝鮮戦争を契機とする戦後の経済復興は本格化していた。また前々年の一九五六年に経済企画庁が「もはや戦後ではない」という宣言を出していたのは誰もが知るとおりである。就業人口の比率でも、一九五〇年には約五〇パーセントを占めていた農林業を主とする第一次産業への従事者は、一九五五年には四二パーセントに減少し、第二次、第三次産業への従事者、つまり工業、商業の分野での就業者が過半数を占めるに至っていた(9)。

それは戦後の経済復興を担った企業社会への人びとの組み込みの度合いが高まっていったことを物語るが、それに応じて若者の意識も、現実社会の変革を目指すことよりも、そこへ滞りなく登録されることを選ぼうとする方向に変質していくことになった。『週刊朝日』一九五七年六月九日号の「キバを抜かれた学生たち」と題された特集では、「ソ連の水爆実験反対」や「国鉄、日教組の不当弾圧反対」といった、平和や人権を訴える運動に応えようとする学生がキャンパスから減っていき、私生活を楽しむことを善しとする若者が増加してきたことが報告されている。それによれば、学生運動に関わっていた学生も、それによって孤立していき、「国の親からは注意されているし、将来の就職のことも心配だ」といった危惧のなかに置かれているという。その背景にある事情として、「昨年暮からの好況にもとづいて、経済生活が一般に向上し、世の中がある程度おちついて来たこと」が挙げられている[10]。この「経済生活」の「おちつき」が社会を保守化させることはいうまでもない。『芽むしり 仔撃ち』の翌年に発表された三島由紀夫の『鏡子の家』(新潮社、一九五九・九)も、物質的な豊かさの獲得が冒険や変革を目指す意欲に対する「壁」として作用するイロニーを中心的なモチーフに置いていた。

もっとも若者の政治的変革に対する熱情を低下させていたものは、単に経済成長による物質的な安定だけではなく、一九五〇年代半ばに顕在化していく、革命運動の退潮によるところが大きい。一九五〇年代前半の「逆コース」の流れによって民主主義運動全般に対する弾圧がおこなわれ、それに対する反動として一九五二年五月の「流血メーデー」が生起することもあったが、それはさらに労働運動への弾圧の強化へとつながることになった。そして一九五五年七月の第六回全国協議会

（六全協）における日本共産党の自己批判は、柴田翔の『されどわれらが日々――』（『文学界』一九六四・四）に描かれるように、多くの左翼活動家に衝撃と幻滅をもたらした。自由民主党と日本社会党の結成によるいわゆる「五五年体制」が確立されたのは、その四ヵ月後のことである。松原新一はこうした「明日」につながる肯定的な思想と行動のヴィジョンが、むなしくそのリアリティを喪失していった時代」に大江健三郎が作家となろうとしていたことを重視し、『奇妙な仕事』や『死者の奢り』といった出発時の作品の重い色調にそれが反映されているという把握を示していた。

こうした松原の視点は現在でも状況論としては有効であり、『芽むしり 仔撃ち』を捉えるために踏まえておくべき前提を示している。この作品はこれまで眺めてきたように、決して太平洋戦争末期の地方における状況を描いた作品ではなく、あくまでも作者大江健三郎が生きている一九五〇年代後半における、心的な状況を虚構化した物語だからだ。砂川基地闘争はその時代にあって、平和条約と安保条約を背中合わせに成立させた「サンフランシスコ体制」に対する異議申立てとして、広範囲な参加と関心を促す場となった。五六年の闘争は、測量の停止を閣議決定させるという一定の成果を見たが、翌五七年の現地の衝突においては、企業からの抑圧によって労働者の参加を欠き、もっぱら都学連の活動家たちによって担われることになった。そして衝突の現場においては、国家側の暴力に一方的に晒される、半ば企図された無力さによって特徴づけられる闘争にほかならなかった。

その点で砂川基地闘争は、現象的には決して積極的な「革命運動」とはいい難い相貌を有していた。その受動性を受苦的《パトス》な情念の表象に転化させていくところに、『芽むしり 仔撃ち』における

〈作者〉の戦略があったといえよう。さらにこの作品では、より受動的にならざるをえない相手として、〈作者〉は少年たちが閉じ込められた村の空間に蔓延していく疫病を提示している。寓意的な位相においては、この疫病は村人が闘うことを放棄した対象であり、それに立ち向かうことによって多大な犠牲を払わねばならない相手である点で、戦後における〈アメリカ〉の支配力に擬することができる。[11] 砂川での衝突においても、警官隊は日米安全保障条約に基づく行政協定を守るべく流血の惨事を現出させることになったが、その背後には「日本の政府は基地をめぐって何を相手に主張してきたのだろう」（『週刊朝日』一九五六・一〇・二八）と問われるような、安保条約の体制を見直すことを放棄した政府の姿勢があることは明らかであった。

この戦後日本における所与の体制としての〈村〉の住人が戦うことを放棄した相手に、少年たちは立ち向かうことを余儀なくされる。こうした寓意の構図を大江はおそらくアルベール・カミュの『ペスト』に触発される形で着想している。大江健三郎における現代フランス文学の影響を考えるときには、卒業論文のテーマともされたサルトルが第一に挙げられることが多いが、カミュの影響も看過することはできない。それはフィリップ・フォレストのインタビューにおいて、大江が大学時代サルトルを研究テーマに選んだことが「誤り」であり、「自分はカミュに近しさを感じており、サルトルはその異質さによって自分を惹きつけた」（原文フランス語）と語っていることからもうかがわれる。[12]

『ペスト』は北アフリカの港町オランを舞台とし、そこに蔓延していくペストの脅威に対して、医師である主人公が立ち向かおうとする物語であり、その終息に至るまでの顛末が描かれている。

疫病の蔓延とともに、それが外部に拡散することを防ぐために町が閉鎖されてしまうのも、『芽むしり 仔撃ち』と共通した成り行きである。『ペスト』はむしろ寓意性においては『芽むしり 仔撃ち』よりも明瞭な作品であり、アンガス・フレッチャーは近代における寓意的作品の典型として『ペスト』に言及し、伝染病を運ぶ鼠が、オランを占拠するナチス勢力の寓意として機能していることを指摘していた。[13] カミュが『ペスト』で仮構しようとしたものは、抵抗し難い不条理な状況にあえて立ち向かおうとする「反抗的人間」の像であろう。カミュは『反抗的人間』の最初の章で「反抗的人間とはなにか？ 否《ノン》と言う人間である。しかし、拒否しても、断念はしない」（佐藤朔・白井浩司訳、以下同じ）人間として規定し、人間の連帯と反抗的精神の連関について「人間の連帯性は、反抗的行動に基づいている。（中略）そこで、この連帯性を否定したり、破壊することをあえてする反抗はすべて、直ちに反抗の名に価しないものとなり、実際には、殺人に同意したことと一致することになる」と述べている。

『芽むしり 仔撃ち』の疎外される少年たちの繋がりの緊密さは、基地闘争を踏まえつつ、カミュ的な「反抗」で重んじられる「連帯性」との類縁を強く示している。戦時下におこなわれた現実の集団疎開との差異もそこから生じている。大江の作品に描かれる異端的人間が、『万延元年のフットボール』（『群像』一九六七・一～七）の鷹四に見られるように、概して孤独な行動者であり、またデスペレートな衝動に動かされがちであることを考えると、弱者同士の連帯のなかに身を置き、自壊的行動に身を委ねようともしていない「僕」の姿が、カミュ的な「反抗」を摂取しようとする志向のなかに造形されていることは明らかである。逆にいえば、下敷きにされた砂川基地闘争が、民主的国家であるはずの戦後日本の理念に逆行する「不条理」な状況を人びとに強いるものとして意識されたということでもあろう。そこから決して大江の人物において典型的であるとはいえない、不屈の「反抗的精神」の担い手としての主人公の輪郭が仮構されることになった。「僕」は帰還した村人たちに仲間の少年たちが次々と服従を誓わされていくのに対して、独り反抗する姿勢を貫き、最後に「僕は歯をかみしめて立ちあがり、より暗い樹枝のあいだ、より暗い草の茂みへむかって駈けこんだ」という行動の記述によって、物語が閉じられているのである。

5　幻像としての「戦争」

決して「戦争」を描いているとはいえないこの作品が、仮の枠組みとしてでも「戦争」の前提を必要としたのは、この〈戦い〉への志向を際立たせるためである。出発時の多くの作品の人物たちは、自分たちが置かれているのが決定的に〈戦い〉への契機を欠いてしまった国であることを嘆いている。『見るまえに跳べ』の「ぼく」は、フランス人特派員のガブリエルに「戦いたいよ、ぼくは平和にはあきあきしているんだ。戦争がおこってくれないかと思っているくらいだしね」と言い、『われらの時代』（中央公論社、一九五九・七）の主人公靖男は、「今やおれたちのまわりには不信と疑惑、傲慢と侮蔑しかない。平和な時代、それは不信の時代、孤独な人間がたがいに侮蔑しあう時代だ」と思わざるをえないのだった。そこから戦時下において〈戦い〉への参与を熱望する少年たちの像がもたらされてくることになる。たとえば『遅れてきた青年』の語り手は少年時に、戦争に行くことなく死んだ父親を回想しつつ、「戦争にくわわった時に、ほんとうのわたしの味方ができるのだ。そしてわたしは一人ぼっちでなくなるのだ。（中略）戦争に兵士として加わった時にだけ。わたしは早く特攻隊に入りたかった」と考え、その願いを学校の女教師に嘲笑される。『芽むしり仔撃ち』の「僕」もこの憧憬をはらんだ少年であり、朝鮮人部落にかくまわれていた脱走兵に対面して、「予科練の兵隊のあらゆる輝かしさ、光彩に欠けて」いるその外貌のみすぼらしさに、「苦い失望」を味わわされる。また「僕」の仲間の「南」は、その兵士に対して「俺は戦争をしたいし、人を殺したいな」という感慨を語るのである。(14)

こうした幻像としての〈戦い〉への希求は、戦時下を過ごしていた少年期の大江自身に抱かれていたものではなく、あくまでも青年期に至った時点から遡及的に仮構されたものである。『戦後世代のイメージ』（『週刊朝日』一九五九・一・四〜二・二二）の、「終戦」と「敗戦」という同一の事態に対する二つの表現の差異を吟味するくだりで、大江は戦争中を追想して、「ぼくは、戦争がつづいているあいだ、いくつかの恐れをもっていた。ぼくは駆けることにきわめてめぐまれていないので、《突撃》のとき、一人ぼっちに荒野のまんなかへとりのこされるのではないか、とか、一斉に射撃するとき、ぼくの弾があやまって味方を傷つけないか」という恐れをもっていたことを語り、「そして戦争が終ったことによる、ぼくのこうした不安の解消は、結局、終戦という言葉のムードにふさわしいものなのであった」という感慨を記している。そこには初期作品に繰り返し語られる、戦争で戦うことを希求しながら、その前に戦争が終了してしまったことへの悔恨はなく、死への不安と恐れを抱きつつ戦時下を過ごした平凡な少年の思いが提示されている。おそらく大江自身はこうした、戦争の恐怖に翻弄されるありふれた少年の一人として日々を送っていたはずであり、それが作品の造形においては、戦後日本の安定と停滞に対するアンチテーゼとして「戦争」を希求する青年や、戦いを憧憬していた戦時下の少年の像に転換されていくことになった。

にもかかわらずこの「戦争」への志向が、現実社会の安穏を反転させた幻像である限り、当然現実の〈戦い〉への参与に同一化されるものではない。『見るまえに跳べ』の「ぼく」は、実際にガブリエルに戦争への参加の可能性をほのめかされると、たちまち尻込みしてしまう。『芽むしり仔撃ち』の「僕」にしても、村人に対しても疫病に対しても決して互角に拮抗しうる位置にいたわけではなく、現実的な力関係においては徹底して無力な存在であった。現在時の意識によって喚起された「戦争」の枠組みが〈戦い〉への志向を残像として浮上させながら、受苦的な場としての基地闘争へ連繋しうるのは、こうした意識の両極性ゆえである。

大江健三郎自身においても、砂川基地闘争のような現実の政治的な事象に感応する姿勢を示しながら、一方ではそれに距離を取ろうとする心性をもち、それらの錯綜のなかを生きることによって表現の主体となっていった。先に引用した『壊れものとしての人間』の一節でも、大江は「砂川の桑畑でむかえた夕暮を思い出」しながら、一方では「「沖縄を守れ！　全都の学友諸君、二・一へ！」という、沖縄の永久原爆基地化を告発する都学連のビラを思い出すことができない」のであり、「自分のおちこんでいた跳び石のあいだの裂けめの深さにいまほとんど茫然と」せざるをえないのである。ここには大江を特徴づける資質ともいえる、現実世界に向かいつつ、同時に自己の内的な世界に自閉していく意識の、分裂した指向性が浮上している。当時砂川の問題と沖縄の問題は一つながりのものとして捉えられており、大江の挙げる『資料戦後学生運動』(三一書房、一九六九・六)の第四巻に所収された、全学連書記局による「砂川第二次土地収用認定発表に際しての声明」では、砂川の基地拡張を「先にプライス勧告によってわが沖縄を永久水爆基地にすることを公言したアメリカ政府が、更に日本全体を原水爆基地にするために、国際緊張緩和をめざす世界史的方向に逆行し、全日本の国民に対して示した新たな露骨な挑戦以外の何物でもない」と断定していた。砂川で地元住民と連帯しようとしていた学生たちにこうした危惧が抱かれていたなら、その場に少なくとも足を運んでいた大江の内にも、沖縄の基地問題に対する関心が動いていてもおかしくないはずだが、その記憶がないことをみずから訝っているのである。

そして興味深いのは、江藤淳が称揚した、初期作品を特徴づける言語表現の新鮮さが、こうした現実世界に距離を取ってしまう心性からもたらされていることである。江藤が「動的で、未完成な、生命の脈動」を見出した『飼育』の文体は、明らかに語り手が現実世界の波立ちから切り離された、小宇宙である村の住人として生きることを前提として生まれていた。[15] 総じて大江の初期作品においては、ムラ共同体の暴力的な抑圧に抗しようとする志向とともに、逆にその一員としてとどまろうとする心性が垣間見られる。『芽むしり 仔撃ち』の前年に書かれた『飼育』の主人公は、「谷間の村」の成員であり、その外側の世界に違和感を覚える少年であった。『芽むしり 仔撃ち』のパトス的な抒情性も、それがもっとも強い盛り上がりを見せるのは、村人の去った村の空間に取り残された少年たちが、その空間を占領する者としての主体性を束の間付与される展開においてである。ここで「僕」は疫病にかかった少女を看病し、それによって少女の信頼をかち得る。そこから「僕」

は「むくむくとこみあげてくる喜びと誇りに気も狂いそう」になるのである。また雉を捕えた弟に感動を覚え、その雉を皆で食べ合うことによって、自分たちが今いる世界の主人であることを実感するのだった。

けれどもこうした浪漫的な昂揚は、彼らが村人と対峙することによってもたらされていたのではなく、逆にその対峙から解き放たれて、彼ら自身が新たな共同体をつくることによって生まれていた。その意味でこの中盤の展開は『飼育』のユートピア的世界の反復としての性格をもっている。疫病が勢力を増しその後村人が帰還することによって、この昂揚は剝奪されてしまわざるをえない。こうした〈戦い〉への志向と、それを現実的な行為に転化させえない不毛との間の循環性が、大江の初期作品の基底をなしている。執筆時の意識によって喚起された幻像としての「戦争」は、それが幻像でしかないことを認識する作者の醒めた眼差しによって、イメージの生成の母胎として機能していたのである。

〈鏡〉のなかの世界――『個人的な体験』のイメージ構築

1　回心と倫理

『個人的な体験』（新潮社、一九六四・八）は一見、典型的な回心の物語としての構図をもつ作品である。脳に異常をもって生まれた赤ん坊を引き受けるか、手術を受けさせずに見棄てるかの間で主人公鳥《バード》が苦悩した末に、後者に傾いていた内面を前者の側に反転させるという展開は、無事手術をくぐり抜けて生命をとりとめた赤ん坊を鳥《バード》が手にする結末部分の唐突な〈明るさ〉と相まって、主人公の倫理的な規範への復帰を浮き彫りにしているように受け取られる。現にこれまでこの作品はそうした視点で眺められることが一般的であった。松原新一は鳥《バード》の内面の変容を、彼を「一個の社会人としての「正常」の道」に立たせる動因として捉え、[1]片岡啓治は赤ん坊を引き受けることを現実への主体的な関与の比喩として眺め、「自らの「個人的体験」それ自体を垂直に掘りさげつつ〈普遍化〉にいたること」に作品の主題を見出していた。[2]こうした把握は八〇年代以降にまで引き継がれており、「作品の構造全体で人間が正統に生きることを決意する過程を描き出して」いるとする黒古一夫[3]や、「事後性に回収することなく事前性を正統に生きること」が、赤ん坊を取り戻そうとした鳥《バード》の内面に生起した決意であるとする石橋紀俊[4]の論考などがその例として挙げられる。

これらの論に一貫して見られる、人間としての「正常」さや「正統」さに復帰することが、『個人的な体験』の鳥《バード》の変容が物語るものなのだろうか？　この把握は多分に、最後の場面で鳥《バード》自身が語る言葉を受け継ぐ形で得られたものである。初め脳ヘルニアと思われた赤ん坊の脳の異常が、実は単なる肉瘤にすぎなかったことが分かり、それを除去する手術によってとりあえず生命を保全されることになるという僥倖を得た鳥《バード》は、それまでの苦闘を振り返って、「この現実生活を生きるということは、結局、正統的に生きるべく強制されることのようです」と義父であり恩師でもあった教授に語る。ここでいわれている「正統的に生きる」とは、現実生活を送る上で降りかかってくるさまざまな重荷を、回避することなく引き受けるという家長的な倫理観を意味しており、今挙げた論者たちの視点は、この鳥《バード》の言葉の含意に合致している。けれども逆に見れば、それらは結局登場人物の発話と主題の表出を同次元に置く把握にほかならないともいえよう。

本来回心は、ウィリアム・ジェームズが述べるように、「宗教的な実在者」に擬されるような超越性と他者性をはらんだ価値観を否応なく受容するとともに、それがそれ以降の生の新たな支柱となることが感得される情動を指している[5]。けれども『個人的な体験』の鳥《バード》が回心によって見出す「正統的に生きる」ことという価値観が、鳥《バード》にとって未知のものであったということはありえない。そうした生き方の「正統」性は、初めから自明であったはずであり、それが苦闘の末に新たに見出された価値であったとは考え難い。もしそうであるならば、『個人的な体験』とはこの凡庸な結論を導き出すためになされた試みであるということにもなるだろう。『個人的な体験』に小説作品としての独自性をもたらしているのは、決して鳥《バード》が到達する結論の倫理性にあるのではなく、そこに至る過程の描出にあり、しかもこの作品を構築する〈作者〉がそれを明確に志向していることが見て取られる。確かに新潮文庫版に付された「あとがき」である「《かつてあじわったことのない深甚な恐怖感が鳥《バード》をとらえた。》」には、「経験による鳥《バード》の変化・成長を表現する」ことが、「最初の構想」であったと記されている。先に挙げた論も、この大江自身の説明に沿う把握を示していたが、『個人的な体験』というテクストの表現が、こうした事後的な説明の言葉を満たすためにのみ成り立っているかどうかは疑問である。明らかにこの作品には、主人公が家長的な倫理観の主体となるのとは別個の側面がはらまれ、そのなかで自律することによって独自の生命を獲得している。むしろ大江健三郎が意識的に志向していたのは後者の方であり、前者の側面はそれを隠蔽する装置として機能しているとすら見ることができるのである。

その倫理性と別個の側面を具体的に検討する前に、あらためて想起してもよいのは、序章で言及したウェイン・C・ブースの言説であろう。『フィクションの修辞学』でブースは、生活者としてとは別個の同一性を、表現の主体としての作者がもってしまうことに着目し、この作者の「第二の自己」(米本弘一ら訳、以下同じ)というべき書き手を「内在する作者」として捉えていた。(6) ブースが想定する「内在する作者」は、もっぱら作品間の言語表象の強度を高め、読者を自律的世界に引き込むための修辞の使い手を指しているが、しばしば生活者としての作者自身とは別個の価値観をもつこの「第二の自己」は、序章でも検討したように、決して生活者としての作者と断絶した存在ではなく、有機的な関係性のなかに置かれている。大江健三郎の『個人的な体験』においても、表象の論理における一貫性をもたらす〈機能としての作者〉は、主人公鳥《バード》の人間的な「変化・成長」を表出するのとは別個の次元で一つの有機的な統一性をもたらしている。にもかかわらずそのイメージ的な統一性は、単に修辞的な次元にとどまるのではなく、やはり起点にある作者の現実世界に対する姿勢を強く浮上させているのである。

テクストとしての『個人的な体験』に「内在」する〈作者〉は、決して鳥《バード》を倫理的に「変化・成長」させようとしていない。むしろ自己のなかにある退行的な気分を外在化させ、それをみずから嫌悪することによって、そこから脱却する過程として、結末に至る展開を構築しようとしている。あらかじめ見出されていたであろう倫理的な地平に鳥《バード》が到達することが帰結としての意味をもつのも、その気分がそこに彼を至らせることを強く阻害していたために、それを乗り越えることが一つの劇的な段階を構成しうるからである。事実的な経過としては、大江の長男である光《ひかり》は一九六三年六月一三日に生まれ、その一カ月半後の八月二日に日本大学医学部附属病院で最初の頭部手術を受けている。(7)『新しい人よ眼ざめよ』(講談社、一九八三・六)所収の「怒りの大気に冷たい嬰児が立ちあがって」に「息子が生まれ、もうひとつの頭のような真っ赤な瘤が後頭部についており、というとがあって、はじめのうちN大学病院の特児室に子供をあずけたまま、僕としては妻にも母親にも実情を打ちあけることができず、むなしく右往左往していた」という記述が見られるように、大江は肉瘤を除去する手術の有効性に疑念を覚えつつ、一ヵ月以上の間逡巡しつづけたのであろう。

そこには確かに「自然な衰弱死を期待」(「未来へ向けて回想する――自己解釈(二)」『大江健三郎同時代論集2』岩波書店、一九八〇・一二、巻末)する心性も混入していただろうが、作中の鳥《バード》がその寸前まで企図したような、赤ん坊から栄養を奪うことによって死に至らせるといった選択は浮かばなかったと思われる。大江は自身の一カ月間余の逡巡を数日間の苦悩に圧縮し、一旦死に隣接する領域に追いやられた子供を生還させるという逆転を、主人公の内面の変容と重ね合わせることによって、この退行的な気分からの劇的な脱却を仮構することになったのである。

2 〈巫女〉としての火見子

こうした視点で眺めた場合、重要な意味をもつのはやはり鳥《バード》を退行的な気分から脱却させる契機となる、火見子《ひみこ》という女友達の存在である。鳥《バード》の回心的な変容は、病院から赤ん坊を引き取って堕胎医に託した後に赴いたゲイ・バーで飲んでいたウィスキーを嘔吐した際に起きるが、「ぼくは大学病院につれ戻して手術をうけさせることにした。ぼくはもう逃げまわることをやめた」と火見子に告げる鳥《バード》の覚悟は、この場面で啓示のように彼にもたらされたわけではない。以前述べたことがあるように、(8) 鳥《バード》に回心を起こさせる前提は、彼の性的な交渉相手である火見子との関係のなかで積み上げられている。火見子は子宮に対してもってしまった恐怖心から不能に陥った鳥《バード》を、肛門性交という形で回復に導き、それ以降はみずからも鳥《バード》との性的な愉楽のなかに過ごすようになるが、重要なのは彼女が次第に鳥《バード》の希求と志向を分けもつことによって、彼の鏡像として作品世界に存在するようになることである。現実逃避の意識の端的な形として冒頭から示されている、鳥《バード》が養っているアフリカへの夢を、火見子は次第に共有するに至り、「赤んぼうが死に、妻が回復したら、ぼくらは離婚することになるだろう」という鳥《バード》の言葉を受けて、「あなたがそのように、自由な男になったなら、義父の提案どおりに、家と土地を売って、一緒にアフリカに行かない？」と提案するまでになる。この火見子の歩み寄りによって、鳥《バード》は自分の内面を客観視し、その卑少さを認識することになる。畸形の赤ん坊を引き受けようとする鳥《バード》の回心は、彼の願望が火見子によって代替的に費消されてしまうことによって、それまでに周到に準備されていたのである。

火見子が〈巫女〉を連想させる名前をもっていることの意味も、そこに見出される。つまり巫女の職能は第一に死霊や生霊を憑依させ、彼らの思念を伝えることにあるが、火見子は鳥《バード》との交渉を通して、彼の内面を自身に憑依させているからである。火見子は鳥《バード》に対するように、他者の内面を否応なく取り込んでしまう女であり、その自覚から彼女は鳥《バード》の出身大学でもある「大学を一緒に卒業した女の子たちの守護神」を自認している。また彼女が結婚後一年で夫に自殺されてしまったという挿話も、この彼女の巫女的な属性から派生してくるものといえよう。おそらく火見子はその属性によって夫の内面に分け入り、それを取り込んでしまったに違いなく、この空無化によって夫はその生命自体を失わされることになった。あるいは夫の自殺という挿話が、火見子による内面の奪取の暗喩でもある。本来鳥《バード》のものであったアフリカ行の願望も、性交渉が繰り返される過程で、次第にもっぱら火見子によって語られる対象に限定されていく。赤ん坊の死と鳥《バード》の離婚を条件として「鳥《バード》、わたしたち二人でアフリカへ行くわね？」と持ちかける火見子の誘いにも、鳥《バード》は「苦しい痰を吐くように」して「きみがそれを望むなら」と答えるしかないのである。

その後、鳥《バード》は火見子とゲイ・バーで飲んだウイスキーを吐いた後に、「おれは赤んぼうの怪物から、恥知らずなことを無数につみ重ねて逃れながら、いったいなにをまもろうとしたのか？　いったいどのようなおれ自身をまもりぬくべく試みたのか？」という自問を浮かばせ、それに対して「答えは、ゼロだ」という結論を与えることが、彼に赤ん坊を取り戻す行動に踏み出させることになる。この判断が決して鳥《バード》の内に突然浮上した倫理観によるものではなく、自己の卑少な願望を火見子を鏡像とすることによって客観視しつづける鳥《バード》の意識が、臨界点に達したことによるものであることは明らかだろう。ウイスキーを吐瀉することが、鳥《バード》に最終的な判断をもたらすという、この場面の行動の描き方自体が、彼の回心が倫理的な次元というよりも、生理的な感覚の次元に起こっていることを傍証している。

もともと「カタルシス」が、〈吐瀉〉と〈浄化〉の両方の意味をもつ言葉であることはいうまでもない。鳥《バード》はここで胃の内容物を〈吐き出す〉ことによって、内面を代替的に浄化したのであり、それが以後の行動による浄化を導き出している。それは鳥《バード》にとっての〈表現行為〉としての象徴性をもつものであるといえる。ケネス・バークは『文学形式の哲学』で、詩や劇の創作が、言語という象徴を媒介として、自己の内的な重荷から免れようとしてなされる「姿勢の舞踏」（森常治訳、以下同じ）であると同時に、多くの作品で登場者が内面に負荷された感情を、身体的行動によって象徴的に外在化していることを指摘している。たとえば「マクベス夫人は犯罪のあとで手を洗うが、あれは罪を代表《リプリゼント》（表象）しているのである」とされるが[9]、『個人的な体験』はこの登場者の身体行動による内面の象徴的な表象が顕著な作品である。とりわけ鳥《バード》の生理的次元における〈吐き出す〉行為と、内面の退行的な気分を〈吐き出す〉行為の照応が繰り返し前景化され、この作品の〈機能としての作者〉がおこなうイメージ構築を特徴づけている。大江健三郎自身「あとがき」の「《かつてあじわったことのない深甚な恐怖感が鳥《バード》をとらえた。》」で「この青春の小説を書いたことが、根本的な浄化作用を僕にもたらしているのだ」（傍点引用者）と記しているのである。鳥《バード》が勤め先である予備校を解雇される契機となる二日酔による教室での嘔吐も、生徒の指弾の対象となるだけでなく、半面では彼の置かれた状況を前に推し進める意味をもつ。しかも教室の中に自分の支持者がいないわけでもないことを知って、鳥《バード》は「吐瀉物の残り滓の酢っぱい味を舌や喉の奥に見出して時どき眉をしかめながらも幸福な気分だった」のである。

この作品におけるイメージ的な浄化の進展は、もちろん嘔吐以外の形でもあらわれている。見逃せないのは、ゲイ・バーでの嘔吐以前に、イメージ的な浄化がすでにある段階まで彼に訪れていたことだ。それは彼が、自分の陥った問題の性質が、他者と共有しえない「個人」性に限定されることを慨嘆する言葉に映し出されている。つまり鳥《バード》は「10」章で自分の「個人的な体験」が「他のあらゆる人間の世界から孤立している自分ひとりの竪穴《たてあな》を、絶望的に掘り進んでいること」にすぎず、それは「人間的な意味のひとかけらも生れない。不毛で恥かしいだけの厭らしい穴掘りだ」と決めつけるように言うが、この「不毛で恥かしいだけの厭らしい穴掘り」とは、とりもなおさず「7」章で描かれる、火見子との肛門性交に完全に重なるイメージにほかならない。火見子が口にした子宮という言葉に感応する形で不能に陥っていた鳥《バード》は、彼女の肛門性交の提案によって勃起を回復するが、鳥《バード》は火見子の肛門にペニスを差し入れながら、鳥《バード》は「おれは恥のかたまりだ、おれのペニスがいまふれている熱いかたまりこそがおれだ」(傍点引用者)と考え、「眼も昏《くら》むほどの激甚なオルガスムにおそわれ」て、射精というやはり吐瀉的な行為を達成するのである。

ここでは明らかに「恥」を伴う「穴掘り」の行為として、火見子との肛門性交と、自身が置かれた「個人的」な不幸の状況が結びつけられている。さらにその照応は、それ以降の展開にまで持続していく。鳥《バード》が他者との連関をもたない孤独な苦悩を課されることについて「自分ひとりの竪穴を、絶望的に深く掘り進んでいることにすぎない」というイメージをもつのに対して、火見子は「ねえ、鳥《バード》。わたしはあなたが、今度の体験を、竪穴式から、抜け道のある洞穴式へ、変えることができればと思うわ」と答え、最終的に鳥《バード》は火見子の言葉を実現する形で「抜け道」へ出る僥倖を得ることになる。この〈脱出〉も、鳥《バード》と火見子との間に交わされる性交の形によって、事前に示唆されていたものだ。つまり火見子との肛門性交によって不能から回復した鳥《バード》は、膣という、子宮への「抜け道のある洞穴」による通常の性交の成就へと移行していたのであり、この照応も後続する現実の事象が、性的な交渉のイメージによって、あらかじめ先取りされる例の一つをなしている。そこからも火見子との肛門性交が、鳥《バード》にとって積極的な転換をなしていたことが分かる。逆にいえば、〈作者〉は鳥《バード》が陥った「深い竪穴」とそこからの脱出を予示するためにこそ、火見子との肛門性交という虚構を着想していたのである。

3　予示される行動

『個人的な体験』は何よりもこうした、現実の事象とイメージとの照応のなかで、後者が前者を予示的に触発し、主人公の行動をもたらしていくテクストである。重要なのは、この作品に現われる鳥《バード》にとっての鏡像が、火見子だけに限定されるものではないということだ。むしろこの作品は鳥《バード》の肉体的、精神的な姿形を映し出すさまざまな鏡像が姿を現わす、〈鏡〉のなかの世界として構築されている。冒頭に近い部分に、鳥《バード》がアフリカの地図を展示した洋書店を出た後で、その「暗く翳っている広いガラス窓」のなかに、「短距離ランナーほどのスピードで老けこみつつある自分自身を眺め」、そのみすぼらしさに驚くくだりが置かれているのは、その端緒をなす例である。そしてこうした鳥《バード》を取り囲むさまざまな鏡像のなかに、脳に異常をもって生まれてきた彼の子供もまた含まれる。大江健三郎は「《かつてあじわったことのない深甚な恐怖感が鳥《バード》をとらえた。》」で、この作品を書く際に「作中の鳥《バード》は、書き手である僕から切り離して設定され、両者の共通点は、ともに頭部に異常をそなえて生まれた新生児を持つことのみである」と記しているが、現実のモデルと「切り離して設定され」ているのは鳥《バード》だけでなく、赤ん坊についても同様である。この赤ん坊もやはり鳥《バード》の精神を暗喩する鏡像としてこの作品に存在している。

そのとき視野に入れておかねばならないのは、この作品の世界では知的に高い水準にありながら、むしろそれゆえに現実世界と齟齬をきたしてしまい、社会行動において見るべき成果を上げることができないでいる人間たちが、繰り返し現われることである。東京大学を思わせる官立大学を卒業し、大学院に進学しながら、すぐに中退してしまい、予備校教師として世を送っている鳥《バード》自身がその一人であることはいうまでもない。同じ大学の仲間であった火見子は職業的な挫折を経験しているようには描かれていないが、卒業前に結婚した相手の自殺という不幸に遭遇している。また後半に登場する火見子の友人も、「鳥《バード》の大学の女子学生のほとんどすべて」と同様に、「自分に提供されたすべての職場にたいして自分の才能が大型すぎると考えて、それらを拒んだ」あげく、「三流の放送局のプロデューサーになった」のだった。すでに「3」章で火見子が紹介された際に、次のような総括的な叙述がなされている。

鳥《バード》の大学の数少ない女子学生たち、それも地方出身の文学部のメムバーは、すくなくとも鳥《バード》の知っているかぎり、みんな卒業まぎわに得体のしれないおかしな怪物に変容をとげてしまった。彼女たちの細胞の幾パーセントかが徐々に発達しすぎて、歪み、そのあげく彼女たちの動作は緩慢になり表情は鈍く憂わしげになった。そして結局彼女たちは卒業後の日常生活について致命的に不適格になった。彼女たちは、結婚すれば離婚したし、就職すれば馘《くび》になったし、なにもしないでただ旅行をしていた者は滑稽かつ陰惨な衝突事故に出くわした。（3）

ここでやや誇張をはらんで語られている、現実世界への不適合のなかに置かれがちな女子学生たちの姿は、同時に鳥《バード》の辿った軌跡に重ねられるものでもある。鳥《バード》も大学院に進学し、恩師である教授の娘と結婚したものの、研究を放擲してアルコールに浸る生活を送り、それによって彼の「動作は緩慢になり表情は鈍く憂わしげになった」だろう。また宿酔から予備校の教室で嘔吐してしまうことで、鳥《バード》は勤め先を「馘」になってしまう。加えて最初の子供をもうけるものの、頭部に大きな異常をもって生まれてくるという、「陰惨」な出来事に遭遇するのである。そして火見子の仲間たちを指す「得体のしれないおかしな怪物」は、鳥《バード》の赤ん坊そのものの形容でもある。現に叙述のなかで赤ん坊ははっきりと「怪物」として形容されている。赤ん坊の異常を鳥《バード》に伝える産科の院長が「クスクス笑いをつづける」ことについて、「かれは他人の妻の足のあいだから、なにやらえたいのしれない怪物をひきだしてしまった」（傍点引用者）ことを恥ずかしがっているのだという、鳥《バード》の推測が記されている。

この表現の同一性は、明らかに〈作者〉がそこに込めた含意の共通性を示唆している。つまりこの世に送り出されてきたものの、〈大きすぎる頭〉をもつことで正常に育つことを望むことができない鳥《バード》の赤ん坊とは、通常の水準よりも高い知力や多くの知識を有しながら、現実世界に適合して生きることのできなくなった、火見子やその仲間たちや、また鳥《バード》自身の存在の寓意的な形象化にほかならないからだ。その点でこの作品において、鳥《バード》——火見子（の仲間）——赤ん坊が、鏡像的な関係によって相互に結ばれていることが明瞭になる。そしてこの鏡像的な比喩性は、〈作者〉によって強調されている。初め脳ヘルニアと思われる「異様に大きいもの」を携えて、包帯を巻かれた赤ん坊の頭部に対して、「おれの見知らぬ暗くて孤独な戦場でおれの息子は頭に負傷したのだ、そしてアポリネールのように繃帯をまいて声のない叫び声をあげている……」と叙述されている。さらに鳥《バード》は義父の教授に対しても「赤んぼうは、ちょうどアポリネールみたいに頭に繃帯をまいていました」と伝えている。自身の子供に与えられた重篤な異常を、シュールレアリスムの詩人になぞらえる感覚が、このテクストに仕組まれている鏡像的な比喩関係と緊密に連携していることは疑えない。つまり鳥《バード》や火見子がそうであったような〈文学青年〉につながるイメージによって、赤ん坊もまた括られているからである。(10)

こうしたイメージの照応が、作品の冒頭部分から周到に仕組まれていることを見逃すことはできない。この側面について蓮實重彥は、冒頭で鳥《バード》が見入るアフリカの地図が「うつむいた男の頭蓋骨の形に似ている」と記述されていることに着目し、そこから「ここに始まろうとしている「作品」が頭蓋骨の物語として綴られるだろう濃密な予感を、あたりに波及させることになる」(傍点原文)という予兆を見て取っている。(11)これは適切な指摘だが、しかしより重要なのはそれにつづけて「この大頭の男は、コアラとカモノハシとカンガルーの大陸オーストラリアを、憂わしげな伏眼で見ている」(傍点引用者)という一文が置かれていることである。この「大頭の男」が、赤ん坊のイメージを介する形で鳥《バード》自身を示していることは明らかだろう。鳥《バード》もまた洋書店の陳列棚に「憂わしげな伏眼」を投げかけ、野生動物の世界であるアフリカ大陸の地図を眺めていたのである。

さらに〈作者〉はそれにとどまらず、「7」章で鳥《バード》が赤ん坊の頭から戦場で負傷したアポリネールを連想し、「ぼくの見知らない、暗く閉じられた穴ぼこでの孤独な戦闘でかれはやられたわけだ」と火見子に語るための根拠をさえ、最初の章に盛り込んでいる。洋書店を出た鳥《バード》はゲーム・センターに入り、そこから出産の状況について義母に電話で尋ねるが、その時点ではまだ子供は生まれていない。「まだです、まだ生れてきません、あの子は死ぬほど苦しんでいるのに、まだです。まだ生れてきません」という義母の返事によって、鳥《バード》の妻が赤ん坊を外部世界に送り出そうとする苦闘のさ中にあることが明らかになる。そして鳥《バード》はその後でゲーム・センターにいた若者たちの襲撃を受けることになる。彼は「生涯の最悪のカウンター・パンチをしたたか受けてうしろ向きに土手の草の茂みに跳びこんだ」のであり、それによって鳥《バード》は「唸りながら血と唾を吐」き、若者たちは「甲高い笑い声を発」する。そしてその屈辱のなかで「いま自分の子供が生れつつある、という考えもまた、かつてない切実さで鳥《バード》の意識の最前線におどりで」てくるのである。

> 不意の怒りと荒あらしい絶望感が鳥《バード》をおそった。それまでかれは驚愕し、困惑したあげく、ひたすら逃げだす工夫をしていたのだ。しかしいま、鳥《バード》は逃げようとは思わなかった。もし、いま闘わなければ、おれのアフリカ旅行のチャンスは永遠にうしなわれるばかりか、おれの子供は最悪の生涯をすごすためにのみ生れてくることになるだろう。　（1）

　このくだりには、展開の発端から終結に至るまでの進み行きが、総括的に予示されているといえよう。鳥《バード》が「生涯最悪のカウンター・パンチ」を受ける闘いこそが、赤ん坊の頭部に大きな損傷を与えることになった「暗く閉じられた穴ぼこでの孤独な戦闘」と等価的に結ばれるものである。この二人の〈闘い〉が、時間的にも照応する同時性を備えていることはいうまでもない。そして自分よりも体力的に優った若者たちを相手として鳥《バード》が闘いを挑み、結果的には捨て身のタックルによって彼らをひるませ、それ以上の打撃を与えられずにその場を逃れることができたという成り行きは、鳥《バード》自身が辿るそれ以降の経緯をやはり先取りする意味をもつ。彼自身が異常児の出生という事態に直面して、「ひたすら逃げだす工夫」をするにもかかわらず、最終的には「いま闘わなければ」という覚悟に到達することによって、彼の赤ん坊は見棄てられて死に至るという「最悪の生涯」を回避することになるのである。その意味で現実の事象を別個の事象によってイメージ的に先取りしつづける『個人的な体験』の叙述の特性をもっとも顕著に表わしているのが「1」章のこの部分であり、最初の章ですでに全体の展開が入れ子的に予示されていたことが分かるのである。

4　去勢による〈明るさ〉

それにしても『個人的な体験』における〈機能としての作者〉はなぜ、こうした〈大きすぎる頭〉のイメージの群れによって、表象の方向性を形づくっていこうとするのだろうか？　おそらくそこに、その起点にある、執筆時である一九六〇年代前半における、知識人の存在に対する大江健三郎のイロニカルな認識が託されている。これまで見てきたように、この作品を貫流しているものは、知識人的な人間が現実社会と齟齬をきたさざるをえないという感覚だが、その齟齬によって鳥《バード》はさまざまな鏡像を自己の周囲に招き寄せていた。もともとラカンが述べるように、鏡像を志向する人間は、「自己疎外する同一性」（宮本忠雄訳、以下同じ）を抱えた「寸断された身体（corps morcelé）」の持ち主である。[12]これがラカンが具体的に挙げる、離乳期における幼児から、外界とのきしみのなかで自己像の統一性を喪失した人間に敷衍されうることはいうまでもない。総じて鏡像的な想像経験とは「突き詰めて考えれば、外部の他者から自分が何者であるかを教えられる体験」（福原泰平『ラカン』講談社、一九九八・二）のことである。鳥《バード》もまた周囲に招き寄せるさまざまな鏡像を通して、「自分が何者であるかを教えられる」ことになるが、それは彼に望ましい自己像を示唆するのではなく、逆にそこから脱却する方向に彼を導いていく契機として作動している。

その点で火見子や赤ん坊の頭部といった鳥《バード》の鏡像は、厳密にはラカン的な鏡像体験の対象とはなりえない。鏡像段階が「内界（*Inn-enwelt*）と環界（*Umwelt*）との関係を打ち立てる」[13]（傍点原訳文）機能をもち、そこでは「整形外科的とも呼びたいその全体性の形態」がもたらされるとすれば、それは未成の身体を抱えた主体が経験する、視覚的に提示された、ありうべき自己像との遭遇にほかならない。けれども〈大きすぎる頭〉のイメージを喚起する赤ん坊や火見子たちが、鳥《バード》に対して投企すべき自己像を差し出しているということはない。それはむしろ鳥《バード》にとっては過去の圏域に追いやられるべき否定性をはらんだイメージである。彼が学者となるべき道から逸脱したことは、そのことを示唆する前史であり、さらに展開の帰結においては鳥《バード》は学者や教師の世界と縁を切って、より現実的な世界に自己の活動の場を移そうとしている。けれどもそれは、鳥《バード》が自己を自己たらしめていた根拠を捨象するという点で、自身に対してなされる去勢行為[14]にほかならないことを物語っている。そして鳥《バード》はこの去勢にとりあえず成功するのであり、アステリスク以降の最後の場面で、火見子は姿を消し、頭部の肉瘤を除去する手術を無事くぐり抜けた赤ん坊を抱いて鳥《バード》は現われるのである。

したがってこうした鳥《バード》の辿る経緯は、『個人的な体験』でおこなわれているイメージ構築が、序章で論じた『舞姫』(『国民之友』一八九〇・一)におけるそれとの間に強い相似性をもつことを物語っている。もともと大江健三郎は『個人的な体験』から近年の作品に至るまで、障害のある長男を含む家庭を担う者としての意識を繰り返し作品化しつづけている作家であり、その居場所は家長的人間の典型として眺められる森鷗外とさして遠くない地点にある。また『個人的な体験』においても、決して表現の中心的な位置を占めるものとしては眺めなかったものの、多くの論者が指摘するように、重い障害をもって生まれてきた赤ん坊を引き受けるという家長的意識が動機としてあることは否定しえない。もっとも『舞姫』においても『個人的な体験』においても、表象の構築において前景化されているものは、具体的な〈家〉を担っていこうとする意識よりもむしろ、それを空間的に拡張した象徴界としての国家や社会に自己を位置づけようとする志向である。太田豊太郎が相沢という分身を媒介として、自己の鏡像としてのエリスを間接的に葬ることによって、象徴的秩序としての国家に復帰していこうとしたように、鳥《バード》も自己の鏡像である赤ん坊の〈大きすぎる頭〉と火見子を最後に無化することによって、社会への復帰を遂げようとするのである。

にもかかわらず作品の帰結の時点では、鳥《バード》は自分が遂行した事柄に対して、豊太郎よりも一層認識を欠如させている。三島由紀夫らによって批判された最後の場面の〈明るさ〉も、いわば去勢を遂行しながら、それがどのような喪失をもたらしたのかを未だ認識しない者の〈明るさ〉にほかならない。それは端的には、義父の教授に鳥《バード》が語る、今後の展望に見て取られる。先に引用した言葉を含めて、鳥《バード》は次のような見取図を描いていた。

「赤んぼうは正常に育つ可能性もありますが、I・Qのきわめて低い子供に育つ可能性もおなじくあります。ぼくは赤んぼうの将来の生活のためにも働いておかなければなりません。（中略）ぼくは、予備校や大学の講師という、一応上向きの段階のあるキャリアとはすっかり縁をきるつもりなんですよ。そして、外国人の観光客相手のガイドをやろうと思います。ぼくはアフリカに旅行して現地人のガイドを傭う夢をもっていましたが、逆に日本へやってくる外国人のための、現地人のガイド役をやろうと思うわけです」（13）

ここで語られている鳥《バード》の〈人生設計〉は、当然客観的な妥当性をもつものではない。「外国人の観光客相手のガイド」という職業がどのような点で「予備校や大学の講師」よりも強い充実感を鳥《バード》に与えるのかは不明である。おそらくこの仕事をする上で鳥《バード》は、「外国人の観光客」たちのわがまま身勝手さに悩まされつづける日々を送ることになるに違いなく、そのときに鳥《バード》が「上向きの段階のあるキャリア」から切れてしまったことを後悔しないという保証はどこにもない。また「外国人の観光客相手のガイド」という選択自体が、彼みずからの着想ではなく、予備校を去ろうとしている鳥《バード》に対して教え子が与えた忠言をそのまま受け容れたものであり、やはり他者の存在に浸食される去勢がそこには作動している。もちろん鳥《バード》の意志に、不測の未来に向けたサルトル的な投企を見ることは可能だが、少なくとも最後の場面で鳥《バード》を捉えているものが、実存主義的な英雄志向とは無縁な心性であることは否定できない。この場面を流れている基調はやはり、人生の危機を脱したかのような主人公の安堵感であり、不測の事態に満ちた未来の重ささえも隠蔽されてしまう、気分的な昂揚である。『個人的な体験』の最後の場面に問題があるとすれば、それは子供が無事帰還したことによる喜ばしさが唐突に浮上していることにあるのではなく、自己の身に生起した象徴的な去勢に対して、主人公があまりにも無自覚であることにあるといえよう。

5 〈文学〉からの離脱

けれどもそこにこそ、『個人的な体験』を執筆する時点における大江健三郎の意識が塗り込められている。危機に晒される赤ん坊や、火見子たちの姿に表出されている、知識人的な存在、とりわけ鳥《バード》や火見子が属した「文学部」的な存在の余剰性にどのように方向をつけるかが、『個人的な体験』に託された問題性であったはずだが、それは大江自身の個的な側面と、普遍的な拡がりをもつ側面との両面性を備えていたと考えられる。つまり大江健三郎が長男をもうけ、『個人的な体験』が執筆された一九六三、四年頃は、安保闘争も終焉し、社会全体が経済至上主義に没入していくとともに、その成長を支えるべき科学技術への信奉が明確化される時代であった。安保条約改定の当事者であった岸信介内閣が退陣したのは一九六〇年七月であり、その後を池田勇人による内閣が引き継いだ。周知のように池田内閣は「所得倍増計画」を打ち出し、事実一九六〇年代前半には、物価のインフレーションを伴いつつも、名目賃金は年一〇パーセント前後という伸びを示していった。この経済の急速な成長を産業技術の進展が支えていたが、一九六〇年代前半に貿易の自由化が推し進められたのは、日本の産業が技術的な自信を深め、国際競争に耐えうるに至ったと判断されたからであった。鉄鋼業、造船業をはじめとして、工作機械、産業機械、光学機械といった分野も輸出産業に転じてきていた。一九六一年から六三年にかけて、工学部系の研究者が中心となって編成された「産業計画会議」は、優れた才能をもたらすべき社会環境のあり方を探った結果を『才能開放への道』(平凡社、一九六三・三)にまとめていたが、そこでは「わが国においても科学技術者の養成のための適切な政策をたてることが、目下の緊急な課題の一つとなってきている」という前提が打ち出されていた。また一九六三年一月に「科学の子」であるロボットの少年を主人公とする漫画『鉄腕アトム』のテレビ放映が始まって人気を博したのは、立国の条件としての産業技術への信奉を傍証する出来事でもあっただろう。(15)

さらに一九六〇年代の前半には、文化の大衆化の流れのなかで、「純文学」の存在意義があらためて問われる議論が重ねられていた。松本清張や水上勉といった、素材の斬新さと物語構築の巧みさによって広範囲の読者を獲得する作家の出現に対して、伊藤整は「純文学は単独で存在し得るといふ根據が薄弱に見えてくる」(「「純」文学は存在し得るか」『群像』一九六一・一一)という感覚を覚え、一方、江藤淳は自身をも含む論争を概観した上で、結局「純文学」がどのように変質しようと、「文学と非文学を峻別する基準は文章にしかない」(「青春の荒廃について」『群像』一九六二・四)という結論に達していた。(16)こうした状況にあって、人間の存在の意味を問おうとする「文学部」的なものは、次第に社会の傍流の位置に押しやられていかざるをえない。『個人的な体験』で産婦人科の病院から鳥《バード》の赤ん坊が移される大学附属病院が、「城塞のように傲岸な存在感をもつ」建物と、

「官僚的」な印象を与える医者たちの態度と相まって、鳥《バード》を拒んでいるように描かれるのは、こうした時代における主人公の位置を端的に示している。

そして鳥《バード》がこの「文学部」的なものを相対化する流れのなかを生きていこうとしていることによって、『個人的な体験』の結末に、『舞姫』のそれとは対照的な〈明るさ〉がもたらされているといえよう。豊太郎が西欧の「歴史文学」に身を浸すことによって浪漫的な自我を目覚めさせたにもかかわらず、国家という象徴界に復帰するべくそれを否認しなくてはならなかったのと対照的に、一九六〇年代の日本を生きる鳥《バード》にとってはすでに〈近代的自我〉の神話も失われ、産業化と文化の大衆化のなかで「歴史文学」も、むしろ余剰の観念性によって相対化される世界としてしか眺められなくなっているのである。もちろんそれは大江健三郎が社会への批判意識を失い、大勢に流されようとする人間になったことを意味するわけではない。おそらく大江のなかにあらためて浮上してきていたのは、自身を取り囲む現実への関与の志向であり、この作品の刊行直後から『世界』に連載され始めた『ヒロシマ・ノート』(『世界』一九六四・一〇〜六五・三)はその最初の成果であった。また一九六五年には大江はアメリカに滞在して、知識人や市民活動家たちと核やヴェトナムの問題について語り合っている。

『個人的な体験』が刊行されたのと同じ時期の『朝日ジャーナル』(一九六四・八・二)に掲載されたエッセイ「飢えて死ぬ子供の前で文学は有効か?」では、大江は表題の問いを発したサルトルと、この問いの妥当性を否定し「個人的な救済」としての文学の価値を主張するイブ・ベルジュの二人を両極として挙げ、「そのあいだをつねにフリコ運動しているという感覚が、ぼくにとってもっとも普通な、作家としての感覚だ」という立場を表明している。『個人的な体験』における表出はその点で両義的であるといえよう。ここにはまぎれもなく、自己の内面を表現によって救済しようする試みが描かれていながら、そこに内包された志向は、むしろサルトル的な問題意識への連繋を示していたからである。いわばここには大江の意識する「フリコ運動」の振幅自体が作品の構造のなかにはらまれているが、その帰結が示唆しているものは、明らかに言語表現に対する相対化の方向性である。現に次の主要な長篇となる『万延元年のフットボール』が発表されるのは一九六七年一月であり、約二年間、大江は小説の筆を折っている。その意味で『個人的な体験』の帰結はいわば作者大江健三郎の一時的な〈文学〉からの退却宣言にほかならなかった。

希求される秩序――『万延元年のフットボール』の想像界と象徴界

1 「この現代」の居場所

大江健三郎は出発時から〈民主主義〉の立場を創作の起点とする作家として眺められてきた。それは終戦時に与えられた「民主主義」と題された教科書に熱中した少年期から、障害をもつ長男との共生を主題とするさまざまな作品を世に送り、疎外される者と同一の地平を共有する可能性を創作と実生活の両面で問いつづける、三十代以降の活動に至るまで、一貫してこの作家を支えつづける立脚点であったように見える。一九七〇年代以降の表現に顕著になる、民俗学・人類学的な知見の取り込みも、文明社会の周縁的な存在をすくい上げようとする眼差しの表現として受け取られる。こうした周縁的な弱者、少数者の立場から国家の体制に対して抗議の声を挙げようとする者の存在を表象する文学として大江健三郎の作品を眺めるのは、松原新一の『大江健三郎の世界』（講談社、一九六七・一〇）から、小森陽一の『歴史認識と小説――大江健三郎論』（講談社、二〇〇二・六）に至るまで、一貫した流れであるといってよい。体制への異議申立てを希求しながら、むしろそれを現実化する革命運動への志向が減退していく状況を大江の世界の原点に置く松原の視点は、基本的にはその三十年以上後に出された小森陽一の論考にも維持されている。ここで小森が重視しているのは、『同時代ゲーム』（新潮社、一九七九・一二）に語られる「村＝国家＝小宇宙」と「大日本帝国」との間の「五十日戦争」に典型的に見られるような、少数者が国家権力に向けて示す抵抗の試みであり、それがアメリカへのテロリズムの根底にある精神を喚起させるといった形で、二一世紀の現在の状況を予兆しているという把握が差し出されている。

こうした把握は確かに大江健三郎の文学の一断面を浮かび上がらせているが、決してその世界の総体を覆い尽くすものではないと思われる。むしろ大江健三郎の表現に込められた現実認識を追っていくと、本領である小説の創作において、大江がムラ的な共同体へのアンビヴァレントな心性を示しつづけていることが分かる。「谷間の村」の空間が繰り返し姿を現わす初期作品の世界においても、『芽むしり　仔撃ち』で閉鎖的なムラ社会への敵意を主人公に託す一方で、『不意の啞』（『新潮』一九五八・九）では、外部からやって来て村の成員の死をもたらす要因をつくった通訳を、暗黙の合意によって抹殺する共同体の行動を描いていた。また『飼育』（『文学界』一九五八・一）のもつ抒情性も、明らかに谷間の村の閉ざされた空間に主人公の少年がとどまっていることを前提としてもたらされていた。前章で取り上げた『個人的な体験』（新潮社、一九六四・八）の主人公も体制に対して反逆的な人間ではなく、最後には〈文学青年〉的な青臭さを振り捨てて、家長的な倫理観に回帰しようとしていた。

このムラ社会の閉鎖性を糾弾する一方で、それを支える所与の秩序を肯定する両義的な心性が、大江健三郎の文学を貫流している。この心性はさまざまに変奏されつつ作品に姿を現わすが、それをきわめて重層的な形で浮上させているのが、代表作の一つである『万延元年のフットボール』（『群像』一九六七・一～七）である。従来この作品は、主要人物の一人である根所鷹四が示す自壊的な情念や、先行する行動者たちを模倣しようとする身振りによって焦点化されるのが一般的であった。語り手である根所蜜三郎の弟鷹四は、かつて安保闘争に参加した経験をもつものの、その後は「悔悛した学生運動家」としてアメリカで演劇活動に加わっている。そして帰国した後に鷹四は兄の蜜三郎を誘って四国の郷里の村へ赴き、そこでフットボール・チームを組織するという名目のもとに地元の青年たちを集めるものの、実際には朝鮮人経営者によるスーパー・マーケットを「略奪」し、さらには途絶えていた村の念仏踊りを復興させるといった行動を起こしていく。後半の展開においては、フットボール・チームの組織という当初の目的は完全にカッコに括られ、百数年前に郷里の地で起きた一揆の指導者であった曾祖父の弟と、太平洋戦争の終戦時に朝鮮人部落を襲撃した際に死んだ「S兄さん」に自己を同一化しようとする鷹四の希求が前面に押し出されている。そして最後に鷹四は近親相姦の関係にあった白痴の妹が自殺するに至ったという「本当の事」の顚末を告白した後、霰弾銃の弾をみずからの身体に撃ち込むのである。

こうした鷹四の形象は、大江の多くの作品に現われる自壊的な行動者の系譜に位置づけられるとともに、『性的人間』（『新潮』一九六三・五）のJや『叫び声』（講談社、一九六三・一）の呉鷹男には見られない、他者を組織的に動かしていく鷹四の政治性を示唆している。しかしそれは同時に、現実の政治状況に対する彼のプロテストの姿勢を相対化してもいる。柄谷行人は鷹四のこうした側面と、想像力の表現としての行為への傾斜に、六〇年代末の革命運動の予示を見ていた[1]。それに対して笠井潔はその長大な『万延元年のフットボール』論を含む『球体と亀裂』(情況出版、一九九五・二)のなかで、具体的な政治の場を逸脱して肥大していく想像的な昂揚が一九六〇年当時の闘争にもあったという認識を示し、その基底をなすスケープゴート、道化、カーニヴァルといった人類学、民俗学的な要素を収斂させる「夜の王」的な存在として鷹四を括り出そうとしている。それ以降の作品群にも変奏されていくこうした要素が一気に姿を見せるのが『万延元年のフットボール』であり、その点で大江の創作活動の転換点が、『個人的な体験』ではなくこの作品にあることを笠井は主張している。また黒古一夫も「少年時の体験を六〇年安保闘争の経験に重ねて、喚起された土俗的祭りを触媒にして、近代とは別の回路をもつ民衆の想像力とその生活の在り様を探ろうとする意図」をこの作品に見ている[2]。

これらの論に共通する、『万延元年のフットボール』が安保闘争を踏まえながら、それを情念的な祭りの場として描いたという把握は否定されるべきではないが、重要なのはそれがあくまでも六〇年代後半を生きる作者の意識によって仮構されたものであり、そこから幕末と昭和を登場者の想像力が行き来するこの作品独特の時間構造がもたらされているということである。その点についてはしばしば引用される『核時代の想像力』(新潮社、一九七〇・七)のなかで、大江は「万延元年と一九六〇年とのふたつの陣地をいったりきたりするボールのような意識が、もっとも重要なのだ」という認識のもとに、この作品の「かなり奇妙な時間構造ができあがった」と語っている。またその前提となるくだりで大江は、この作品を初め「歴史小説」として構想し、その準備としてさまざまな歴史小説を読み進めていくうちに、「結局どのような歴史小説の作家も、歴史的時間をさかのぼって視点をすえながら、じつはかれの想像力は、この現代に深く根づいている」（傍点引用者）ことに気づいたと語っている。その数行後にも、「万延元年に自分の想像力の触手をもっていきたいと考えながら、そう考えている自分自身の足をとらえている今日の現実をほうっておくことができない」（傍点引用者）というくだりが見られるが、それは万延元年である一八六〇年に加えて、執筆時の「この現代」から遡及されるもう一つの〈百年前〉の地点を浮び上がらせることになる。

その地点とは明治天皇が即位した、近代日本の出発点をなす一八六七年という年である。『万延元年のフットボール』が発表された一九六七年から翌年の六八年にかけては、「明治百年」を記念する種々の行事がおこなわれていた時期である。政府が「建国記念の日」を制定したのは一九六七年であり、翌六八年一〇月には「明治百年記念式典」が挙行されている。こうした動きに対して批判的な声が出されていたことはいうまでもない。『潮』一九六七年一月号におけるシンポジウム[3]では、報告者の色川大吉が「維新という革命的な事件を祝うというのではなく、明治以後百年というものを、ただ日本資本主義の一貫した高度化の過程というふうにとらえる、その生成発展の百年を祝うのだという姿勢に変ったことが出ていると思います」という指摘をしている。参加者は当然そうした「姿勢」を批判していこうとしているが、『万延元年のフットボール』の執筆も、「明治百年」に対して大江が差し出した一つの視角として捉えることができる。もちろん大江は「明治百年」の節目を祝うためにこの作品を書いたのではないが、同時にこの節目に至る日本の近代を批判することにのみ主眼が置かれていたのでもない。開国以来の百年間をあらためて振り返り、この国の新しい局面への方向性を探ろうとする志向は大江の内に明瞭に抱かれており、それがこの作品の基底をなしているのである。

2 〈去勢〉後の世界

この『万延元年のフットボール』の起点にある、大江健三郎の〈現在〉への眼差しを考える上で見過ごすことができないのは、三年前の長篇である『個人的な体験』との関係である。笠井潔が『万延元年のフットボール』における、大江文学の転換点を指摘するにもかかわらず、この作品は『個人的な体験』との連関を色濃く備えており、その地点から眺められねばならない側面をもっている。その連関をもっとも強く滲ませているのは語り手の蜜三郎であり、彼は『個人的な体験』の主人公鳥《バード》の明瞭な後身として作中に存在している。『個人的な体験』の末尾における、教師や研究者の世界と縁を切って、外国人観光客相手のガイドをするという鳥《バード》の晴れやかな宣言は、知識人としての自己に対する去勢としての意味をもつものであり、彼の鏡像として存在しつづける赤ん坊の頭部の肉瘤が除去されることは、この去勢をイメージ化する帰結にほかならなかった。蜜三郎はこの〈去勢〉後の鳥《バード》を表象する存在にほかならない。赤ん坊の肉瘤を除去する手術を振り返る、蜜三郎の次のような述懐は、それが鳥《バード》にとって何を意味したのかを遡及的に物語っている。

最後の輸血の時には、赤んぼうの頭が、かれ自身の血と僕の血で汚れに汚れているのを見ると、わきたつ肉汁のなかで煮られているのではないかと思われた。そして血をとられて判断力の稀薄な僕の頭に、赤んぼうが瘤を切除されることは、すなわち僕自身が肉体的なにものかを切除されていることにひとしいという認識の方程式が浮び、現実に僕は躰の奥底が鋭く痛むのを感じた。

（3　森の力、傍点引用者）

この赤ん坊の頭部にあった瘤とは、とりもなおさず知的活動の動力となるべき〈頭脳〉の過剰さの暗喩にほかならず、それを取り去ることによって、鳥《バード》—蜜三郎は現実世界に渡りあおうとする姿勢を付与されると同時に、自己を自己たらしめていた根拠を喪失することになる。その点では鳥《バード》の後身である蜜三郎は、鳥《バード》の展望を受け継ぐ形で、外国人観光客を相手とするガイドとして現われても不思議ではない。にもかかわらず「翻訳者」という知的な営為の主体として彼が置かれているのは、この去勢の不完全さを物語るものである。ここで〈去勢〉という言葉を、超自我的な父の脅迫としてのフロイト的な文脈ではなく、他者的な存在を自己の内に繰り込むことによって、自己を失いつつ社会化していくことになる、ラカン的な文脈で用いていることはいうまでもない。ラカンにおいては、「主体自身を無力にするような他者（l'Autre）としての他者（l'Autre）」[4]（佐々木孝次訳）の内在化によって、人間は原初的な自己を喪失しつつ、普遍的な地平に自己を押し出していくのであり、その意味で「主体は分割されて生まれる」[5]ことになる。『個人的な体験』は、鳥《バード》が赤ん坊や火見子によって担われる鏡像的イメージに囲繞されながら、この「想像界」を通過して「象徴界」としての位相をもつ社会的秩序に自己を位置づけようとする物語であった。しかしラカン的な象徴界が、基本的に「大文字の他者」（l'Autre）の具体化である〈法、制度〉的な秩序として表象される以上、去勢の代償としてこの秩序のなかに組み入れられる必要がある。むしろその組み入れ自体が、象徴的去勢の示唆するものであった。

そこから鳥《バード》―蜜三郎における去勢の様相を眺めれば、蜜三郎の非行動的な輪郭は、それ自体が去勢を暗示していたと同時に、彼が知識人的人間としての営為から離脱し切れていないことが、その成就の不十分さを物語っていた。それによって蜜三郎は自己の〈去勢〉を完了しえず、「想像界」と「象徴界」の狭間でたゆたう人間としての曖昧さを示しつづけているのである。『個人的な体験』の終盤で、それまで自身に慰藉を与えつづける存在であった火見子から離れ、自己と等価的な存在感を放っていた赤ん坊の頭部の瘤を切除することで、鳥《バード》の鏡像的な対象は捨象されたはずであったが、『万延元年のフットボール』において、鳥《バード》の後身である語り手は再び自身の鏡像を伴わせている。頭部の手術を終えた赤ん坊は、形を変えてやはりここでも蜜三郎の鏡像として機能している。『個人的な体験』において、頭部の奇形とその生々しい存在感によって鳥《バード》を脅かしていた新生児と違って、この作品の赤ん坊は、次のように叙述される静的な存在である。

　赤んぼうは、あいかわらず大きく眼をひらいていて僕を見あげるが、かれが渇いているか飢えているか、または他の種類の不快を感じているかどうか、ということがいっさいわからない。薄暗がりの水のなかの水栽培植物のように、かれは無表情な眼をひらいて横たわり、ただもの静かに存在しているだけだ。かれはなにひとつ要求しないし、絶対に感情を表現することがない。泣くことすらもない。時どき、かれが生きているのかどうか疑われることもある。

（1 死者にみちびかれて）

ここに語られるものが、〈去勢〉後の蜜三郎の存在の暗喩的な表現でもあることは明らかだろう。「無表情な眼」を周囲に向けつつ、「もの静かに存在しているだけ」であり、「なにひとつ要求しない」という能動性の不在は、「菜採ちゃん、蜜は九十歳になってからやっと癌にかかるよ、しかも軽い癌に！」と鷹四に揶揄される蜜三郎の輪郭と重ねられる。しかも自己を「ネズミ」に擬するように、蜜三郎自身が生活者、行動者としての卑少さを自覚しているのである。

それは鳥《バード》を受け継ぐ語り手が、ここでも依然として自己の鏡像に向き合う想像界の住人にとどまっていることを物語っている。さらにこの作品で赤ん坊よりも色濃い鏡像性を付与された相手として語られるのが、自殺した友人である。この「朱色に頭を塗り肛門には胡瓜をつきさして裸で縊死」した友人が、蜜三郎に同一化の誘惑と恐怖を同時にもたらす鏡像として、この作品に存在している。その属性を蜜三郎は明確に意識しており、「彼と友人とは大学の初年級以来、すべてのことにおいてつねに一緒だった」と記される類似性は、「容貌についていっても現に鷹四にくらべてすら、むしろ友人の方が僕に似ていたのである」と述べられる外見上の親近と相まって、周囲の同級生たちに彼らが「一卵性双生児のように似ている」と評されるほどであった。この鏡像的な親近性が蜜三郎に、友人への懐かしさと恐怖感を同時にもたらしているのは当然である。友人を死に駆り立てることになった、「人間の根底にとぐろをまいている、本当に恐ろしい奇怪なもの」が自己に内在する蓋然性を蜜三郎は想起せざるをえないからである(6)。

その点で『万延元年のフットボール』における語り手の鏡像は、主体に肯定的な同一化を許さない性格を帯びており、それが蜜三郎が自他に示す姿勢を一層シニカルなものにしている。『個人的な体験』においては火見子が鳥《バード》に慰藉を与える存在であるだけでなく、赤ん坊の頭の瘤も、余剰の観念性を寓意するものとして差し出されながら、一方では「異常にあざやかな血色」をもち、「かれは生きつづけ、鳥《バード》を圧迫しはじめてさえいる」という動的なイメージを付与されていた。『万延元年のフットボール』では自殺した友人に表象されるように、蜜三郎の鏡像は、狂気や死へと彼を誘うような否定性のなかに置かれている。そのため蜜三郎は鏡像に向き合う想像界にとどまりつつ、その鏡像に同一化を拒まれることによって、そこから距離をとりつづけなければならない。にもかかわらず彼が自己の新たな居場所とすべき象徴界的な秩序はこの世界には不在であり、境界的な位置で蜜三郎はたゆたいつづけなければならないのである。

3　秩序の不在

この作品の〈機能としての作者〉は、第一に語り手をこうした境界的な存在として前景化しようとしている。この蜜三郎が置かれた世界の様相は、彼と鷹四が帰郷した村の描出に明確に託されている。『芽むしり 仔撃ち』でも、谷間の村は〈日本〉の暗喩であり、その排他的な閉鎖性が、主人公の少年たちを否応なく異端の存在として括り出していた。一方、『万延元年のフットボール』における村は、決して蜜三郎や鷹四や、あるいは鷹四の取り巻きの若者たちを排除するのではなく、すでにそうした明確な姿勢を外部の人間に対してもちえなくなっている。村に辿り着いた際に鷹四は蜜三郎に「谷間の青年たちは、指導者なしでは、何ひとつちゃんとしたことをやれないんだよ」と言い、「悪い状況のなかで自己解放する方向をつかめない」ことが彼らの悪しき特性であると指摘している。それはとくに現在の村の青年たちの性格としていわれているわけではないが、それにつづけて鷹四が「おれが谷間に戻って、そこに住みつづけている他人どものことで最初に理解したのがそれだよ、蜜」と語っていることは、やはりそれが現時点の鷹四の眼に映った村人の像であることを明らかにしているのである。

一方、『芽むしり 仔撃ち』で少年たちを疫病の蔓延する空間に放置した村の大人たちは、少なくともとるべき態度や行動に対する優柔不断さを示すことはなかった。彼らにとっては、村の秩序を保持し、それを阻害する要素を排除することは無条件の前提であった。こうした共同体の総意として躊躇なくとられる方向性は、『万延元年のフットボール』からはすでに失われている。主に青年たちに仮託された村人は、個としても総体としても何らの主体性をもつこともできない人間の集まりとして語られている。村の文化的な連続性も稀薄になっており、村の伝統的な食べ物であるチマキのつくり方にあらわれた変化が、その端的な例として示されている。現在のチマキの具には大蒜《にんにく》が入れられているが、太平洋戦争時以来、村に移住してきた朝鮮人労働者たちの習慣に染められる形で、大蒜入りのチマキが普及していったのだと、村の住職は説明している。それだけでなく、村の伝統的な生活習慣の多くは現在すでになし崩しにされており、年末に餅を搗くこともなくなって、「誰もがスーパー・マーケットで、糯米《もちごめ》と交換するか現金を出して買うかする」という状態になっている。また鷹四がフットボール・チームのメンバーを動員しておこなおうとする念仏踊りにしても、助役が「この五年ほどやらないなあ」という衰微のなかに放置されている。そしてこうした村の伝統、習慣の喪失と呼応するように、朝鮮人経営者によるスーパー・マーケットが、村の新しい経済的支柱としての力を振おうとしているのである。

〈作者〉がさまざまな次元でちりばめている、こうした村の文化的連続性の喪失が、一九六〇年代後半における日本の社会的状況の暗喩であることはいうまでもない。六〇年安保闘争と『万延元年のフットボール』の間にある、一九六〇年代前半から半ばにかけての高度経済成長期は、市民の日常生活の基本的要件をなす耐久消費財の普及が著しかった時代である。一九六一年には都市部でテレビ、電気洗濯機の普及率が五〇パーセントを超え、六四年には電気冷蔵庫の普及率が五〇パーセントを超えている。(7)『万延元年のフットボール』の「谷間の村」にもテレビは入り込んで来ており、村人が大晦日に「紅白歌合戦」を見るという話題が点描されている。観光、スポーツなどのレジャー産業が飛躍的に成長したのもこの時期であった。『万延元年のフットボール』で一つの焦点となるスーパー・マーケットの展開も急速に進み、セルフ・サービス店の数は一九六〇年末の一四六五店から一九六六年末の五四四二店に増加している。(8)しかしこの成長は地域に密着した零細な商店を圧迫し、共同体のまとまりを稀薄化する一因となった。農村部においても農業人口は低下し、離農や土地の放棄に歯止めがかからなくなっていた。

こうした流れのなかで、人びとの関心は個々の日常生活に強く向けられ、国の同一性への意識や社会変革への意欲は低下していかざるをえなかった。三島由紀夫が「このまま行つたら「日本」はなくなつてしまふのではないかという感を日ましに強くする。日本はなくなつて、その代はりに、無機的な、からつぽな、ニュートラルな、中間色の、富裕な、抜目がない、或る経済大国が極東の一角に残るのであらう」(「私の中の二十五年」『産経新聞』一九七〇・七)と記したのは一九七〇年であったが、『万延元年のフットボール』に盛り込まれた大江健三郎の眼差しは、この三島の呪咀の言葉からさほど遠い所にあるのではない。たとえば食物を詰め込みつづけて醜く肥大してしまったジンという女の身体は、明らかに物質的過剰のなかで同一性を失おうとしている日本人の姿の暗喩である。こうした状況のなかで、蜜三郎は象徴界への移行としての去勢を遂行することができず、想像界の周縁的な位置にとどまりつづけねばならないのだといえよう。

むしろこの作品で積極的に想像界の住人として生きているのは鷹四の方であり、万延元年の一揆を率いた曾祖父の弟と、太平洋戦争の終戦時に起きた朝鮮人部落への襲撃における「S兄さん」という、二人の先行する行動者を鏡像として立て、そこに自己を同一化する意識と肉体の運動のなかに鷹四は身を投じようとしている。しかし鷹四にとっては同一化の対象である鏡像自体が確定しておらず、みずからが強調する「想像力」の営為は、第一にそれを望ましい方向に増殖させることに費やされている。たとえば万延元年の一揆についても、村を抜けて高知に赴き、そこで新時代の知識を仕入れたのが曾祖父であるという蜜三郎に対して、鷹四は「しかし、森の奥に練兵場を切りひらいて一揆のために百姓の乱暴息子どもを訓練したのは曾祖父の弟だし、その訓練方法は、高知で得てきた新知識によった筈だ」と主張する。この鷹四の「曾祖父の弟にヒロイックな抵抗者の光輝をせおわせたがる」姿勢に対して、蜜三郎は「反撥せざるをえな」いのである。また終戦時の「S兄さん」の行動をめぐる議論においても、鷹四は「夢のなかのS兄さんはいつでも輝きたてる微笑を浮べて、キラキラ光る短剣をふるっているんだ」という「ヒロイック」な像を与えようとしている。この「S兄さん」の像に対して蜜三郎はやはり、「鷹、それもまた、きみの夢からの記憶なんだ」といった冷淡な否認を与えている。蜜三郎の認識によれば、曾祖父の弟は兄の手助けで高知へと逃げ、さらに「海をわたって東京に行き名前をかえて偉い人になった」人間であり、谷間の村を見棄てて成り上がった裏切り者にほかならない。また「S兄さん」は決して果敢な行動者ではなく、「谷間に復員して来た若者たちのうちで、躰をまかせる女友達を持っていない唯一のぐず」であり、村の「もの笑いの種」でしかなかったと断定している。

こうした先行者の像をめぐる二人の対峙は、彼らの間にある距離と重なりを同時に示唆している。つまり鷹四の言葉は曾祖父の弟や「S兄さん」から行動者としての「光輝」を増殖させようとし、蜜三郎はそれを剝奪しようとしているが、こうしたイメージをめぐる綱引きをしうる程度には、二人とも想像行為の主体として生きているのである。もっともラカンが鏡像段階の前提として想定する「寸断された身体（corps morcelé）」[9]が、鷹四の側により強固に認められることはいうまでもない。鷹四は安保闘争後に渡ったアメリカでも、「おれは引き裂かれていると感じつづけていた」のであり、その分裂の状態が、四国の郷里の村に帰った現在にまで持続している。だからこそ、その「寸断された身体」に統一性をもたらすべく、過去の行動者の像を肥大化させ、そこに自己を投げかけようとしているのである。見逃すことができないのは、この鷹四の「引き裂かれている」感覚が、彼の存在の基底をなしているだけでなく、皮肉な形で蜜三郎の生きる地平に彼を接近させていることだ。鷹四はその感覚と自己の実存との関わりについて、次のように語っている。

……しかしおれは引き裂かれていると感じていた。おれを引き裂くふたつの力のどちらに対しても内容をあたえて、それを見きわめなければ……考えてみればおれはいつも暴力的な人間としての自分を正当化したいという欲求と、そのような自己を処罰したいという欲求に、引き裂かれて生きてきたんだよ。そのような自分が存在する以上、そのような自分のままで生き続けたいという希望を持つのは当然だろう？　しかし、同時にその希望が強くなれば強くなるほど、逆に、そのようなおぞましい自分を抹消したいと願う欲求も強まって、おれはなおさら激しく引き裂かれた。（11　蝿の力。蝿は我々の魂の活動を妨げ、我々の体を食ひ、かくして戦ひに打ち勝つ）

こうした暴力への傾斜と、それを罰しようとするアンビヴァレントな欲求を抱えた人間として、鷹四は自己を規定している。彼が志向する二人の鏡像的な先行者も、当然この彼の欲求のあり方に沿った輪郭を付与されている。鷹四のなかでは、彼らはいずれも騒乱の中心にいながら、結果的に殺されることになる自壊的な行動者である。鷹四が示す暴力への傾斜について柄谷行人は、それが「深い源泉」をもち、「左翼なのか右翼なのか」区別することができない端的な性格を示していることを指摘している。そして鷹四が霰弾銃によって自殺した後、曾祖父の弟が共同体の精神的な支柱として生きようとしていたらしいことが明らかにされることで、蜜三郎らに反省と希望がもたらされる成行きに対して、柄谷は鷹四のはらんだ「キリスト」としての属性を見ている。[10]

鷹四をキリストに譬える比喩の妥当性はともかく、この論に見られる、鷹四を最終的に共同体に秩序をもたらす者として捉える視点自体は尊重すべきであろう。つまり鷹四は決してみずからキリストたろうとしているわけではなく、死ぬことによって何らかの教えを規範化するのでもないが、彼の内にある超越的な裁き手への希求は、確かに共同体の秩序への志向と連繋していくからである。『性的人間』(『新潮』一九六三・五)のJもやはりこの希求を担った者であり、痴漢としての行為によって社会の規範を侵犯しようとする欲求に、「自己処罰の欲求が付属している」ことを彼は認識していた。このJや鷹四が希求する超越的な裁き手は、当然フロイトの想定する超自我的な存在を喚起せざるをえない。超自我とはいうまでもなく、「母を犯すな」に始まる、〈父〉によって与えられた禁止の命題を内在化することで、主体にとっての倫理的な規範に転化されたものである。それはカトリーヌ・クレマンや佐々木孝次が指摘するように、[11]ラカンにとっての「大文字の他者」に相当する審級性をもつ存在であり、その点では蜜三郎と鷹四は明確に対立し合うように見えて、実は〈同じもの〉を志向する者同士として結ばれているとさえいうことができるのである。[12]

4 〈ゲーム〉としての一揆

帰郷した四国の村で鷹四がフットボール・チームを組織することによって目指そうとしていたも

のも、自己を共同体における異端としつつ、その象徴的な秩序を蘇生させることにあるといえよう。重要なのはそれがあくまでも〈ゲーム〉の比喩において機能していることで、そこに含意される時間的・空間的な限定性が、彼が模倣しようとする万延元年の一揆と、さらにはそれによって再び現出させようとしている安保闘争の昂揚に託された特性を示唆している。つまり先にも触れたように、鷹四がフットボール・チームのメンバーを率いて現実におこなうことは、スポーツの試合とは無縁な、地元のスーパー・マーケットへの「略奪」であり、それに相伴う活動としての念仏踊りである。鷹四が蜜三郎に語る言葉によれば、「スーパー・マーケットの略奪などは、実際のところ暴動でも何でもない、小っぽけな空騒ぎにすぎない」のであり、むしろ「念仏踊りの太鼓や銅鑼」こそが「暴動の情念的なエネルギー源」であるという。そしてメンバーたちが「それに参加することで、百年を跳びこえて万延元年の一揆を追体験する昂奮を感じている」ことを鷹四は主張している。前の章でも鷹四は蜜三郎に、フットボール・チームを率いる行動によって「曾祖父さんの弟の精神の運動を、もっとも濃密に実感できるだろうじゃないか」と語っているが、こうした他者の「精神の運動」を自己の身体に呼び寄せる演技性に、鷹四が集団行動の組織化によって企図したものを見ることができる。

そこに鷹四が鏡像的な想像界の住人である所以が託されていることはいうまでもない。けれどもこの鏡像的な演技性は、それが「フットボール」のゲーム性によってイメージ化される限りにおいて、現実社会に働きかける直接性からは隔てられている。鷹四がその企図の実現のために、わざわざ四国の郷里の村に赴いたこと自体が、それが日本の社会現実一般に向けたプロテストとしての意味をもたないことを傍証している。鷹四の企図にとって重要であるのは、あくまでも「想像力の暴動」に身を投げかけることであり、名前も挙げられない、チームの組織化に駆り出された地元の若者たちは、鷹四のこの想像行為を成就させるための道具的な位置に押し込められているのである。

それは彼が「追体験」しようとしている一揆自体のもつ、民衆運動としての意味をも相対化せざるをえない。大江健三郎が万延元年の一揆として語っている騒動は、成田龍一も紹介するように[12]、慶応二年(一八六六)七月二五日から大洲藩(愛媛県)大瀬村に起きた「奥福騒動」を下敷きとしている。『新編 内子町誌』(内子町誌編纂委員会、一九九五・一〇)によれば、大瀬村の百姓福五郎は、村の貯米貸しを断られたことから、役人と激しい議論となり、それを契機として当時民衆を苦しめていた物価の騰貴の原因が、暴利を貪る商人にあるとして、「徒党強訴を決意した」とされる。一揆の参謀役であった神職立花豊丸が、呼びかけに応じない村は焼き打ちにすると檄文で宣言したために、二十を越える村々が豪商や酒屋を襲う一揆に参加したが、藩吏神山庄兵衛らの説得によって、わずか二日で一揆は終息することになった。『万延元年のフットボール』で描かれる一揆の経緯はこの「奥福騒動」とはやや異なっており、百姓たちが藩主に「拝借銀」を願い出て断られたために、蜜三郎、鷹四たちの生家にほかならない「大庄屋の根所家」が金を貸し出したが、百姓たちはその「貸付の利銀」と「貸地の利米」の高さを不平として、「大竹藪から竹槍を伐り出し、まず根所家を襲って母屋を破壊し焼き払った。次いで谷間の醸造家の酒倉を襲ってすっかり酔っぱらい、道々の豪家を襲撃しつつ暴動の参加者をふやしながら海辺の城下町まで押し出した」のであると、彼らの母親が説明している。

作中に語られる万延元年の一揆とこの「奥福騒動」を比較すると、大江健三郎が叛乱の契機を公権力への怒りから、「大庄屋」という民間の権力者への不満に転移させていることが分かる。つまり襲撃の対象に豪商や酒屋といった富裕な家が選ばれたことは共通しているが、作中の一揆においては、根所家はとにかく百姓たちに金を貸し出したのであり、彼らが暴動に走ったのはその利率の高さを不満としてのことであったとされる。そのため蜜三郎らの母親は「一揆の原因」をむしろ「谷間の百姓たちの欲深さと依頼心の強さ」に帰着させているのである。その点で、この一揆は公権力への絶望的な抵抗というよりも、百姓たちがみずから引き起こし、終息させた自己完結的な行動としての様相を色濃く備えている。蜜三郎たちの曾祖父の弟が、「自分自身の家を打ち毀して放火させた」という経緯は、この自己完結的な性格を端的に示すものであり、また曾祖父が弟を殺して一揆を収束に導いたという鷹四の見方も、この性格を強める意味をもっている。

こうした万延元年の一揆のもつ、自己完結的な叛乱としての性格が「フットボール」のゲーム的なイメージと結びつけられる前提をなしていることは明らかだろう。この性格はもちろん、この作品の〈機能としての作者〉が施した意識的な方向づけであり、エッセイ「叛逆ということ」(『エコノミスト』一九六六・一)にはこの方向性が示されている。ここでは大江は「かつて自分が日本という国家あるいは日本人であることに叛逆する、という形でものを考えたことがない人間であることに気づく」と告白することに始まり、日本における民衆の叛逆の事例としての、江戸時代後期の一揆の特徴について論じている。ここで主に取り上げられているのは「奥福騒動」ではなく、『万延元年のフットボール』の資料として挙げられている小野武夫編『徳川時代百姓一揆叢談』(刀江書院、一九六四・三）に所収される、文政四年（一八二一）に起こった「丹後の百姓一揆」である。これは作品においては万延元年の一揆ではなく、明治四年（一八七一）に再び起こった騒動の素材として取り込まれている。とりわけ農民たちの指導者となる「六尺有余の総髪の大の男」は、同じ表現によって、曾祖父の弟が十年余の潜伏の後に姿を現わしたものとして、明治四年の騒動の中心人物に擬せられている。

しかし大江が日本的な叛乱の典型を見出しているこの一揆の様相は、むしろ作中で語られる万延元年の一揆に作者が託したものを端的に浮び上がらせている。「丹後の百姓一揆」は、大江の記述を借りれば「御用金がおおせつけられ、更に、万人講とか先納御預け米とか追先納とかいうものが次つぎに課せられる」負担の過重によって困窮した農民たちが、「暴動」に立ち上がったものである。庄屋、大庄屋の家を襲うその暴動を率いたのが、「六尺有余の総髪の大の男」であったが、大江が印象づけられているのは、それが体制の転覆を目指した叛乱ではなかったことで、内実としては「秩序の枠内で、体制の枠内で、暴民たちが荒れ狂う」騒動にすぎなかった。一揆が終息すれば、その指導者を救出しようとする新たな暴動に民衆が立ち上がることは決してないのである。その点で大江は、それが「文化的な暴動」であり、「一種のゲーム感覚すらある」という評価を与えている。大江の眼に映る一揆の指導者は、騒乱が始まる前にすでに「自身の破滅を見こしている」自壊的な行動者以外ではなく、一揆の暴動のさ中にも「秩序の感覚」が農民たちのなかを流れていることを大江は感じ取っている。

大江がこの「丹後の百姓一揆」に見て取った、秩序の転覆を目指すことと逆行する姿勢のなかで、

「ゲーム感覚」をもった自壊的な行動者によって担われる暴動こそが、『万延元年のフットボール』において鷹四たちが志向する一揆のイメージにほかならない。「一揆」が「フットボール」という〈ゲーム〉と結びつけられる着想はそこから生じている。それは同時に万延元年の百年後の叛乱である安保闘争のもつ意味にも変化を与えることになる。大江は一九六一年のエッセイ「強権に確執をかもす志」（『世界』一九六一・七）で、六〇年安保闘争を総括的に振り返りながら、それが自身の文学的モチーフでもある「強権に確執をかもす志」の具現化であり、そこに戦後の「デモクラシー精神の抵抗的・叛逆的要素」の噴出があったという見方を示している。興味深いのは、『万延元年のフットボール』においては、安保闘争にこうした意味づけとは別個の相貌が与えられていることである。その参加者であった鷹四は後に「悔悛した学生運動家」としてアメリカに渡って演劇活動に加わっていたのであり、そこでは鷹四の内にあったであろう「強権に確執をかもす志」がすでに相対化されていることが示唆されている。帰国して四国に赴いた鷹四の想像力のなかで、百年の時間を隔てた万延元年の一揆と安保闘争が結びつけられているのは、安保闘争もまたこの時点では、〈ゲーム〉的な昂揚感によって特徴づけられる場として捉えられていることを物語っている。そこに六年の時間を置いて安保闘争を作品のモチーフとして取り込みながら、大江が闘争の当時とは異質な意識によって、それを虚構の要素として機能させていることが分かるのである。

『万延元年のフットボール』を貫くものは、決して大江健三郎が安保闘争に対する感慨として抱いた「強権に確執をかもす志」の表出ではなく、むしろ新しい時代に向けてのこの国の再生への希求である。鷹四が自己の暴力性を罰する超越性をもつ〈父〉的な力を希求していたことと、蜜三郎が自己を象徴界の住人としようとしながら、その象徴界を支えるべき秩序の不在から、シニカルな観察者の域にたゆたっていることが、相互に照応しあう関係にあるのは、両者の重なりが総体的な構造として、この作品を支えているからにほかならない。いわば鷹四はフロイト的なコードのなかに、蜜三郎はラカン的なコードのなかに身を置いているといえるが、鷹四の希求する、自己を処罰する力の在り処が、個的な存在ではなく、厳然とした秩序の暗喩として受け取られる以上、両者を綜合する形で浮上しているものは、やはり象徴界的な秩序の不在という問題性であろう。

　そのとき鷹四がフットボール・チームのメンバーをはじめとして、村人を煽動する形でおこなうスーパー・マーケットの襲撃が、『芽むしり仔撃ち』で村人が少年たちに対しておこなう振舞いと、等価的な記号性を帯びていることは看過しえない。つまり太平洋戦争下の村人にとって、感化院から疎開してきた少年たちが厄介な侵入者であり、積極的に排除される対象であったのと同様に、一九六〇年代後半の村に帰郷した鷹四は、その民族的な異質さによって朝鮮人経営者を他者として括り出し、排除の対象としようとするのである。この場合、白《ペク》という名の経営者が在日朝鮮人であるゆえに不都合な存在となっているのではなく、排除すべき対象を明確化するために、朝鮮人であるという、彼の民族的な同一性が強調されていることはいうまでもない。大蒜入りのチマキを問題なく受け入れているように、村人にとっては外的な存在の浸食を蒙ることに現実的な不利益は何もなく、鷹四の煽動がなければ、スーパー・マーケットが村人の略奪に晒される事態も生起しえなかったに違いない。明らかに帰郷してからの鷹四は、みずからが排他的な〈ムラ〉の機能を現出する存在として行動しており、そこで彼が企図する〈他者〉の排除による共同体の同一性の強化は、自己を罰する〈父〉的な力への希求と連続している。鷹四が秩序の破壊者であるように見えて、実は共同体の秩序に対する希求をもっているばかりか、現実の行動によってそれを仮構的にもたらそうとする者であることは、こうした側面からも明瞭である。

5 「御霊」への同一化

鷹四が示す、「本当の事」への執着も、この志向との連関のなかで捉える必要がある。これは鷹四が「いったん口に出してしまうと、懐にとりかえし不能の信管を作動させた爆裂弾をかかえることになるような」と語る、主体に表出の誘惑と禁忌を同時に感じ取らせる事柄のことである。彼はこの「本当の事」の内容に言及することなく、その感触を蜜三郎たちに伝えようとしていたが、最後に白痴の妹が自分との近親相姦の末に縊死したという、中身に相当する出来事を語った直後、霰弾銃によって自死する。もともとこの言葉は、「8」章のエピグラフにあるように、谷川俊太郎の詩「鳥羽」(『現代詩手帖』一九六五・一一)から引用されたものである。「何ひとつ書く事はない/私の肉体は陽にさらされている/私の妻は美しい/私の子供たちは健康だ//本当の事を云おうか/詩人のふりはしているが/私は詩人ではない」[14](/は行換え、//は連換え)と語られていくこの詩が差し出しているものは、世界の直接的な現前性の前で無力化されざるをえない言葉の宿命であり、その現前がもたらす感動を優先させるために「私は詩人ではない」と言おうとする詩人の自己相対化である。この詩のモチーフを考慮すれば、『万延元年のフットボール』における「本当の事」とは、すなわちそれを言葉に置換しえず、無言の行為によってしか表現しえない対象にほかならないことが分かる。つまり鷹四は、妹との関係の顛末を語ることによって、逆にその剰余として残る、語りえないものを確定させてしまったのであり、その語りえない〈本当〉の「本当の事」の伝達のために、彼は自死したのだといえよう。

さらに展開全体の布置から眺めれば、鷹四の自死は自身を一個の「御霊」に仕立てようとする行為として見なされる。鷹四が念仏踊りを復興させようとしたのは、それが「暴動の情念的エネルギー源」として重んじられたからであると同時に、「本当の事」を語った後の彼の〈居場所〉を差し出す契機ともなるからである。彼の自死は直接的には蜜三郎の友人の奇怪な最期を模倣しているが、その自死を、自身が目論んだ念仏踊りの興奮の残存する時点で、郷里の村で遂行することによって、鷹四は曾祖父の弟と「S兄さん」という二人の霊の近傍に、自己の霊を位置づけることになる。彼が言葉によって語りえない「本当の事」の主体に自己を擬そうとしていたのも、そこに自己を追い込んでいくための前提にほかならなかった。そして御霊が本来祀られることによって共同体の守り手となる存在であるならば、鷹四の行為は彼が密かに希求してきた共同体の象徴的秩序の回復に寄与する意味をもつことになるのである。⑮現に村の住職は、「谷間の人間社会の竪のパイプが掃除されたし、若い連中の横のパイプはがっちり固められた」点で、鷹四の起こした「暴動」は谷間全体のために有効であったという評価を蜜三郎に語っている。また鷹四の死後、蜜三郎は曾祖父の弟が村を見棄てた成り上がり者ではなく、数年間の潜伏の後に、共同体のために力を振う者として登場したという事実に出会うのであり、この時点で曾祖父の弟が共同体を統括する守り手として存在しを彼に描かせることになるが、この展望は確かに鷹四の未来における象徴的な〈復活〉を示唆している。

そしてこの鷹四の死が結果的にもたらした共同体の秩序への寄与を、蜜三郎は自身の身に呼び寄せる形で体現している。見逃すことができないのは、曾祖父の弟が籠っていたであろう蔵屋敷の地下倉に蜜三郎が入り込み、そこで「百年前の自己幽閉者がそうしていたであろうように奥の正面の石壁に背をもたせかけてうずくま」る姿勢が、全体の冒頭部で語られる、蜜三郎の「手足をねじまげ」た「胎児のよう」な姿勢と明らかな照応をなしていることだ。「夜明けまえの暗闇に眼ざめながら、熱い「期待」の感覚をもとめて、辛い夢の気分の残っている意識を手さぐりする。内臓を燃えあがらせて嚥下されるウイスキーの存在感のように、熱い「期待」の感覚が躰の内奥に回復してきているのを、おちつかぬ気持で望んでいる手さぐりは、いつまでもむなしいままだ」というくだりに始まり、対象性を欠いた彼の意識の運動を映し取ろうとする冒頭部分は、『万延元年のフットボール』の特徴をなす箇所としてこれまで多くの論者の考察の対象とされてきた。

その際に着目されるのは、この一連の文章において意識の主体とその対象的な指向性の関係が曖昧にされている点である。それに対して片岡啓治は「日本の伝統的などういう散文とも似ていない」という感想を記し[16]、柄谷行人はその主体の曖昧さから「この熱い「期待」の感覚は、「僕」という語り手のものでさえない。それは、この作品の基底に存する気分であり、「存在感」そのものである」という見方を示していた[17]。また小森陽一は『歴史認識と小説——大江健三郎論』の前に書かれた論考で、この部分に詳細な分析を施しながら、その文体的な晦渋さが「近代天皇制の言説体系」にほかならない近代の「「日本語」のシステム」を相対化する意味をもつという読解を呈示している。たとえば冒頭の一行に含まれる「辛い夢の気分の残っている意識を手さぐりする」という文の「意識」が、主格ではなく目的格として使われることから、この一文に「主体が不在である」ことを物語っているという。その場合「眼ざめながら」と「熱い「期待」の感覚」の間に、「僕」という主語を挿入すれば、その統辞的構造は明確になるが、大江の文章はそうした主語―述語の対応という「英語的な文法意識」を排除することによって、「近代「日本語」文」の統辞法に逆行しようとしているとされる[18]。

この小森陽一の解釈は、確かに冒頭部分の表現に対しては有効性をもっているが、重要なのはこの主語―述語的な統辞法を意識的に解体し、シニフィアン―シニフィエの照応にも揺らぎを生じさせた文体が、全体を貫いて維持されているのではないことだ。小森が指摘する独特の文構造は、あくまでも冒頭部分を特徴づけるものであり、むしろそこにこの作品の〈機能としての作者〉の施した、周到な構築への配慮を見ることができる。つまり〈作者〉は冒頭部分を、最終章における蜜三郎の地下倉での姿勢の先取りとして語っているのであり、ここで述語に照応するべき主語が曖昧にされたまま文が連ねられているのは、この主語の主体が、冒頭部分と結末部分における〈二人〉の蜜三郎を、重ね合わせた存在だからである。そう捉えることによって、冒頭部分に、ひいてはこの作品全体に大江健三郎が託したものを見て取ることができる。つまりその内容を示さないままカッコ付きで繰り返される「期待」という言葉は、それが自身の生に対して展望をもたらすものへの

「期待」であるとともに、倉屋敷のある共同体によって端的に担われる〈日本〉の新しい展開に対する「期待」であり、この自己と共同体の間で帰属の先が揺れ動くがゆえに、「期待」の内容が確定されえないのである。

しかもこの作品の〈作者〉は冒頭部分で蜜三郎に「胎児」の姿勢をとらせることの意味を結末部分で呼び戻し、作品の円環的な構造を一層明瞭にしている。なぜならこの時点においては、現実に一個の「胎児」が存在しているからだ。それは菜採子がみごもった、鷹四の子供である。この鷹四の生命を受け継ぐ存在は、確かに「死―再生（復活）」というキリスト教的な枠組みを想起させるが、冒頭部分の蜜三郎が「模倣」する「胎児」とは、この菜採子の子宮の中の子供にまで敷衍されうる。それを示唆する伏線をなすべく、冒頭部分の叙述における主語―述語の統辞的照応が意識的に攪乱されていたのである。

そしてここに、『万延元年のフットボール』がはらむ、一九六〇年と一九六七年のズレが浮び上がっている。つまり一九六〇年の安保闘争と、その百年前に想定される一揆を結びつけ、それらを政治状況への批判性を稀釈した、自律的な〈祭り〉としての性格によって重ね合わせることで前景化される、御霊信仰的な文脈は、その歴史的な一回性からの離脱によって、未来への連続性を浮上させることになる。そしてその連続性の起点に、発表時の〈現在〉である一九六七年を置こうとする企図が見えてくるのである。

その志向は先にも触れたように、一九六七年の百年前、つまり一八六七年が日本近代の起点であることによって明確化されている。しかもこの方向性は冒頭部分に注意深く仕組まれている。「夜明けまえの暗闇に眼ざめながら、熱い「期待」の感覚をもとめて、辛い夢の気分の残っている意識を手さぐりする」という最初の一文が、「夜明けまえ」という言葉で始まっているのは、単に蜜三郎が浄化槽のための穴に身を横たえている時間設定を示すだけではない。それは明らかに、島崎藤村がライフ・ワークとして書き継いだ長篇小説の表題を取り込んだものである。『万延元年のフットボール』の執筆に際して大江が参照した「歴史小説」のなかに『夜明け前』(新潮社、第一部一九三二・一、第二部一九三五・一一)が含まれていたことは疑いない。この長篇小説こそ、近代の「夜明け」に至ろうとする状況のなかにうごめく群像を描いた作品であった。しかも主人公の青山半蔵の陥っていく狂気は、同時に『万延元年のフットボール』の蜜三郎が自身の内に潜んでいる可能性として危惧しなくてはならない対象でもあり、この要素によっても両者は媒介されている。『夜明け前』における日本の近代は未だ明確な形をとらぬ「胎児」の段階から始まっていたが、その未成性は同時に、『万延元年のフットボール』を書こうとする大江健三郎が希求しつつ展望しえない、日本の〈新しい百年〉の不明確さと照応している。そのために、この作品の冒頭部分に繰り返される「期待」は、その内実を欠いた言葉として記されるしかなかったのである。

Ⅲ　重層する時空

生きつづける「過去」――『夢十夜』の表象と時間

1　〈メタ夢《ドリーム》〉としての叙述

〈夢〉として表象されるイメージは、何を具体的な源泉としてもたらされるのだろうか。この問いに対しては、とりあえず二つの可能性が答えとして想定される。つまり一つは過去の経験に発し、意識の検閲によって意識の下層に追いやられた欲望や不安であり、とりわけフロイトが強調したように、性的な欲求の隠蔽が、夢におけるさまざまな形象の範型をつくり出すことになる。もう一つはより一般的な外界からの感覚的刺激であり、眠りの浅い時期にもたらされたそれらの刺激が、現実の事象とは異質な形象に変換されることによって、夢のイメージとして浮上してくることがありうる。ベルグソンやサルトルはもっぱらこの見解を強く打ち出している。ベルグソンの理論においては、夢は知覚に対する意識の拘束力が弱まった時に生じるイメージにほかならず、その点で身体的な疲労によって現在と過去が混同されることから生じるとされる既視感などと、本質的に同次元に置かれる現象である。そのため『精神のエネルギー』中の「夢」の章でベルグソンが挙げる例の多くは、覚醒間近に見られたものであり、たとえば枕元の蝋燭の光に対する知覚が、劇場に生じた火事の夢として現われたり、室内の物音が鐘の音として現われたりするといった変換が起こるとされる。またサルトルも『想像力の問題』で「夢の素材」が「眼球内光感《フォスフェーヌ》、筋肉の収縮、内的言語の想像的把握」(平井啓之訳、以下同じ)[1]などによってもたらされるとし、それによって「カーテン越しに射し込む太陽光線の赤い色彩」が夢のなかで「血」として現われたりするとしている。

ベルグソンやサルトルの挙げる例は、われわれの体験に照らしても珍しくないが、しかし問われねばならないのは、漠然と知覚されている蝋燭の光や物音や太陽光線が、なぜ劇場の火事や鐘の音や血に変換されねばならないのかということであろう。この現実経験と夢のイメージの連関に関しては、サルトルは考察を控え、ベルグソンはやはり過去の経験という媒介項を持ち出してきている。想起しうる過去の経験のうち、「わたしが知覚する色の斑点やわたしに聞こえる内外の音などに同化されうるもの」や「わたしの身体組織の印象が構成する一般的な情感の状態に調和するもの」(渡部秀訳)[2]だけが、外界からの知覚的な刺激と融合する形で、夢のイメージとして形象化されると述べられている。こうした推論は、結果的にベルグソンの論理をフロイトのそれに接近させることになる。つまり外界からの知覚像に触発され、それと融合しうる過去の経験とは、やはり覚醒時における意識の統御から免れがちな対象であったはずだからだ。眠りの浅い段階における外界からの刺激が夢の表象をもたらすメカニズムにはフロイトも着目しているが、フロイトが問題視するものはあくまでも、夢が「無意識的なものの歪曲された代理物」(高橋義孝・懸田克躬訳『精神分析入門』）[3]であるとする前提から、それが描いている表象のはらむ〈意味〉を取り出すことである。そのためフロイトの言説はつねに無意識の圏内に根を張る、本人にとって根源的な欲望や不安のなかに降り立っていこうとするが、その方向性が性的な領域にきわめて強く傾斜しているために、あたかも夢が隠蔽された性的欲求の描き出す図であるかのような趣きを呈することになったといえよう。

こうしたフロイトの言説の示す偏向についてヴァレリーは、「フロイト理論はどうも私流の考え方とは相容れない」（恒川邦夫訳、以下同じ）[4]という不満をもらしている。ヴァレリーの思考では、夢と人生との関係は「われわれの生、意図、知識、実践あるいは経験といったさまざまな虚構《フィクション》との関係」という、より広範囲な視点から眺められるべきものである。そして「夢を解釈するということは覚醒時の状態におけるわれわれの存在の神話との参照関係を探すということである」（傍点原訳文）という一つの帰結を与えている。夢の表象と人間の精神生活の普遍的な交点は、おそらくこのヴァレリーの命題に集約されるといえよう。夢の表象が提示しているものは、結局欲望や不安によって織りなされた主体にとっての「存在の神話」にほかならず、その「神話」の在り処を探索することが、夢の解釈行為の目指すものとなる。

こうした夢に関する言説を視野に入れることは夏目漱石の『夢十夜』（『東京／大阪朝日新聞』一九〇八・七〜八）を論ずる上で、決して迂遠な方策ではないと思われる。もちろん漱石が『夢十夜』で描いたものが、漱石自身の見た夢の内容であるという証左はどこにもなく、また漱石がこの作品を書く前にたとえばフロイトの理論を参照した形跡もない。[5]にもかかわらず見逃せないのは、ここでちりばめられている要素が、夢の言説の対象となりうる条件を多分に満たしていることである。

たとえば多くの論者が指摘するように、(6)「第十夜」の、庄太郎をめがけて押し寄せてくる豚の群れは、彼自身の内に潜む性的な欲望の形象化と見なされ、その「鼻頭《はなづら》」を打つことによって、豚の肉迫を抑止しつづけるものの、最後に「とう〳〵精根が尽きて、手が蒟蒻《こんにやく》の様に弱つて、仕舞《しまひ》に豚に舐《な》められてしまつた」という場面は、その欲望への屈伏を暗示しているように受け取られる。あるいは「第一夜」で、死んだ女に邂逅するために百年の時間を待ちつづける男の前に現われる百合や、「第四夜」の、爺さんが蛇に変えようとして果たさない、棒状に縒《よ》られた手拭いを、それぞれ女性器と男性器の暗喩として見なすことも可能であろう。また自分が背負った子供に対する百年前の殺害を思い起こさせられるとともに、その重みがにわかに増大する「第三夜」は、何ものかに脅かされる漱石の内心の不安を表現した話として受け取らざるをえない。

むしろ『夢十夜』における〈機能としての作者〉は、主体の何ものかへの固執や恐れを積極的に描き出しているといっても過言ではない。反面フロイトやベルグソンが紹介する夢の事例では、本人が立ち会った光景の描出が平坦な調子で進んでいく場合が多い。性的な欲望や生活の危惧がそこに潜んでいるとしても、それらはそれ自体が夢の語りから見出されるべき要素であり、語られた夢そのものは、一見奇妙な光景や経験の叙述に終始しがちである。それはサルトルが夢を「もはや絶対にそれから脱出出来ず、且つ、それについて外在的な視点をとることが全然不可能な、想像界の実現」(『想像力の問題』)として規定するように、夢を見る意識がその像の外側に容易に出ることができないからである。われわれが〈悪夢〉というものを見てしまうことがあるように、夢のイメージを描き出す意識は、そこに従属することを強いられ、主体的にそれを統御することができない。

いいかえれば、人間は夢のイメージに対してメタレベルに立つことができず、そこに立った瞬間に夢は途絶することになる。

こうした夢を見る意識の特性を念頭に置けば、『夢十夜』の叙述においては、むしろ語り手が自分の夢に対する半ばメタレベルの視点をもっていることが分かる。次に挙げる「第三夜」の一節は、その端的な例として眺められる箇所である。背中に負った盲目の子供に、「もう少し行くと解る」と言われ、「何が」と「自分」が尋ねたことにつづいて、以下のように叙述がなされている。

「何がつて、知つてるぢやないか」と子供は嘲ける様に答へた。すると何だか知つてる様な気がし出した。けれども判然《はっきり》とは分らない。只こんな晩であつた様に思へる。さうしてもう少し行けば分る様に思へる。分つては大変だから、分らないうちに早く捨てゝ仕舞つて、安心しなくつてはならない様に思へる。自分は益《ます》〳〵足を早めた。

雨は最先《さつき》から降つてゐる、路はだん〳〵暗くなる。殆んど夢中である。只脊中に小さい小僧が食附《くつつ》いてゐて、其の小僧が自分の過去、現在、未来を悉く照らして、寸分の事実も洩らさない鏡の様に光つてゐる。しかもそれが自分の子である。さうして盲目《めくら》である。自分は堪《たま》らなくなつた。

（第三夜）

この叙述に特徴的であるのは、「自分」が背負っている自分の子供の不気味なイメージに取り込まれながら、一方ではその不気味さを対象的に〈分析〉していることである。子供の殺害を意味することになる「知つてる」事柄に対する漠然とした認知は、「自分」の意識によって反芻され、「只こんな晩であつた様に思へる。さうしてもう少し行けば分る様に思へる。分つては大変だから、分らないうちに早く捨てゝ仕舞つて、安心しなくつてはならない様に思へる」（傍点引用者）という思索によって掘り下げられようとするのである。次の段落においては、行路が次第に暗さを増すことに対して「殆んど夢中である」というメタレベルの視点が差し挟まれ、背中の子供に対して「其の小僧が自分の過去、現在、未来を悉く照らして、寸分の事実も洩らさない鏡の様に光つてゐる」という総体的な把握が示されている。しかもこの把握は決してこの章のこれまでの展開において提示された情報によって得られたものではなく、帰結部分で子供が発する「御前がおれを殺したのは今から丁度百年前だね」という言葉から遡及的にもたらされたものとしての性格が強いといえよう。

　今摘出した、「自分」の思索的な意識の表現を取り去っても、夢の叙述としては十分成り立ちうるのであり、これらが織り交ぜられることによって、『夢十夜』の表現の特性が明確化されている。引用した箇所でいえば、盲目の子供を中心とするイメージを対象化する意識の運動が記されることによって、「自分」が主体的な個人として自律しえないという危惧や不安が強く前景化され、さらにそれが容易に捨象することのできない持続性をはらんでいることが示唆されることになる。『夢十夜』を貫流する主題として「人間存在の原罪的不安」（伊藤整）[7]や「漱石における狂気、暗黒の部分」（荒正人）[8]が指摘されてきたのは、その当否はともかくとして、半ばそうした〈解釈〉をこの作品の叙述自体がはらんでいるからである。『夢十夜』に語られる十の短い話は、〈夢〉としての特質を備えながらも、すでにそれに対する解釈の方向性を垣間見せている。その点で高山宏が「第四夜」について指摘するように[9]、『夢十夜』に語られる夢は基本的に〈メタ夢《ドリーム》〉なのであり、この作品に関するおびただしい言説が積み重ねられてきているのは、この〈メタ夢《ドリーム》〉が滲出させる〈解釈〉の誘惑に読み手が抗し難いからにほかならない。

2　夢の二つの型

このように考えると、『夢十夜』が現実に漱石によって見られた夢をどれほど素材化しているかということとは関わりなく、漱石の創作家としての意識による操作を経た上で成り立った〈小説〉にほかならないことが分かる。おそらく漱石は夢が表わすものが、人間の内奥の欲望や不安であることを直感的に知っていたと思われるが、断片的には自分の夢に現われたかもしれない、そうした要素的な表象を秩序化し、〈作者〉としての意識的な表出によって、夢の光景とそれに対する解釈を同時にはらんだ話を紡ぎ出すことになった。

それはこの作品における十の夢の並べ方に端的に現われている。「第一夜」から「第十夜」に至る話の配置には明らかに一つの秩序があり、そこに漱石が意識的に施した、主題の表出への配慮が滲出している。これまで『夢十夜』の十の話に構成的な企図を見る論としては、漱石自身の体験の投影が「第五夜」までの前半部分に見られ、「第六夜」以降ではそれがなくなっているという、桶谷秀昭や佐藤泰正による、前半と後半の内容の変化への指摘[10]や、「第一夜」と「第十夜」が「女の死に始まり、男の死（の暗示）に終る」という円環的な照応を形づくり、それに応じて「第二夜」

と「第九夜」、「第三夜」と「第八夜」、「第四夜」と「第七夜」、「第五夜」と「第六夜」も相互に主題的な近似性による照応を見せるという、石井和夫の指摘[11]などが挙げられる。しかし『夢十夜』の前半が漱石自身の経験に基づき、後半が想像力による純粋な虚構であるといった類別をおこなうことは無論できない。江藤淳が述べた[12]ように、「第一夜」の死にゆく女から漱石の初恋の女性を想起することは自然な連想であろうが、それ自体が夢のイメージに対してなされた飛躍を含んだ解釈である以上、漱石の実人生との照応を主張する根拠としての重みをもつわけではない。また相原和邦が指摘する[13]ように、後半の「第七夜」で西に向かう船に乗る「自分」の姿が、漱石自身の留学経験を映していると見ることは容易である。またこれから見ていくように、この作品にはさまざまな〈死〉がちりばめられており、石井の論のようにこの要素によって「第一夜」と「第十夜」の照応を括り出すことは難しい。それ以外の章同士の照応も、着想から演繹的に導き出されている趣きが強い。

『夢十夜』で〈夢〉として語られる十の話が均質的な性格をもっておらず、意識的に盛り込まれたとしか思えない複数の傾向があることは疑えないが、ここで試みようとする類別は、それらを奇数章の夢と偶数章の夢に二分することとである。たとえば『夢十夜』のなかで、これまで論者の関心を集中的に集めてきた章として「第一夜」と「第三夜」が挙げられることは否定し難い。「漱石の暗い部分」（荒正人）を覗く契機とされたのも、もっぱらこの二つの章を軸としているといっても過言ではない。この二つの章はいずれも人間の死に強く関わる内容をもち、しかもそれは単に第三者の死を語っているのではなく、漱石自身に投げ返されてくる〈死〉の問題を提示しているように見える。もともと夢のイメージが意識の深部が描き出す図であるなら、そこに現われる死の光景が、主体と無関係に生起するものでありえないことはいうまでもない。そして見逃すことができないのは、こうした〈死〉の主題がこの二つの章にとどまらず、「第五夜」「第七夜」「第九夜」の奇数章に強く浮上していることである。「第五夜」で敵の捕虜となった「自分」は、相手に屈伏することを拒んで、「死ぬ」ことを宣言し、その代わりに死の前に恋人と最後の邂逅を遂げようとするのだった。また「第七夜」では西に行く船に乗った「自分」は厭世的な気分に陥り、船から身を投げるが、その瞬間にその選択に対する後悔を生じさせる。あるいは語り手が「夢の中で母から聞いた」という〈メタ夢《ドリーム》〉としての構造が明示されている「第九夜」では、拝殿に幼い子供を括り付けて夫の無事のためにお百度を踏む母の苦心にもかかわらず、夫は「とくの昔に浪士の為に殺されてゐた」という「悲しい話」が語られている。

一方偶数章の夢からは、こうした明瞭な方向性は捉えられない。「第二夜」は「侍」である「自分」が禅寺で「悟り」を得るべく坐りつづけるものの、その境地に到達することができないという話であり、「第四夜」では先に触れたとおり、棒状に縒った手拭を蛇に変えようとするが、それを果たさずに川のなかに入っていく「爺さん」の話が語られる。「第六夜」の「自分」は、あたかもそこにあらかじめ埋め込んである彫像を見出すかのようにして「仁王」を刻んでいる「運慶」の姿を見て感心し、みずからも彫刻を試みるものの一向に成功しない。床屋を舞台とする「第八夜」では、「自分」は男に髪を刈られながら、前の鏡に映った女が「百枚」の紙幣をいつまでも数えつづけるのを「茫然として」眺めた後、外に出ると自分の売り物の金魚を見つめつづける「金魚売」の姿に惹き付けられる。そして「第十夜」では、「パナマの帽子」を被った「町内一の好男子」である庄太郎が、絶壁で豚の群れに襲われ、ステッキで豚の鼻を打ちつづけて対抗するものの、最後に力尽きてしまう話が語られている。

注意を要するのは、「第十夜」の〈主人公〉というべき庄太郎が「第八夜」の床屋にも現われていることである。しかもこの二つの章における庄太郎はいずれも女好きで「パナマの帽子」を被っているという共通項をもっており、「第九夜」をはさんで「第八夜」と「第十夜」が連続していると見ることができる。前半においても「第一夜」と「第三夜」にはさまれた「第二夜」は明らかに前後の章とは異質な、悟りを求めて「自分」が奮闘する、いささか喜劇的な色合いを漂わせている。こうした配列は〈作者〉の意識的な操作によるもの以外ではない。そしてこれら以外の部分においても、奇数章同士と偶数章同士の相互の連関が存在していることが見て取られる。つまり奇数章の夢が〈死〉と強く関わる内容をはらんでいるのに対して、偶数章の夢に共通する要素として挙げられるのは、一つの行為に持続的に集中する人間が登場することである。しかも「第二夜」や「第十夜」の末尾が端的に示すように、その持続的な行為に対して目覚ましい結果が与えられることはない。しかしシジフォスの神話が物語るように、幸福な帰結を与えられることなく、不毛の労力を強いられつづけることが人間の生の宿命であるとしたら、偶数章に描かれるこうした行為の持続性や反復性は、奇数章とは逆に、漱石の内にある〈生〉への志向を前景化していると見なすことができるのである。

3　〈死〉の主体

『夢十夜』とは、この〈生〉と〈死〉への二つの対立的な指向性を交互に焦点化しつつ成り立ったテクストにほかならない。このうち偶数章と比べて奇数章における〈死〉への意識の表出はより明瞭な形を与えられており、しかも五つの章の間に相互の連関が存在することが見出される。まず「第一夜」について見ると、これまでの紹介にも記したように、この章には表層的には「自分」の前に横たわった女が、死へと接近し、百年後の邂逅を告げた後に死の領域へと移行する話が語られている。しかし自明のものとして受け取ることができないのは、この話で死んでゆく主体が果たして〈女〉に限定されるのかということだ。その疑問は次のような冒頭の叙述にすでに姿を見せている。

　こんな夢を見た。
　腕組をして枕元に坐つて居ると、仰向《あふむき》に寝た女が、静かな声でもう死にますと云ふ。女は長い髪を枕に敷いて、輪廓の柔らかな瓜実《うりざね》顔を其の中に横たへてゐる。真白な頬の底に温かい血の色が程よく差して、唇の色は無論赤い。到底死にさうには見えない。然《しか》し女は静かな声で、もう死にますと判然《はつきり》云つた。自分も確《たしか》に是は死ぬなと思つた。そこで、さうかね、もう死ぬのかね、と上から覗き込む様にして聞いて見た。死にますとも、と云ひながら、女はぱつちりと眼を開けた。大きな潤《うるほひ》のある眼で、長い睫《まつげ》に包まれた中は、只一面に真黒であつた。其の真黒な眸《ひとみ》の奥に、自分の姿が鮮《あざやか》に浮かんでゐる。

（第一夜、傍点引用者）

この一節において、「死ぬ」という動詞の活用形が六回現われるにもかかわらず、誰が死ぬかという主体は一度も明示されていない。「仰向に寝た女」は病床についているようにも見え、その女が病いの進行によって死に瀕していると受け取ることは自然であろうが、しかし彼女が〈病気〉であるという指示はここで一度もなされていない。この一節で〈死〉の主体を女に帰着させる根拠となるのは、女の肌や唇の描写がなされた後に、「到底死にさうには見えない」と記され、それにつづいて「然し女は静かな声で、もう死にますと判然云つた」と告げている因果性であろう。しかし「死にさうには見えない」のが女であることは動かせないとしても、それ自体は当然女における死の否認を意味し、一方「もう死にます」という宣言が指している対象が、彼女自身であると確定させることはできない。見方を変えれば、男の前に横たわった女は巫女であり、自分ではない誰かの、間近に迫った死を告げているのだとも考えられるのである。

むしろここで死ぬのは女ではなく「自分」の方であり、あるいは少なくとも女とともに「自分」もまた〈死ぬ〉のだと考えうる可能性を「第一夜」のテクストははらんでいる。これまでにも小林康夫は「第一夜」における〈死〉の主体として「自分」を想定する論を提示している。小林は「この夢を主導しているのは、誰かの死の出来事なのではなく、むしろ自分が死ぬというこの避けがたい運命であり、夢の作業を通して「自分」はこの死という運命を凝視し、それと取引をしているのである」[14]と述べ、この章における〈死〉の主体が「自分」の側に反転しうる可能性を示唆している。この指摘は興味深いが、しかしこうしたハイデッガー的な思考から〈死〉の主体としての「自分」を導き出すのは、必ずしも表現の具体性に沿った解釈ではない。むしろここでは表現の個別性と他章との連関のなかで、「自分」の〈死〉が語られていることが分かるのである。

それを担っているのが、引用の末尾に置かれる「大きな潤のある眼で、長い睫に包まれた中は、只一面に真黒であつた。其の真黒な眸の奥に、自分の姿が鮮に浮かんでゐる」という二行である。最後の一行は女の「眸」が「自分」の姿を映し出す鏡として機能していることを示しているが、前の一行と合わせれば、ここには「自分」が暗い水面に映された自身の姿を覗き込んでいる光景が現出していることが分かる。女が死にゆく存在であるならば、それが鏡像として自己の姿を映し出していること自体が、死の宿命を「自分」が分けもっていることを暗示していることはいうまでもない。さらに「第七夜」に現われるイメージと連繫させることによって、〈死〉が「自分」に帰属するものであることが一層明瞭になる。つまり「自分」を映す水面と化した女の「眸」は「真黒」であると記されているが、この〈黒い水面〉はまさに「第七夜」に現われる海のイメージと同一だからである。「第七夜」で厭世的な気分に陥った「自分」は「死ぬ事に決心」し、船から「思ひ切つて海の中へ飛び込」む。そして身を投げた「自分」を呑み込もうとする海の「水の色は黒かつた」のであり、投身したことへの「無限の後悔と恐怖」を抱きつつ、彼は「黒い波の方へ静かに落ちて行つた」ことが記されてこの章は終わっている。

この二つの章における水面ないし海面の〈黒さ〉は明らかに共通したものであり、「第七夜」から「第一夜」を照射すれば、「第一夜」の「自分」は女の「眸」という「水面」に身を投じるのだと捉えることができる。それは「自分」が「百年待つてゐて下さい」という女の懇願を聞いた後の、次のような叙述からもうかがわれる。

自分は只待つてゐると答へた。すると、黒い眸《ひとみ》のなかに鮮《あざやか》に見えた自分の姿が、ぼうつと崩れて来た。静かな水が動いて写る影を乱した様に、流れ出したと思つたら、女の眼がぱちりと閉じた。長い睫《まつげ》の間から涙が頬へ垂れた。——もう死んで居た。（第一夜）

ここでは女の死だけでなく、少なくともそこで同時的に生起している「自分」の〈死〉が示唆されている。つまり「黒い眸のなかに鮮に見えた自分の姿が、ぼうつと崩れて来た」という一行は、女の「眸」に投身することによって、そこで結ばれていた「自分」の像が崩れたことを意味すると考えられるからだ。その点では「第一夜」の潜ませている「自分」の〈死〉は、性的な色合いに転じていく側面をもつといえよう。[15]「自分」が女の「眸」という〈水面〉に投身することは、〈死〉を意味すると同時に〈合一〉を暗示するからである。しかしここでは性的な含意ではなく、「第七夜」との連関を重んじる形で、〈死〉自体の文脈においてイメージの表出を捉えたい。なぜなら〈死〉と〈合一〉の同時生起、あるいはそれ以前に想定されうる「自分」と「女」における〈死〉の同時生起こそが、この夢の基点にある、漱石自身の「存在の神話」をもたらした生の経験と密接に関わっているからである。

ここであらためて視野に入れるべきなのは、「第七夜」と漱石のイギリス留学との関係であろう。相原和邦は、「只波の底から焼火箸の様な太陽が出る。それが高い帆柱の真上迄来てしばらく挂《か》つてゐるかと思ふと、何時《いつ》の間にか大きな船を追ひ越して、先へ行つて仕舞ふ」といった描写が、漱石自身がイギリスに向かう船上で見た光景と響き合い、またそれが「第一夜」で「自分」が女の死の後で数えつづける太陽の昇り降りと照応しているという見方を示している。(16) この指摘は別の地点から「第一夜」と「第七夜」の照応性を補強する意味をもっているが、逆の見方をすれば「第一夜」のなかに漱石のイギリス留学の文脈が入り込んでいるということでもある。あるいはより広く考えれば、漱石と英文学あるいは西洋文化との関係がここに寓意的に浮上していると見ることができる。漱石がイギリス留学に発ったのは明治三三年（一九〇〇）九月であり、ロンドンで周知の暗鬱な二年余を過ごした後、明治三六年（一九〇三）一月に帰国している。『夢十夜』が発表されたのは明治四一年（一九〇八）の七月から八月にかけてであり、その前年の明治四〇年（一九〇七）四月に漱石はそれまでの教師生活に終止符を打ち、東京朝日新聞社の社員として作家業に専念することになった。こうした歩みから『夢十夜』の執筆時において、漱石が一つの象徴的な〈死〉を経験していることが分かる。それは前年に一高と東大を辞することによって、漱石が教師としての自己を葬ったことである。この象徴的な〈死〉のもつ意味は大きく、この作品に繰り返し形象化されることになる。奇数章の夢を貫流する〈死〉の主題は、直接的にはこの漱石が自身に対しておこなった否認的行為によってもたらされているのである。

4 〈学者〉的自己の脱落

漱石が教師の稼業を嫌悪し、創作に専念する境遇に憧れていたことはよく知られるとおりであり、朝日新聞社への入社はこの願望を叶える契機となった。野上豊一郎に宛てた書簡に「生涯はただ運命を頼むより致し方なく前途は惨怛たるものに候。それにも拘はらず大学に噛み付いて黄色になったノートを繰り返すよりも人間として殊勝ならんかと存候」（一九〇七・三・二三付）と記しているように、教壇を去ることに対して漱石はいささかの未練も残していないように見える。確かに「何の考もなくただ軽跳にして生意気なのである」（滝田樗陰宛書簡、一九〇六・一一・一六付）としか思われない生徒を相手に教師を勤めつづけるのは、漱石にとっては耐え難い仕事であっただろうが、その一方で漱石が〈学者〉としての強い自恃をもつ人間であったことを忘れることはできない。「軽跳にして生意気」な生徒を相手にすることを嫌悪しなくてはならないのも、漱石の〈学者〉としての矜持の高さが、生徒に迎合することを許さなかったからにほかならない。また多くの作品やノートに散見される〈金持〉や〈華族〉に対する嫌悪は、当然漱石の〈学者〉としての意識に照応し、そこに彼の自己同一性を求めさせるよすがとして働いている。それは漱石の残した断片的な文章に多く露出しているが、たとえば明治三九年（一九〇六）の「断片」にはつぎのような一節が見られる。

自然ハ公平ナ者デ一人ノ男ニ金モ与ヘカルチユアーモ与ヘル程贔負《ひいき》ニハセンノデアル。此見易キ道理も弁ゼズシテカノ金持チ共ハ己惚《うぬぼ》レテ自分達ハ社会ノ上流ニ位シテ一般カラ尊敬サレテ居ル。ダカラシテ世ノ中ニ自分達程理窟ニ通ジタ者ハナイ、ダカラ学者ダラウガ何ダラウガ己ニ頭ヲ下ゲネバナラント思フノハ憫然ナ次第デ、コンナ考ヲ起スノモソレ自身ニカルチユアーガ欠ケテ居ルト云フコトヲ証明シテ居ル。

あるいは明治四四年（一九一一）の講演「道楽と職業」（一九一一・八、於・明石→『社会と自分』実業之日本社、一九一三・二）で漱石は、「芸術家とか学者とかいふもの」が、現実的な功利性に逆行する存在である点で「我儘《わがまま》」であり「横着な道楽者」であるにもかかわらず、だからこそ「世間の御機嫌」をとるためではなく、「自然なる芸術的心術の発現」にしたがった表現をおこないうるという発言をしている。教壇を去ってすでに数年を経ているこの講演では、やはり「芸術家」としての立場に自己を強く重ねているが、いうまでもなく漱石は知性を相対化する行動家の姿ではなく、近代の功利社会に違和をきたさざるをえない知識人の存在を作品に描きつづけたのであり、社会の趨勢に対するアンチテーゼとして「芸術家」と「学者」が隣接的に位置づけられていることは疑えない。

そのため〈教師〉としての自己を殺すことは、漱石にとって去勢的な意味をはらまざるをえない。大学に勤める〈研究者〉であることは、〈学者〉としての側面と〈教師〉としての側面を兼備することを意味するが、否定的にしか眺められなかった後者を自分から切り離すことは、同時に自己の居場所として肯定されていた前者としての属性をも稀釈し、自己喪失としての意味を帯びざるをえないからである。もちろん漱石は自身を狭義の〈学者〉として積極的に認知していたわけではなく、[17]朝日新聞社への入社後は「道楽と職業」で語っているように、〈芸術家〉という規定のなかに自己を置こうとしていただろう。そしてこの〈学者〉である自己を失いつつ、〈芸術家〉としての自己を新たな居場所としようとする過渡期における内的なせめぎあいこそが、『夢十夜』の奇数章と偶数章の交互的な対比性をもたらす起点にあるものにほかならない。偶数章に繰り返される、一つの行為に持続的に集中する人間の姿は、〈芸術家〉として小説の創作という持続的、反復的行為を自身に課した漱石の意識の形象化であり、だからこそこれらの章が〈生〉への志向を帯びて現われてくるのである。

一方、奇数章の夢が〈死〉の方向性をはらんでいるのは、端的にはそこに自身の〈学者〉としての〈死〉に対する意識が底流しているからだが、その際考慮に入れねばならないのは、漱石のなかに強くある、意識の連続性の主体として人間を捉える観念である。朝日新聞社への入社後間もなくにおこなわれた講演「文芸の哲学的基礎」（一九〇七・四、於・東京美術学校→『東京／大阪朝日新聞』一九〇七・五〜六）で漱石は、「私」とは「意識の連続して行くもの」の謂であると規定し、その上で「吾々の生命は意識の連続であります。さうしてどう云ふものか此連続を切断する事を欲しないのであります。他の言葉でいふと死ぬ事を希望しないのであります」と語っている。ここで意識の連続性が「切断」されることと「死ぬ」ことに比喩的な等価性が付与されていることは看過できない。この哲学的な内容をもつ講演において、漱石は人間が「意識的存在」であることを強調し、その連続性のなかで人間が「選択」をおこない、そこで生まれる「理想」を実現しようとして自己の同一性を明確化していく過程を説明している。

皮肉なのは、漱石自身がこの講演をおこなう前に、みずからその連続性からもたらされるべき「理想」の実現を断念していることであろう。青年期の漱石は英文学の学究としての道を究めるという「理想」を抱き、その意識の連続性のなかを進んでいたはずである。にもかかわらず漱石はみずから教職を辞し、新聞社に入社することによって、この当初の「理想」の実現を放擲してしまっている。そして漱石の内で意識の連続性が断たれることが〈死〉の比喩によって捉えられるなら、〈学者〉としての自己を断念したことがさまざまな〈死〉のイメージによって表象されることになるのは当然であるといえよう。にもかかわらず教職を辞して後も漱石の英文学への関心は失われたわけではなく、多くの研究がなされているように、ヘンリー・ジェームズ、メレディス、スウィンバーンといった作家たちの作品は、漱石に着想の源泉を提供しつづけている。[18] それは明らかに〈学者〉的な姿勢であり、職業的な〈学者〉としての〈死〉以降も、〈学者〉的な精神は依然として漱石の創作と生活の両面における支柱でありつづけている。だからこそ自身が社会的規定における〈学者〉でなくなったことが、漱石にとって去勢的出来事としての意味をもち、それが漱石の意識の下部を浸食しつつ、夢として形象化される条件をなしているのである。

「第一夜」の夢における女の「眸」への「自分」の〈投身〉が、〈死〉と〈合一〉の両義的イメージをもつことも、そこから理解することができる。「第七夜」においても、「自分」は「西」に向かうことに嫌気がさして海に身を投げながら、「無限の後悔と恐怖」を覚えざるをえなかった。それが先にも引用した、一高と東大を去るに当たって漱石が抱いた「生涯はただ運命を頼むより致し方なく前途は惨怛たるものに候」という感慨と響き合うものであることは明らかであろう。少なくとも〈学者〉としての自己を切り離したことが、漱石に対して単に不快な重荷を降ろした安堵をもたらしていたのではないことは疑えない。

それは朝日新聞社への入社後の第一作である『虞美人草』（『東京／大阪朝日新聞』一九〇七・六～一〇）から十分に読み取られる側面である。この作品で見逃せないのは、傲慢な矜持をもつ女主人公藤尾の結婚相手に擬せられた小野が抱えた内面の屈折である。大学を卒業し、博士論文の執筆に専念しようとする小野は恩師の娘である小夜子を離れ、財産家の娘である藤尾を結婚の相手に求めようとするものの、最後に意を翻して藤尾を去る。そしてその打撃によって藤尾はみずから絶命する。ここでは二人の女に「過去」と「現在」の表象としての対照性が付与されていることが叙述において示されており、両者の間で小野はたゆたいつづける。小野が小夜子から離れようとしたのは、彼女が学者の娘であるために資産を期待できなかったからであり、藤尾との結婚を目論んだのは、「あすこには中以上の恒産があると聞く」という彼女の家の資産が、彼の今後の活動に対する現実的基盤を提供しうると見なされたからである。小夜子との離別と藤尾への接近は、漱石自身の社会的居場所の変化と照応しており、とりわけ学者の娘である小夜子を去ろうとしたことは、漱石自身が教職を辞したことと等価的な意味をもっている。小野は小夜子との関係を「過去」のものとして捨象しようとするにもかかわらず、「われは過去を棄てんとしつゝあるに、過去はわれに近付いて来る」、あるいは「打ち遣つた過去は、夢の塵をむく〳〵と掻き分けて、古ぼけた頭を歴史の芥溜から出す」といった感慨を覚え、藤尾との結婚に向けて容易に進むことができないのである。

けれどもこうした「過去」の脅迫は、作品内の論理としては十分に語られておらず、執筆時の漱石自身の内的な屈折を念頭に入れることによってはじめて了解しうる。総じて『虞美人草』が小説としての有機的な生成力を欠いているように見えるのも、そこに〈学者〉としての「過去」に訣別し、〈小説家〉としての「現在」に同一化しようとする漱石の私的な内面が強く入り込み、登場者の形象から自律的な生命を奪いがちだからである。そもそも主人公の小野が「博士論文」を執筆しようとしている一方で、彼が繰り返し「詩人」として位置づけられていること自体が曖昧さをはらんだ設定である。そこにはやはり〈学者〉であることと〈表現者〉であることとの間で揺曳する漱石の意識が滲出している。しかもこの作品では小野は最後に藤尾を捨て、小夜子のもとに帰ろうとするのであり、この「過去」への回帰に、「現在」を素朴に肯定しえない漱石の屈折が込められている。

5 〈世紀〉としての「百年」

この「過去」への両義的な姿勢は、『夢十夜』全体を流れる要素でもある。引用した「打ち遣った過去は、夢の塵をむく〳〵と掻き分けて、古ぼけた頭を歴史の芥溜から出す」という一文などは、そのまま『夢十夜』の奇数章の基調としても受け取られる。「第一夜」においてもこの「過去」への両義的な位置づけが浮上している。つまり「第一夜」における「自分」の象徴的な〈投身〉が、

「第七夜」と重なる形で〈学者〉としての〈死〉ないし〈去勢〉を含意している一方で、それが〈合一〉としても読み取られることは、同時にその居場所への回帰を示唆しているからである。そこに漱石の〈イギリス〉ないし〈英文学〉へのアンビヴァレンスが浮上している。ここで「自分」の前に横たわる女も、漱石自身のかつての恋人を想起させつつ、別の記号性へと移行しうる可能性を示している。つまりそれはイギリスという〈女王の国〉へと変換されうる存在にほかならないからだ。

周知のように、漱石がイギリス留学中の一九〇一年一月二二日に、大英帝国女王ヴィクトリアは死去している。漱石の日記にはヴィクトリア女王死去に関する記述が見られるが、たとえば一月二一日には「女皇危篤ノ由ニテ庶衆皆眉ヲヒソム」と記され、二二日の記載には「The Queen is sinking」という一文によって、女王の死が語られている。そして一月二三日の日記には「昨夜六時半女皇死去ス」という一文に始まり、それにつづく英文の記述では漱石が外国人であるにもかかわらず、弔意を表するために黒ネクタイを着用し、商店主が「The new century has opened rather inauspicuously」(新しい世紀が何とも不吉な形で始まったな)と漱石に語ったことが述べられている。[19] 一九世紀イギリスの帝国主義的拡張の時代をその小柄な体躯に担い、「自分の周囲にたいしても自分自身にたいしても隠すことのできぬ人間の持つあの堂々とした確信によって、生涯を送った」(小川和夫訳、リットン・ストレイチイ『ヴィクトリア女王』[20])と語られる女王の死去は、漱石の日記に「All the town is in mourning」(一月二三日)と記されるように、イギリス国民に強い喪失感をもたらした。また女王が二〇世紀の幕開けとともに没したことは、逆に一九世紀後半のイギリスと女王が一体のものであったことを実感させることになった。こうした女王の存在の大きさを念頭に置けば、「第一夜」の死にゆく女の姿が、その死への歩み寄りによって漱石の意識を強く捉えたであろう、ヴィクトリア女王の存在を想起させるとともに、「自分」が女に向けて〈投身〉することで彼女と〈合一〉することが、〈イギリス〉との一体化を示唆することになることが分かる。これは当然これまで見てきた漱石の〈学者〉としての自己への執着の前提をなすものであり、イギリスの人間や社会に対して「僕は英国が大嫌ひあんな不心得な国民は世界にない」（小宮豊隆宛書簡、一九〇七・七・一九付）という嫌悪を覚えながらも、そこに培われた文化、芸術を憧憬し、肯定せざるをえない漱石の両義的な感情が浮上しているのである。

『夢十夜』の基底を流れるモチーフの起点にイギリスへの留学経験が見出されるとすれば、偶然的な合致によって、さらにそこには別個の主題系が引き寄せられることになる。それはヴィクトリア女王の死が二〇世紀の最初の年に起こることによって否応なく喚起された〈世紀〉という観念である。その点については小森陽一が『世紀末の予言者・夏目漱石』（講談社、一九九九・三）で「新しい世紀」＝The new century という言葉と、ロンドンの金之助はヴィクトリア女王の死を仲立ちとして衝撃的に出会ってしまったのだ」と述べるとおりである。見逃せないのは、『夢十夜』に繰り返し現われる「百年」という長さの時間が、この〈世紀〉の観念と不可避的に結びつくことだ。「第一夜」の女は「自分」に「百年待つてゐて下さい」と訴え、「百年、私の墓の傍に坐つて待つてゐて下さい。屹度《きつと》逢ひに来ますから」と語る。「第三夜」では「自分」に背負われた盲目の子供は、末尾近くで「御前がおれを殺したのは今から丁度百年前だね」と「自分」に告げる。あるいは「百」という数字に限定すれば、「第八夜」の札の勘定をつづける女が手にしている札数は「百枚」であり、「第九夜」の女は夫の無事を祈願して「御百度」を踏んでいるのである。

こうした、時間の長さ以外のものをも含んで頻出する「百」という数字が、一九世紀から二〇世紀への移行を、イギリスで女王の死去とともに経験した漱石の意識のなかで、〈世紀〉という観念と無関係に出現してくるとは考え難い[21]。「第一夜」の「百年」についてはこれまで「人間の生命の可能性の限界」（笹淵友一[22]）として見なされたり、「自分が死ぬという一つの飛躍」（柄谷行人[23]）として捉えられたり、あるいは「自分」の前に茎を伸ばしてくる「百合」との照合において考えられたりしてきた（芳川泰久、渡部直己[24]）。夢のイメージが多義的である以上、こうした解釈を退ける必要はないが、『夢十夜』の「百年」を〈世紀〉として受け取ることによって、漱石が「第一夜」をはじめとする奇数章に託した主題系に対する把握をより重層化しうる。つまり「百年待つてゐて下さい」という女の言葉は、日本に真に〈新しい時代〉が到来するために要される時間を告げていると捉えることができるからである。そのとき女は「自分」との互換的な位相によって、〈日本〉として成熟に至る「百年」を閲しようとすると同時に、〈イギリス〉として、近代国家への成熟を果たした〈日本〉と百年後に対等の邂逅を遂げようとするのだといえよう。漱石自身、ヴィクトリア女王死去の三日後の日記（一九〇一・一・二五）に「真ニ西洋人ヲシテ敬服セシムルニハ何年後ノコトヤラ分ラヌナリ」と記し、両者が対等の関係をもちうる日が容易に訪れないであろう見込みを表出している。また明治三九年（一九〇六）の「断片」にも、「遠クヨリ此四十年ヲ見レバ一弾指ノ間ノミ。（中略）明治ノ事業ハ是カラ緒ニ就クナリ。今迄ハ僥倖ノ世ナリ。準備ノ時ナリ」という記載があり、維新以降の約四十年間が、単に「準備ノ時」でしかなく、国家としての成熟に至るにはまだ多くの時間が求められるという展望が語られている。

このような見方をすれば、「自分」の前に伸びてくる百合の花弁に「接吻」することで、彼が「百年はもう来てゐたんだな」と気づく末尾にも、単に死んだ女との邂逅というだけにとどまらない解釈の可能性を提起することができる。百合が〈百年後に合う〉ことを含意する言葉であることは否定し難いが、そこには日本文化と西洋文化との融合に対する漱石の両義的な意識があらわれている。つまり「百年待つてゐて下さい」という女の言葉が、日本の成熟がイギリスのそれと拮抗しうる域に達するのに求められる時間を意味しているとすれば、その「百年」の後に「百合」がもたらされることは、いずれにしてもその出会いがもたらされることを暗示している。しかしそれが一片の〈自然〉であったということは、同時にその到達の可能性に対するペシミズムを表出しているからである。現に『夢十夜』と同年に書かれた『三四郎』(『東京/大阪朝日新聞』一九〇八・九〜一二)では、漱石は東京に向かう車中で三四郎が出会う「髭の男」つまり広田先生に、富士山こそが「日本一の名物だ。あれより外に自慢するものは何もない。所がその富士山は天然自然に昔からあつたものなんだから仕方がない」と言わせている。

けれどもややうがった見方をすれば、「百合」という語自体に日本文化と西洋文化の結合の可能性がはらまれているともいえよう。つまり幸若舞や歌舞伎、浄瑠璃の主題として数多くの作品の素材となってきた「百合若大臣」はその着想の原点にホメロスの『オデュッセウス』をもつという仮説が古くから唱えられてきた。それを最初に主張したのが坪内逍遙であり、明治三九年一月の『早稲田文学』に掲載された「百合若伝説の本源」で、逍遥は「百合若」の起源的な素材が、ラテン名が「ユリシス」となる『オデュッセウス』にあり、「足利以降の文学と西洋文学との交渉は、従来の考証以外にいでゝ、更に尋ぬべき点尠からざるが如し」という視点を提起して話題を投げかけた。現在では『オデュッセウス』と「百合若」の単純な照応は否定されているが、異文化の出会い、結合の可能性を示唆する例としての興味は失われていない。発表時期からいって漱石がこの逍遥の論文を見た可能性は十分あり、その文脈から〈日本〉と〈西洋〉の出会いの結晶を「百合」に見ようとしたという推論をすることもできるはずである。

6　殺された〈親〉

いずれにしても、『夢十夜』において漱石が自身の私的な問題をイメージ化するとともに、自分が身を置いている日本の近代化に対する批判的意識を盛り込もうとしたことは疑いない。ヴィクトリア女王の死去と二〇世紀の到来が、漱石に日本の将来を考えさせる契機となったことは、先の著書で小森陽一も引用するように、明治三四年（一九〇一）一月二七日の日記に「夜、下宿ノ三階ニテツク〴〵日本ノ前途ヲ考フ。日本ハ真面目ナラザルベカラズ。日本人ノ眼ハヨリ大ナラザルベカラズ」と記されていることにもあらわれている。小森陽一は日記に記されたこの認識について、それが「産業革命後の資本主義が行き詰まった先進国の一時代の終焉から、その過程を必死で模倣している国を捉えること」という、「外側」からの眼差しを漱石が獲得したことの証左として受け取っている。しかしこの「外側」からの眼は決して〈西洋〉という空間的外部に限られるものではない。当然現在の近代化の様相を検証するための類比の対象として、〈江戸時代〉という時間的外部が仮構されるはずである。そして「第三夜」は「第一夜」と「第七夜」と通底するモチーフをもちながら、同時に前近代から近代への移行における〈日本〉の存在を浮上させた章として捉えられる。

従来「第三夜」に対しては、荒正人の論[25]以来これを〈父親殺し〉の暗喩として捉えることが定型的な解釈として受け継がれている。柄谷行人はこの荒の見方を受け容れながら、「百年前」が「生れる前」を意味し、したがってこの夢が「生誕前の「静寂」に回帰しようとすることの挫折を、いいかえればこの世に放り出されてあることの懲罰的な意味を暗示しているように思われる」という把握を示している。[26] 一方、吉本隆明はこの夢の背後にあるものを、漱石自身の「母親との関係からくる恐れと不安」にあるとし、「背中に背負った子供というのは、じぶんの親でもあるし、またじぶんの子孫でもあるし、またじぶんでもあるみたいな、そういうエディプス複合の関係を象徴しているようにおもいます」という見方を語っている。[27] こうした視点は直感的な把握としては妥当性をもっているが、表現の具体性との照応は明確ではなく、また自身の出生以前の世界であれ、親と子供の複合体であれ、盲目の子供に付与されたそうした記号性を定着するべき文脈も示されていない。「第三夜」の「百年前」のイメージや、盲目の子供がはらむ記号性は、決してこの章に単独であらわれているのではなく、他の奇数章と密接な連繫をもち、とくにこれまで検討した「第一夜」「第七夜」との文脈から読み解くことのできる側面を備えている。その連関を示唆するのは、「自分」が背負っている盲目の子供の存在自体であり、冒頭の次のような叙述にすでにそれが現われている。

こんな夢を見た。
六つになる子供を負《おぶ》つてる。慥《たしか》に自分の子である。只不思議な事には何時《いつ》の間にか眼が潰《つぶ》れて、青坊主になつてゐる。自分が御前の眼は何時潰《いつつぶ》れたのかいと聞くと、なに昔からさと答へた。声は子供の声に相違ないが、言葉つきは丸で大人である。しかも対等だ。
（第三夜）

このくだりが示している情報は、「自分」が背負っている「子供」が盲目であり、「慥に自分の子である」にもかかわらず、「言葉つきは丸で大人」であり、「しかも対等」であるという印象を強く「自分」に与えているということである。そこからこの子供を「自分」の〈父親〉であると見なすことは困難であり、むしろ吉本隆明の直感に含まれる、「子供」であると同時に「自分」自身であるという見方をとる方が自然であろう。そして「自分」はこの子供が「自分の子」であると分かっていながら、個別性の次元でそれを認知することができないという、相手に対する連続性と距離感を同時に付与されている。それは「自分」がみずから〈子〉として産み出したものを棄て去りながら、その〈子〉は依然として自分のもとを去らずに〈生き〉つづけているということを物語っている。

それは明らかに「第一夜」「第七夜」との連関のなかに成り立った光景にほかならない。これまで見てきたように、この二つの章、とりわけ「第一夜」には漱石が〈学者〉としての自己を殺した去勢的な感覚が見出されたが、「第三夜」ではその殺した自分が離脱することなく、傍らにわだかまりつづけているのが示唆されているのである。またこの子供が〈盲目〉であるという規定自体が〈去勢〉を暗示するものであることはいうまでもない。あるいは漱石にとって、日本文化の体系を離れて、イギリスの生活、文化のなかに身を投じてその象徴的体系に合一しようとする志向自体が、ラカン的な〈去勢〉の含意をもつことになるといえよう。さらに、当時イギリスにおいても十分に体系化されていなかった⑱〈英文学〉を学ぼうとすることが一層〈盲目〉の状態に漱石を追いやっていた。現に講演「私の個人主義」（一九一四・一一、於・学習院輔仁会→『輔仁会雑誌』一九一五・三）で漱石は、英文学を「窮め」ようとしても「まあ盲目《めくら》の垣覗きといつたやうなもので、図書館に入つて、何処をどううろついても手掛がないのです」という経験をしたことを語っている。こうした自己の居場所も行く先も見いだせない状態が「第三夜」の子供の身体的な様態としてイメージ化されていると見ることもできる。そのときこの子供が「六つ」という年齢であることも見逃せない設定である。漱石がイギリス留学から帰国したのは明治三六年（一九〇三）一月であり、そのときに本格的な英文学者としての漱石が〈誕生〉していたとすれば、『夢十夜』を書いている明治四一年（一九〇八）にはこの〈子供〉は確かに数え「六歳」になっているからである。

もちろんこうした照合は〈夢〉のイメージに対する分析としてはあまりに合理的すぎるかもしれない。しかし『夢十夜』全体が〈作者〉によってきわめて意識的に構築された作品であり、また「第三夜」にはさらに合理的な照合が存在する。つまり盲目の子供は自分が〈殺された〉のが、「丁度百年前の事」であり、それが「文化五年辰年だらう」と答えるが、実際に一八〇八年に当たる文化五年は、『夢十夜』が書かれた明治四一年つまり一九〇八年の「丁度百年前」に相当している。

この照合は『夢十夜』があくまでも〈メタ夢《ドリーム》〉を描く〈小説〉としての緻密な計算の上に成り立っているることを物語るものであり、現実の文化五年の日本や江戸にどういう出来事が起きたかを考えることにあまり意味はない。ここで重要なのは、背中の子供が江戸と明治を媒介する記号としても機能しているということであり、そこにこの子供に託されたもう一つの文脈が見出される。つまりこの〈殺された子供〉は漱石がみずから葬った〈学者〉としての自己を暗示するのみならず、維新以来の激変によって葬られた〈前近代〉の日本を示唆しているからだ。

主要人物を〈日本〉の寓意として輪郭づけることは、漱石のとくに初期作品の世界に繰り返し見られる手法である。『坊つちやん』(『ホトトギス』一九〇六・四)の主人公が「坊つちやん」という呼称によって括られるのは、明らかに維新後四十年近くを経ながら、未だに「坊つちやん」という未成熟の段階にとどまっている近代日本への批判意識の表現であり、『三四郎』の主人公が熊本という田舎から東京という大都会へと移動する青年としての輪郭をもっているのも、そこに前近代から近代への日本の移行を託すためにほかならない。『夢十夜』のような夢幻的な趣きの作品においても、この手法が用いられている。奇数章の「自分」が背負った盲目の子供が、〈自分〉であると同時に〈親〉でもありうるのは、そこから必然的にもたらされてくる二重性である。つまりこの子供は、彼がみずから産み出し、殺した自己であると同時に、寓意の文脈を移行させれば、近代の日本が葬ろうとして葬り切れない〈前近代〉という〈親〉にほかならないからだ。「第三夜」がはらむ〈親殺し〉の寓意は、この地平において成立している。

そしてこの地平において「第三夜」を眺めれば、末尾で子供が口にする「百年前」という時間的な地点と、そこから引き出されてくる〈百年後〉の地点は、当然テクストの表層的な位置づけを離れた次元に仮構されることになる。つまり「自分」が盲目の子供を背負って夜道を歩んでいる〈現在〉とは、執筆時の明治四一年を数十年追い越した未来の一点であり、そこから江戸から明治への時代の変転が「百年前」の出来事として遡及的に位置づけられている。[29] 幕末の日本もまた、攘夷と開国、勤皇と佐幕の間で激しく揺れ動きつつ、行く末を見通し難い〈盲目〉の状態に置かれていた。そして「おれは人殺しであつたんだなと始めて気が附いた途端に、脊中の子が急に石地蔵のやうに重くなつた」という最後の一行に示された「自分」の感覚が、それ以降の作品にも主題化されつづける、近代の日本が整理しえぬ〈前近代〉の〈重み〉と重ねられるものであることは明らかだろう。たとえば『夢十夜』の七年後の大正四年（一九一五）に書かれた『道草』（『東京／大阪朝日新聞』一九一五・六〜九）の主人公健三は、縁を切ったはずの養父につきまとわれ、金を要求されることによって重圧を与えられる。最後に金の問題が片付いた後にも、健三が「世の中に片付くなんてものは殆んどありやしない」という感慨を抱くのも、〈近代〉に取りつきつづけることで捨象し難い〈重み〉を与える〈前近代〉の根の深さの暗喩にほかならなかった。「第三夜」の子供と『道草』の養父はほとんど相似的な存在であり、この〈取りついて離れない〉重苦しい圧迫を与えるものとして、晩年に至るまで漱石が自己と共同体の〈過去〉を意識しつづけていたことをうかがわせている。

現実的な次元においても、『夢十夜』の執筆時に漱石の養父塩原昌之助は、養育費に相当する金を求めるべく、金之助つまり漱石に近づいてきていた。夏目鏡子の『漱石の思ひ出』（改造社、一九二八・一二）によれば、塩原昌之助が『吾輩は猫である』（『ホトトギス』一九〇五・一〜〇六・八）

の成功によって文名を得た漱石のもとを訪れたのは明治三九年（一九〇六）の春であり、『夢十夜』執筆の翌年の明治四二年（一九〇九）四月一一日の日記には、「塩原が訴へるとか騒いで居る」という情報が記され、それに対して「情義問題として呈出せる出金を拒絶す。権利問題なれば一厘も出す気にならぬ故也」という決意が示されている。「第三夜」の「自分」に取りついている不気味な子供を描く漱石の脳裏に、養子縁組を精算することによって〈殺した〉親である塩原昌之助の影が揺曳していたであろうことは十分推測しうる。江藤淳は講演「夢中の「夢」」（『文学界』一九九三・七）で、漱石が居住していた駒込千駄木の界隈を訪れた際に、「塩原昌之助が立っていた角のあたりに立ってみたくなりまして、根津権現の境内に入ってしばらくそこらをさまよってましたら、異様な感じがしましてね。つまり『夢十夜』の「第三夜」じゃないかと思ったのです」と語っているが、これはまったく的確な直感だったといえよう。江藤はそこから『夢十夜』における養父の影を追求する方向に語りを進めず、単にこの直感を提示するだけにとどまっているが、まさにそここそ「第三夜」への重要な視角が潜んでいるはずなのである。(30)

一方、こうした「第三夜」に認められる、漱石の個的な問題とは別個の歴史的な文脈に結びつけられるのが、「第九夜」である。「世の中が何となくざわつき始めた。今にも戦争《いくさ》が起りさうに見える」という記述に始まるこの章は、「第三夜」が潜ませた〈幕末〉の空間を直接的な舞台としており、子供を拝殿に括り付けて、夫の無事のために御百度を踏みつづける妻の姿が語られる。妻の苦心にもかかわらず彼女の夫は「とくの昔に浪士の為に殺されてゐた」のだったが、ここでは江戸時代の末期に殺された人間の存在が明示されている。殺された父と、拝殿に括り付けられた子供の対比の含意するものは明らかで、この子供は死んだ父に代わって、明治という新しい時代を生きていく人間となる。ここでも〈父〉と〈子〉のほとんど重なり合わない二つの世代として、〈前近代〉の死と〈近代〉の誕生が示唆されているのである。

7 個人と共同体の連続性

『夢十夜』の奇数章が示しているものは、こうした〈死〉の暗喩的な表象を媒介として、作者漱石の個的な歩みのなかで変容を生じさせた自己同一性に対する意識と、近代化の道を進みつつも、その真の実現からは遠く隔てられていると感じざるをえない〈日本〉に対する意識とが折り重ねられた世界である。その二重性がとくに濃密に現われているのが「第一夜」と「第三夜」であり、これまでこの二つの章が『夢十夜』のなかでも注目を集める度合いが高かったのは、やはりそこにこの作品のもつ特質が滲出しているからにほかならない。これまで言及しなかった「第五夜」は、こうした二重の寓意性が見えにくい章だが、「自分が軍《いくさ》をして運悪く敗北《まけ》た為に、生擒《いけど》りになつて、敵の大将の前に引き据ゑられた」という場面から始まるこの話は、「第七夜」と同じく漱石と西洋の関わりを強く前景化させている。敵の人間が「みんな脊が高かつた」ことや、「みんな長い髯《ひげ》を生やしてゐた」という記述から、内容を漱石のイギリス留学の体験と結びつけることは容易だが、重要なのはこの夢のなかで「自分」が決して敵に「屈服」せず、その代わりに「死ぬ」という決意を表明していることである。ここにはやはり西洋に対する漱石の個的な意識と、国民全体の意識が重層的に託されている。つまり漱石は決してイギリスの人間や社会に好意を抱いたわけではなく、先にも引用したように「僕は英国が大嫌ひ」と記すような感覚を抱いていた。日記を見ても、日本の進歩に対して「大部分ノ者ハ驚キモセネバ知リモセヌナリ」（一九〇一・一・二五）という程度の関心しか示さないことに焦慮を覚え、パーティーに出席すれば、「全ク時間ツブシダ。西洋ノ社会ハ愚ナ物ダ」（一九〇一・二・二一）と呪わねばならなかった。こうした境遇に身を置きつつ、漱石は日本の同一性に思いをめぐらし、西洋に見下されない国に日本が早急にならねばならないという切迫感を覚えていた。

　一方、もちろん国内にいる日本人にそうした意識が稀薄であったわけではない。漱石が帰国した明治三六年（一九〇三）頃から、日露戦争に向けた開戦の機運が急速に高まっていった。この対ロシア戦に向かう国民感情の高まりの起点にあるものは、いうまでもなく日清戦争の終結直後に、領土として得た遼東半島を、ロシア・ドイツ・フランスのいわゆる三国干渉によって奪い取られてしまうという屈辱的な経験であったが、「第五夜」に描かれる「敵」に対する「自分」の無力感と、「屈服」を拒む反骨心は、こうした漱石の個的な内面と、明治三〇年代の日本人の感情の両方に結びつけられる性格を帯びている。「第五夜」の中盤以降の展開で、「自分」は命と引き換えに、夜明けを告げる鶏が鳴く前にという条件で会うことになった恋人を待ちつづけるが、結局「天探女《あまのじゃく》」の鳴き真似によって、女は「深い淵」へ落ちていき、「自分」のもとに辿りつくことができない。「天探女は自分の敵《かたき》である」という言葉によって締め括られるこの話の帰結が示すものは、つまり「自分」が「敵」の奸計にはまってしまったということであり、策略によって相手を平気で欺きうる存在として「敵」が捉えられている。そしてそれに対して「自分」はなすすべもないのである。こうした無力感と理不尽な怒りを日本人は三国干渉の際に味わわされたが、この国民感情の次元における西洋列強に対する反撥心と、イギリスの人間と社会に対する漱石の個的な反撥心とが重層的に形象化されているのが「第五夜」であるといえるだろう。

この人間の個的な意識のあり様と、国あるいは国民の全体的な位置づけという二つの問題性が、表象の次元において折り重ねられるのが、漱石の表現の顕著な特性である。そして本来異質な次元に置かれてもよい両者を、漱石の内において連結している要素が、4節でも言及した意識の連続性という問題にほかならない。

これまでの『夢十夜』に対する考察によっても明らかなように、もともと漱石のなかには意識の連続性の主体として人間存在を捉えようとする方向性が強く存在する。その思索に重要な影響を与えたものとして挙げられるのが、ウィリアム・ジェームズの理論である。漱石はジェームズの『心理学原理』を熱心に読み、変容をはらみつつ持続していく意識の主体としての人間に対する把握に、強く啓発されている。しかし興味深いのはむしろジェームズと漱石の間の落差である。ジェームズの理論で強調されているのは個人の通時的な経験のなかで意識状態が変化し、それによって同一の対象の享受に差異がもたらされることである。ジェームズにおける意識の連続性は、この異質な営為が同一の主体に帰せられることによって「流れ」として仮構される属性にほかならなかった[31]。その点では漱石が想定する現存在としての人間を支える意識の連続性は、後になって直接知ることになるベルグソンのそれにより近似している。漱石の蔵書に含まれる『時間と自由』でベルグソンが語っている「純粋持続」の観念は、漱石が主張する人間の生命を支える意識の連続性と相似形をなしている。けれどもベルグソンと漱石の言説を比較しても、ベルクソンが別個の音を結びつつ有機的な生命を現出させるメロディーを例にとるように、異質な要素が「お互いに浸透し合い、ますますゆたかにな」(平井啓之訳)[32]るという、変化をはらんだ持続性を重んじているのに対して、漱石の考える意識の連続性はより直線的な流れであり、異質な要素の介入によって断絶をきたしかねないものである。

こうした人間存在と意識の連続性を同一視する把握が、『夢十夜』の奇数章における〈死〉の表象をもたらす基底をなしている。さらに興味深いのは、漱石が人間存在の連続性を形づくる条件としての意識の連続性を、集合的な次元でも想定していることで、それがジェームズの意識観とのさらなる差異をもたらしている。それは漱石の近代批判の言説から明瞭に汲み取られる。漱石が近代日本の開化を「外発的」であると批判したことは誰もが知るとおりである。しかしその批判が語られた講演「現代日本の開化」(一九一一・八、於・和歌山↓『社会と自分』実業之日本社、一九一三・二)において問題化されているのは、日本が西洋という外部世界の働きかけによって、非主体的に国を近代化していったことではなく、むしろ日本人の生活の連続性のなかに維新以来の変化が位置づけられないということである。「日本の開化は自然の波動を描いて甲の波が乙の波を生み乙の波が丙の波を押し出すやうに内発的に進んでゐるかと云ふのが当面の問題なのですが残念ながらさう行つて居ないので困るのです」と漱石は語っている。ここで漱石が「困る」と言っているのは、開化の契機が日本に内在していないことではなく、それが国民の意識の進展に「自然の波動」を描く形で進んでいないということである。注目すべきなのは、漱石が日本の開化の進展を、人間の意識の線的な運動になぞらえて語っていることだ。引用した文の手前の段落では、漱石は人間の意識が波動的な動きのなかに進んでいくことを述べ、自身の講演に引きつける形で「初めの十分間位は私が何を主眼に云ふかよく分らない、二十分目位になつて漸く筋道が付いて、三十分目位には漸く油がのつて少しは一寸面白くなり、四十分目には又ぼんやりし出し、五十分目には退屈を催し、一時間目には欠伸《あくび》が出る」といった変化を辿るであろうと、諧謔を交えた説明をおこなっている。そして意識の波がもはや話を捉えなくなったときに聴衆がなお話を聞こうとすれば、それは「外発的」な享受になってしまうと漱石は語っている。

こうした、個人と共同体をともに波動的に前進する意識の主体として眺めようとする着想が、漱石のなかに強く認められる。小倉脩三も「意識を〈集合意識〉という共有の意識としてとらえる点」（傍点原文）に、漱石のジェームズとの意識観の相違があると指摘する[32]ように、こうした着想はあくまでも漱石固有のものである。日本人全体の生活と意識の次元においても、江戸時代の二百六十年間で培われた連続性は、維新以来の激変によって断絶を与えられ、それ以降の歩みにおいても円滑な連続性をかち得ることができないままであった。しかし持続的な前進性が剝奪されることによって、〈死んだ〉志向性はそのまま消滅してしまうわけではない。それは〈死んだもの〉として、個人や共同体の自覚的な連続性の埒外で〈生き〉つづけることになる。この構造がフロイトにおける意識―無意識（エス）の構造と照応することはいうまでもない。そしてこの連続性から追いやられた志向性が、夢のイメージとして現われがちである機構を漱石は了解していたはずである。

漱石の夢の論理が、知らなかったはずのフロイトのそれに近似していくのはそのためである。この〈死んだ〉ものとして〈生き〉つづけるものの存在をもっとも端的に表象しているのが「第三夜」の盲目の子供であり、この子供がはらんだ拭いがたい不気味な他者のイメージは、漱石と近代日本において葬られたもののあり様を何よりも雄弁に物語っていた。

それに対して、ここで論じなかった偶数章の夢においては、先にも触れたように、葬られた同一性がもたらす〈死〉の主題と対比される、創作家としての自身の未来を切り拓いていこうとする〈生〉への自覚が主たるモチーフとなっている。偶数章が必ずしも実を結ぶとは限らない、意志的で持続的な行為に自己を投じようとする人物を多く登場させるのはそのためである。性的な欲望との格闘の寓意として見なされがちな「第十夜」に対しても、それとは別個の把握を差し出すことができる。すなわちここで庄太郎を襲いつづける豚の群とは、〈学者〉としての矜持を失わないままに移行した創作の世界で、日々対峙しなくてはならない〈衆愚〉としての読者の謂であり、豚の「鼻頭《はなづら》」を叩きつづけるための「洋杖《ステッキ》」とは、創作の営為の道具としての〈ペン〉の暗喩にほかならないともいえるからだ。その意味では奇数章と偶数章は補完的に対をなす関係にあり、そこに『夢十夜』を執筆する〈現在時〉における漱石の意識的営為の構造を見ることができるのである。

審美的な兵士――『野火』の倫理と狂気

1 「神」の居場所

大岡昇平の『野火』（初め『文体』一九四八・一二、四九・七、後に『展望』一九五一・一～五二・八）について考える際に、不可避の問題としてせり上がってくるのは、語り手であり主人公である田村一等兵に託された、狂気と倫理の結合のあり方であろう。病いによって隊を放逐され、フィリピンの原野を彷徨した後に安田、永松という仲間と再会した田村は、彼らがおこなう人肉食の行為を許容せず、その目的のために安田を殺した永松に向けて銃を放ち、田村はそれによって狂気に陥ることになる。しかしこの行動は同時に田村の内にはらまれた倫理観の発現でもあり、あたかもその倫理的な価値観に導かれることによって、彼は狂気に至るようにも映る。そこからうかがわれるのは、田村にとって倫理観の根底をなすものが他者的な位相を占めているために、その発動が彼を分裂させ、狂気をもたらすのではないかということである。もともと田村のはらむ倫理性の表出は、他者的な形をとることが特徴的であり、安田、永松と再会する前にも、死にゆく将校が勧めていた人肉食を実行しようとして、その右手の動きを無意識に左手が制するという経験を田村はしていた。しかしこの無意識のように見える動きの底にあるものを田村は明確化しえない。この左手の動きを田村は精神病院に収容された執筆時の現在においても喪失していないが、この時点でも田村はそれを他者的な力の働きかけとしてしか捉ええないのである。

作品の後半部分に繰り返される「神」への言及は、こうした田村に働きかける他者的な力の在り処として意味づけられるようにも見える。[1] 永松に立ち向かおうとするときにも田村は、「私は神の怒りを代行しなければならぬ」という促しを感じ取っていた。その点でこの作品における「神」とは、田村が内包しながら十分意識化することのできない倫理観の形象化にほかならず、そのために現実的な生活者としての彼は、その作動に対してどこまでも受動的にならざるをえないのである。もちろん問題であるのは、その倫理観の噴出に対して「神」という超越性をはらんだ言葉が充てられねばならない必然性だが、三好行雄は大岡昇平に「キリスト教神学へのこだわり」があったことを踏まえた上で、それがここでは本質的な意味をもたず、単に「『野火』の主人公は神から愛されているのを信じたゆえに、神の意志に身をゆだねて食人の危機を回避した」のであるという、素朴ともいえる断定を与えている。[2] しかしこの視点ではむしろ、田村が他者的な力に身を委ねているように語られる叙述によって、②「神」の寵愛という観念が遡及的に引き出されているというべきであろう。一方、亀井秀雄はこの受動性の根拠ともなる無意識の観念に言及しつつ、田村の「自己抑制的な左手の動き」に対して個人の意識を超越した「超自我の作用」といった説明を与えることに対する疑念を呈している。亀井は一見超自我の現出のように見える、田村の左手による非意識的な抑制が、もともと顕在化された欲望に対してなされるものである点で、「超自我の作用などもともと存在していない」と断じ、さらに「私は、超自我（または、神）の代りに、ただ安直に身体的自我という言葉を置き換えるだけに終ってしまうだろう」と述べている。(3)

亀井の見方は三好よりも具体的な論理のなかに提示されているといえるが、しかしここでいわれる「身体的自我」がなぜフロイト的な超自我に見紛われる働きを田村の身体に及ぼすのかは不明である。もしそれが田村が内在化させた身体的体制のいい換えであるとすれば、それが本能的な食欲を制御する力をはらんでいたことになるが、それをもたらすメカニズムが本来田村に備わっていたことを傍証する叙述は作中に見出せない。亀井の批判にもかかわらず、『野火』において田村に人肉食を回避させる左手の動きは、彼が備えた超自我の作動であると見なすことは可能であり、ただその内在化の経緯が、フロイトの想定するものとまったく別個の性格を帯びているのである。述べるまでもないが、フロイトによれば、超自我とは父への模倣とその禁止を同時に含むダブル・バインド的な命令の声を内在化させることによって規範化された一つの「自我理想」である。(4)一方、こうした形における超自我を内在させる契機が『野火』の田村に欠けていることは明らかである。安田や永松の身上が対話のなかに示される反面、田村自身の父をはじめとする家族関係が語られることはなく、青年期に出会ったキリスト教が超自我の代替となった可能性は考えうるとしても、その宗教の価値自体が既に彼の内で相対化されていることが前半部分に示されている。にもかかわらず、田村の身体的行動を強く機制する力が彼に働きかけていることは否定しえず、その外部性が彼に

「神」という外部的な観念を想起させていることは疑いない。その点では『野火』における「神」を、主人公がそれに対して受動的にならざるをえない存在として「たんに「見るもの」」の謂であるとする村松剛の視点は妥当であるともいえよう。[5]

現実に前半の「一九　塩」の章で、フィリピン女性にマッチを乞おうとして叫び声をあげられることによって、その女を衝動的に撃ち殺して以来、田村は次第に自己を見ている者の存在を強く感じるようになる。田村はその主体を初めフィリピン女性の眼として意識していたが、次第にそれとは別個の存在を想定するに至る。帰結として田村が得た「見るもの」の内実は叙述のなかに示されていないが、この「神」にも比される田村を「見る」主体は明らかに田村自身でしかありえない。人肉食を制する左手の動きに象徴される、田村が内在化させた他者性が、「神」としての超越性を付与されて彼岸化されると同時に、彼を分裂させて狂気に陥らせるという構図は、比較的明瞭に作品から読み取られる。

そして「三七　狂人日記」と「三八　再び野火に」の章に語られる、戦場の場面につづく、精神病院における田村の〈現在時〉における姿は、彼の狂気と手記の叙述の関係を明確化している。つまりここまで語られてきた物語内容が素材としての事実性をもっているとしても、それらはすべて現在時における〈書き手〉としての田村の意識によって書き直されたものであることを、この二つの章が露出させているのである。この作品においては、〈機能としての作者〉の存在が、末尾に現われる〈書き手〉としての主人公によって外在化されている。もちろん精神病院で手記の筆を執っている田村もまた〈作者〉によって造形された存在だが、『野火』では登場人物の行動をはじめとする作中の表象が、それを〈書いて〉いる者によって意識的にもたらされている機構が、入れ子的に示唆されているのである。永松を撃つことによって狂気に陥った田村は、その狂気のなかで隊から放逐される冒頭の時点からの自身の行動を語り直していくのであり、手記のなかで田村がおこなう思弁的な考察や、折々に抱く感慨は、すべてこの〈書き手〉としての現在における意識に染められている。さらに〈書き手〉としての田村は、手記を綴る営為のなかで自己を兵士としての田村に演技的に同一化することによって、出来事が生起する時点では不在であった思念を作中の田村に付与している蓋然性が高いのである。

その具体的な様相については後で言及するが、重要なのは田村を動かす倫理観の他者的な外在性が、その〈書かれる現在〉としての田村の意識的営為をもたらしている〈書き手〉の位相と完全に重ねられることだ。だからこそ現在時の〈書き手〉としての田村は、狂気に陥った場面と地つづきの世界に生きているのであり、現在時になお持続している田村の狂気が、戦場での田村の狂気を「神の怒り」の「代行」という肯定的な眼差しのなかに据えることを可能にしているのである。精神病院においても田村は、「医師は私より五歳年少の馬鹿である。食虫類のような長い鼻に、始終水洟《みずばな》をすすり上げている」といった、他者を侮蔑する意識を持続させており、その意識によって手記の叙述が統括されている。もちろん戦場での田村を動かし、狂気に至らしめた超越者が、〈書き手〉としての田村であったということはできず、叙述の偏向を取り除いた次元で彼に狂気を付与する存在を想定する必要がある。事実先にも触れたように、田村は精神病院に収容された後も、「与えられる食膳に対し、一種の儀式を行うこと」によって、周囲の人びとに「狂人と見做」されたにもかかわらず、それを恥じなかったことについて、「何か私以外の力に動かされるのだから、やむをえないのである」と述べている。つまりフィリピンでの戦場から現在の時点に至るまで、田村は一貫して自己を動かす外在的な「力」に捉えられつづけ、にもかかわらずその「力」の在り処を明確化しえていないのである。「神」とはその明確化しえぬ超越性を空集合的に表現する言葉にほかならなかった。

2 〈現在〉による統括

けれどもこの作品全体に、「神」の語がちりばめられながら、「三八」章で「いや、神は何者でもない。神は我々が信じてやらなければ存在し得ないほど弱い存在である」と強く相対化されていることは、結局その外在的な「力」が、自己自身にしか回帰しえないものであることを示唆している。人肉食を遂行しようとする右手の動きを左手が制する場面はその象徴にほかならず、「右の手首を上から握った、その生きた左手が、自分のものでないように思われた」という叙述は、逆にその他者的な働きかけをおこなう主体が、自己に帰着するものであることを明らかにしている。田村は精神病院における執筆時の現在においても、この左手の運動を保っており、たとえば人肉食の欲望を自身の左手が制したことが記された一文について、次のような一節が置かれている。

この奇妙な運動は、以来私の左手の習慣と化している。私が食べてはいけないものを食べたいと思うと、その食物が目の前に出される前から、私の左手は自然に動いて、私の匙《さじ》を持つ方の手、つまり右手の手首を、上から握るのである。

（中略）

今では私はこの習慣に慣れ、別に不思議とも思わないが、この時は驚いた。　（二九　手）

先に引いた「右の手首を上から握った、その生きた左手が、自分のものではないように思われた」という文はこの一節につづいて記されている。この自己に対する乖離の感覚にもかかわらず、現在なお田村が医師を侮蔑し、神を相対化するのは、とりもなおさずこの乖離感こそが彼の超越的な意識の基底であるということにほかならない。そしてこの意識のなかで、〈書き手〉としての田村は隊からの放逐から永松の殺害の直前に至るまでの自己の行動と思念をあらためて叙述していくのであり、〈語り直す〉ことによる自己に対する超越と、身体的な次元で自己の行動を制しようとするもう一人の自己の超越は、明らかに『野火』における田村を支える構造として相互に重ね合わされている。末尾の「三七」章と「三八」章は、この構造を十全たらしめるために不可欠な要素であり、決してアイヴァン・モリスが「冗長な盛り上がりのないエピローグ」（武田勝彦訳）として批判する[6]ような余剰の部分ではない。

こうした執筆時の〈現在〉における田村の意識が、作品の全体を貫いていることと、そこに込められた倫理性との関係を考察した近年の論考としては、城殿智行の「吐き怒る天使――大岡昇平と「現在形」の「歴史」」（『早稲田文学』一九九九・一二）が挙げられる。城殿は、大岡が自身の作品に繰り返し手を入れる性癖をもち、『野火』も当初は精神病院を訪れた人物が、知り合った患者の手記を紹介するという形で展開していくはずだったのが、途中から主人公の手記が作品の全体を覆う現行の形に変更されたことに対して、そこで大岡が拘泥したものが歴史の「真実」への探求ではなく、「「書くこと」自体の倫理」への追求であったと述べている。しかし「「書くこと」自体の倫理」の内包はここで明確化されておらず、それが作者大岡昇平の表現者としての良心に関わるものであるのか、現行の形に書き直された昭和二六年（一九五一）の執筆時における、社会状況によって喚起された倫理観の表出であるのかが明瞭ではない。

ポール・リクールが『時間と物語』で詳細に述べるように、過去の自他の経験を統合形象化する主体が、書き手の現在時の意識であることは、文学表現の普遍的な原理であり、そこに倫理的な側面が突出しているとすれば、作品の叙述が現在時の倫理観によって統合されることは当然である。大岡昇平自身におけるその内実に降り立つ前に、それが語り手の〈狂気〉と表裏をなして現われることの意味を考えねばならないところに、『野火』のもつ表現の独自性がある。城殿が指摘する「現在形」の意識とは、「私が吐き怒ることが出来るとすれば、私はもう人間ではない。天使である」といった形で表出される、「過去にありえたかも知れない倫理を可能性として遡行的に見出す地点を指している。けれども田村は狂気に至った地点に遡行することによって、現在時の倫理観を発動させているのではなく、その独自の倫理観をもたらした意識によって、初めから叙述を統合しているのである。

フィリピンの戦場での彷徨を叙述する『野火』の語りのなかに、それを書き綴っている〈現在〉

時の田村の意識が入り込んでいることは、その折々に明示された指標によって容易に見出される。先に引用した箇所に含まれる「以来」「今では」といった副詞句はもちろんその一例だが、「一七　物体」の章に記される、田村が広場の会堂の前に放置されている死体を目撃した際の「今平穏な日本の家にあってこの光景を思い出しながら、私は一種の嘔吐感を感じる」といった追憶の叙述は、記述される出来事とは異質な時空に身を置いている〈記述者〉としての田村をあからさまに浮び上がらせている。[7] しかし過去の叙述に織り交ぜられる〈現在〉の指標は、一人称告白体の作品に広く見出されるものでもある。その例示はここでは省略するが、『野火』の叙述を特徴づけているのは、こうした執筆時の〈現在〉の明示ではなく、戦場の田村の様相を語る叙述のなかにつねに〈現在〉時の意識が入り込み、それが全体の基調をなしていることだ。この方向づけによって、戦場における田村の意識活動全体が、〈機能としての作者〉に相当する〈書き手〉としての田村によって造形され、統括されたものであることが暗示されている。それはたとえば「二」章に置かれた次のような叙述に姿を現わしている。

林の中は暗く道は細かった。樫や櫟《くぬぎ》に似た大木が聳《そび》える間を、名も知れぬ低い雑木が隙間なく埋め、葛や蔓を張りめぐらしていた。四季の別なく落ち続ける、熱帯の落葉が道に朽ち、柔らかい感触を靴裏に伝えた。静寂の中に、新しい落葉が、武蔵野の道のようにかさこそと足許で鳴った。私はうなだれて歩いて行った。

（二　道、傍点引用者）

この何気ない一節にも、執筆時の〈現在〉の意識が貫流していることが分かる。つまりフィリピンの自然を描写する主体の基点が執筆時の状況にあることが、「三七」章との照応によって明瞭だからである。「三七」章は「私がこれを書いているのは、東京郊外のある精神病院の一室である」（傍点引用者）という一文に始まっている。そして同じ章のやや後に「五月の或る日この精神病院に連れて来られて、比島の丘の緑に似た、柔かい楢や櫟《くぬぎ》の緑が、建物を埋めているのを見た時、ああ、この世で自分が来るべきところはここであった、早くここに気がつけばよかったと思った」（傍点引用者）というくだりが見出される。『野火』の叙述においては田村の出身地は特定されていないが、『文体』の初出稿では埼玉の出身であるとされていた。また大岡昇平自身は臨時召集されてフィリピンに赴くまでの数年間を、主に神戸で過ごしている。終戦後は昭和二五年（一九五〇）の一月から一一月まで「東京郊外」にあたる北多摩郡小金井町の富永太郎宅に寄寓し、その後鎌倉方面に転居している。こうした前提を考慮すれば、傍点を施した箇所のような比喩が、田村がフィリピンに赴くまでの記憶によってではなく、「楢や櫟《くぬぎ》」に彩られた、「武蔵野」の一角に位置するであろう精神病院で送られている〈現在〉時の意識によっておこなわれていることが分かる。つまりこのくだりにおいては、戦場での過去との落差のなかに存在する〈現在〉が前景化されるのではなく、過去の行動の叙述自体が〈現在〉の視点によって貫かれ、そのなかで田村が動いていることが示唆されているのである。先にいった、戦場での田村の行動と思索全体が現在時の意識によって統括されているというのはその意味であり、それがこの数行のくだりに露出している。

　こうした、〈現在〉の指標を記すことなく、戦場での経験を叙述する筆致全体が、〈現在〉時の意識によって支配されている例は、他にも多く見出される。以下に挙げるくだりは、田村の過去の意識を綴っているように見えて、むしろ〈現在〉時の意識を遡及的に過去に押し当てたものであると見なされる例である。

名状しがたいものが私を駆っていた。行く手に死と惨禍のほか何もないのは、既に明らかであったが、熱帯の野の人知れぬ一隅で死に絶えるまでも、最後の息を引き取るその瞬間まで、私自身の孤独と絶望を見究めようという、暗い好奇心かも知れなかった。

（七　砲声、傍点引用者）

その結果私の到達したものは、社会に対しては合理的、自己については快楽的な原理であった。小市民たる私の身分では、それは必ずしも私の欲望に十分の満足を与えるものではなかったが、とにかく私は倨傲を維持し、悔まなかった。

（一二　象徴、傍点引用者）

「われ深き淵より汝を呼べり」De profundis clamavi ――この言葉が私の口から洩れたことは、事実私がなお深き淵にあり、聖者でない証拠である。

（一三　夢、傍点引用者）

傍点を施した文は、いずれも戦場における田村に限定することのできない意識を表出している。終わりの「三七」から「三九」にかけての章に明らかなように、田村は執筆時においてもなお医師を侮蔑するような「倨傲を維持し」、それを「悔」んでいないのであり、そこに彼の「狂人」としての所以があった。また彼が「深き淵」にあると「なお」感じるのも、やはり精神病院における〈現在〉における感慨にほかならない。そしてその深淵を「見究めよう」とする「暗い好奇心」の促しによって、彼は手記の筆を執っているはずである。こうした形で『野火』の叙述においては〈過去〉の叙述のなかに〈現在〉が侵入しているというよりも、その全体が〈現在〉時の意識に支配されているのであり、だからこそこの二つの時間を結ぶ執筆時の「狂人」としての連続性が強調されているのである。

3　生命への憧憬

『野火』のこうした叙述の基調を念頭に置けば、戦場で孤独な彷徨をつづける田村の思索や感慨として語られるもの自体が、果たして〈過去〉の時点で生起しているかどうかを疑う余地が生じてくるだろう。とくに作品の前半部分には、隊を放逐された田村が、自然や人為の事物に触発されて抱く哲学的な考察が度々姿を現わすが、それらはいずれも戦場での田村ではなく、精神病院にいる〈書き手〉としての田村によって付与されたものである蓋然性が高い。作者自身の輪郭を映して、大岡昇平の戦記文学に現われる語り手ないし主人公は、つねに知的な相貌をもった人物である。けれども作品の全体にわたって思弁的な言辞がちりばめられているのは『野火』に限定される。『野火』に先行する代表作の一つである『俘虜記』（創元社、一九四八・一二）の語り手は、自分の前に現われたアメリカ兵を撃たなかったことに対する精緻な分析をおこなうが、それはあくまでも対象の具体性の次元にとどまった形でなされ、哲学・宗教をめぐる言説がそこに連結されることはない。またそれにつづく、捕虜となって以降の章では、収容所の日常が客観的な筆致で淡々と綴られていっている。また大岡自身の経験を綴った『ある補充兵の戦い』（現代史出版会、一九七七・一二）でも、素材的には『野火』との重なりを部分的にもちながら、語り手が自身の経験を哲学的に意味づけたりするわけではない。生死の隣り合わせる地点に身を置きながら、自他をつねに思弁的な思索の対象としようとする語り手の意識の運動は、やはり『野火』を他作品から差別化する特徴である。

常識的にいえば、異国の戦場で危機的な境遇に置かれた兵士が、そこからベルグソンの哲学を想起し、さらにその哲学を批判的に吟味したりするといった営為をおこなうことは考え難い。それが可能な人間は、そのこと自体においてすでに常軌を逸しているといえようが、彼が「狂人」であるとすれば、それはとくに不自然な設定ではない。けれども前半部分における田村はまだ〈狂って〉いなかったはずであり、そこからも戦場での経験の帰結として〈狂気〉に陥った者としての、執筆時の田村の意識が、冒頭からの叙述を支配していることが分かるのである。

田村がベルグソンの哲学を想起するのは、「一四　降路」の章でフィリピンの原野を歩きながら、それが自分にとって「初めての経験のはず」であるにもかかわらず、「ふと前にも、私がこんな風に歩いていたことがあった」という感覚を抱き、その既視感への言及がベルグソンの言説のなかに見出されることを思いつく場面においてである。田村は「絶えず増大して進む生命」を仮定するベルグソンの言説を批判した上で、「私自身については、巨人的生命の無限の発展などというものを信じるくらいなら、或る超自然的な存在、例えば神による支配を信じる方が合理的だと思っている」と記している。ここでも「合理的だと思っている」と現在形で書かれた判断の主体は〈書き手〉としての田村にほかならない。そこからさらに敷衍すれば、このベルグソンの言説に対する批判的な言及自体が、精神病院で筆を執っている時点での田村によってなされたものであると想定することができる。戦場における田村はおそらく「前にも、私がこんな風に歩いていたことがあった」という直感を覚えたにすぎず、〈書き手〉としての田村が、それをあらためて哲学的な思索の場に引き出しているのである。

そのときに興味深いのは、田村がおこなう思索が、必ずしも論理的な妥当性を有しているとはいえないことだ。「一四」章で示されるベルグソンの思想に対する批判も、そのまま是認することのできない部分を含んでいる。つまり田村は既視感の説明としてベルグソンの言説に言及し、「これは絶えず現在を記憶の中へ追い込みながら進む生命が、疲労あるいは虚脱によって、不意に前進を止める時、記憶だけ自働的に意識より先に出るために起る現象である」と記述している。しかしこれは必ずしもベルグソンに忠実な祖述ではない。ベルグソンの既視感に対する考察は『精神のエネルギー』中の論考「現在の回想と誤った認知」に認められる。ここでベルグソンが前提しているのは、人間の現在の知覚が、つねに過去の記憶に支えられて成立しているという、『時間と自由』や『物質と記憶』などにも共通するその基本的な意識観である。それは人間の趣味的な判断が過去の経験を捨象すれば成り立たないことにも明らかだが、疲労や眠気などによって現在時の意識の統制力が弛緩したときに、「イメージの二重化」（渡辺秀訳）がもたらされ、過去のイメージがあたかも現在のものであるかのように浮上してくるというのが、ベルグソンの既視感に対する説明である。[8]田村によるベルグソンの論理の紹介は誤りではないが、その前提とされる、前進的に増大する生命のイメージにかけられた比重の大きさは、ベルグソンというよりもむしろ田村の意識を映し出している。

もっともこの箇所は単に思想に対する解釈の恣意性にとどまる問題であるともいえるが、「二道」の章における田村の感慨の表出においては、その論理からの逸脱を田村自身が意識しており、〈書き手〉としての田村の輪郭を明確化する〈作者〉が付与した、彼を貫く現実世界に対する姿勢を垣間見せている。それは先に引用した「樫や櫟に似た大木」が聳える林のなかを田村が歩いていく場面につづくくだりである。

> 奇怪な観念がすぎた。この道は私が生れて初めて通る道であるにもかかわらず、私は二度と、この道を通らないであろう、という観念である。私は立ち止り、見廻した。
>
> なんの変哲もなかった。そこには私がその名称を知らないというだけで、色々な点で故国の木に似た闊葉樹が（直立した幹と、開いた枝と、垂れた葉と）静まり返っているだけであった。それは私がここを通るずっと前から、私が来る来ないにかかわらず、こうして立っていたであろうし、いつまでもこのままでいるであろう。
>
> これほど当然なことはなかった。そして近く死ぬ私が、この比島の人知れぬ林中を再び通らないのも当然であった。奇怪なのは、その確実な予定と、ここを初めて通るという事実が、一

種の矛盾する聯関として、私に意識されたことである。（二　道、傍点原文）

このくだりに見られる田村の感慨は、引用のなかに二度も現われているように、確かに「奇怪」さを帯びているが、その「奇怪」さを認識している点では叙述の視点自体はむしろ合理的である。つまり田村自身が述べるように「この道は私が生れて初めて通る道である」という事実性と、「私は二度とこの道を通らないであろう」という予感とが、「一種の矛盾する聯関として」浮上してくることは、確かに「奇怪」である。この二つの命題はむしろ順接的な関係にあるといえるからだ。めったに赴かない遠方に旅した人間にとって、その土地の道は「初めて見る道」であって、同時に再びそれを通ることが期待されない場所である。少なくとも両者が逆説的に連関づけられることは通常の意識作用を逸脱しているが、やや後の部分でその理由について、田村は「比島の中の小径を再び通らないのが奇怪と感じられたのも、やはりその時私が死を予感していたからであろう」と述べている。けれども「奇怪」なのはむしろこの理由づけの方である。つまり田村がその時「死を予感して」いたならば、「二度とこの道を通らない」という見通しをもつことは、「奇怪」ではなく〈当然〉だからである。この手記を一貫する〈過去〉の行動や感慨を〈現在〉の視点から分析的に語り直していく構造から考えれば、引用した箇所で田村が抱いた「奇怪」さは、直感的な感慨として、〈過去〉の田村の内に生じたものである蓋然性が高い。そしてそれに対する観念的な意味づけを、執筆時の田村がおこない、それらを融合させることで一連の叙述が成り立っていると考えられる。

そう捉えた際に忖度しうるのは、田村が自己にとって本質的なものを隠蔽し、それによって推論の歪みが生じているのではないかということだ。そしてその隠蔽の強度が田村に狂気をもたらし、それを持続させていると見なされるのである。客観的に考えれば、「比島の中の小径」を歩きながら田村が直観した「奇怪」さは、彼が「死を予感していたため」であるとはいえない。彼がここで二つの命題の連関を「矛盾」として受け取ったのは、明らかに彼が、眼前にしている自然に魅せられていたからである。彼は死に近づいた状況にもかかわらず、自己を取り囲む自然に魅了され、それらと強く一体化していたために、その親しさを否定する「二度とこの道を通らないであろう」という予感を、「矛盾」として感じざるをえなかったのである。その自然の美の魅了は、「奇怪」さに対する理由づけが記された次の段落に、明瞭に現われている。

比島の熱帯の風物は私の感覚を快く揺《ゆす》った。マニラ城外の柔かい芝の感覚、スコールに洗われた火焔樹の、眼が覚めるような朱の梢、原色の朝焼と夕焼、紫に翳《かげ》る火山、白浪をめぐらした珊瑚礁、水際に蔭を含む叢《くさむら》等々、すべて私の心を恍惚に近い歓喜の状態においた。こうして自然の中で絶えず増大していく快感は、私の死が近づいた確実なしるしであると思われた。

（二　道）

ここでも死の接近という前提は、「熱帯の風物」に感応する田村の内面の昂揚を、凝縮して浮上させる条件として作用している。『野火』を読むときに考慮に入れなければならないのは、田村がこうした外界の〈美〉に感応する情動を備えた人間として存在していることである。後に述べるように彼が狂気に陥ったのも、この美的なものへの執着が大きな要因をなしている。「一四」章で述べられる、既視感に対する考察も、彼のこの側面と連結している。田村は昧爽の原野を歩きながら、そこで覚える既視感の所以について「私が現在行うことを前にやったことがあると感じるのは、それをもう一度行いたいという願望の倒錯したものではあるまいか」（傍点原文）という考察を与えている。この考察が執筆時の〈現在〉の営為に帰属するものであることはすでに述べたとおりだが、それは先の引用に見られた、論理の飛躍を埋めるものを示唆している。つまり現在の行為を「もう一度行いたいという願望」は、何よりも主体の生への執着を物語るものであり、「未来に繰り返す希望のない状態」（傍点原文）にあるという認識によってそれが「過去に投射」されるとすれば、その論理は田村における死への接近とその受容の間に、現実世界への強い欲求が存在することを明らかにしているからである。それがベルグソンの援用にも偏差を与えていたが、それを傍証するように、ベルグソンについていわれる「絶えず増大して進む生命」と「熱帯の風物」が田村にもたらした「絶えず増大していく快感」は、いずれも「絶えず増大」する過剰さによって田村のなかで結びつけられていたのである。

4 〈火〉の象徴性

重要なのは、こうした田村の現実世界に対する欲求が、囲繞する自然の蠱惑として語られるように、もっぱら美的なものへの執着としての方向性をもつことである。しかもこの側面は『野火』においてにわかに姿を現わしてきたものではなく、先行する『俘虜記』にすでに主要な位置を占めていた。この作品の前半部分の焦点をなす、敵であるアメリカ兵を眼前にしながら、彼をなぜ撃たなかったのかという自問に対して、語り手の「私」はその兵士の〈美〉を、引き金を引かなかった理由として挙げている。「私」は兵士の「薔薇色の頬を見た時」に、「心で動いたもの」があることを感じたのだったが、それについて次のような情動が生じたことが記されている。

それはまず彼の顔の持つ一種の美に対する感歎であった。それは白い皮膚と鮮やかな赤の対照、その他我々の人種にはない要素から成立つ、平凡であるが否定することの出来ない美の一つの型であって、真珠湾以来私の殆んど見る機会のなかったものであるだけ、その突然の出現には一種の新鮮さがあった。そしてそれは彼が私の正面に進むことを止めた弛緩の瞬間私の心に入り、その敵前にある兵士の衝動を中断したようである。（捉まるまで、傍点原文）

おそらく作者の心性を宿した分身としての主人公たちは、こうした〈美〉的なものに動かされる人間たちであり、この側面が彼らの行動を大きく左右している。『野火』の田村自身、青年期の混迷を経て、「社会に対しては合理的、自己についてては快楽的な原理」に「到達した」ことを語っていた。この「原理」に執着するところに彼の「倨傲」があったが、それはいいかえればどのような状況にあっても、自身の「快楽」に結びつく美的な対象に対する拘泥を断ち切らないということでもある。それが田村の脳裏を捉えつづける「野火」のイメージと結びつき、さらには作中での行動に重大な転機を与える、フィリピン女性の衝動的な殺害の要因をなしていると考えられる。両者を結びつける共通の項目は「火」であり、フィリピン女性の殺害の場面では田村は、渚に着いた舟から上がってきた女に「パイゲ・コ・ポスポロ（燐寸《マッチ》をくれ）」と現地の言葉で求めたにもかかわらず、女は悲鳴を上げ、その反応が田村に銃の引き金を引かせることになる。

女の顔は歪み、なおもきれぎれに叫びながら、眼は私の顔から離れなかった。私の衝動は怒りであった。

私は射った。弾は女の胸にあたったらしい。空色の薄紗《うすしゃ》の着物に血斑が急に拡がり、女は胸に右手をあてて、奇妙な回転をして、前に倒れた。（一九　塩）

ここで田村を捉えた衝動が「怒り」として表出されていることは見逃せない。その「怒り」が田村に銃弾を放たせた力だが、一体彼は何に対して〈怒ら〉ねばならなかったのか。それは女の叫び声が田村の内にある「倨傲」を侵害したからであり、それが一個の人間としての田村の尊厳を傷つけたと反射的に判断されたからである。田村が耳にした女の叫びは、「凡そ「悲」などという人間的感情とは縁のない、獣の声であった」と記される性質のものであり、それはすなわち彼女の眼に映る田村が「獣」の次元に置かれていることを彼に告げていたはずだ。この女の叫びを「獣の声」として位置づけているのはもちろん執筆時の田村の意識だが、この位置づけによって、発砲の時点における彼の「怒り」は正当化され、永松らに対する行動と結びつく地平がもたらされる。つまり田村がフィリピン女性にマッチを求めた行為は、生命を長らえるための「獣」としての最低限の欲求を超えた次元から発せられており、にもかかわらず自己が「獣」として見なされたことが、田村の「怒り」を掻き立てたからだ。それでも田村がここでとった女への発砲という行為は、やはり過剰なものといわざるをえないが、それは戦場という極限的な状況における彼の欲求が、本来過剰さを含んでいると彼自身が意識していたからである。女の叫びはその過剰さへの非難としても響くことになり、それを直観することが反応としての行動に拍車をかけたのだといえよう。もし田村が渇きの極限状態のなかで女に〈水〉を求めたのであったとしたら、叫び声を意に介さず、さらにそれを乞いつづけたに違いないのである。

この場面には、『野火』の主題的な要素としての〈火〉に付与された意味性が浮上している。もともと田村がフィリピン女性にマッチを求めたのは、前章で述べられるように「山中で生の食物ばかり食べていた私が、下界でまず求むべきは火である、と初めて気がついた」からである。田村は隊を放逐されて以降、必ずしも死と直面する飢餓のなかに過ごしていたわけではなく、偶然見出した芋畠によって命をつなぐ糧を得ていた。加えて豆や食用にしうる草もそこにはあったのであり、それらによって田村は「飽食」していたのである。その点では彼は〈死〉に対して距離をとることのできる境遇に身を置いていたが、それが〈人間〉としての生の水準を満たすものではないことに気づかされることになる。それが〈火〉の欠如だったのである。

私は無駄を出さないため、剣で丁寧に根を切り取り、水で洗い、皮を剥いた。火がなく、何でも生で食べねばならぬのが、私の楽園の唯一の欠点であったが、それはよく咀嚼すれば、補えると思われた。こうして一日のうち、食事の時間の占める割合は、かなり大きくなったが、やはり下痢が始って来た。

（一一　楽園の思想、傍点引用者）

彼の〈火〉に対する欲求はこの時点で明確化されている。しかしそれは自身の生を保つために不可欠の水準で求められていたのではなく、「楽園の唯一の欠点」を補うという余剰の次元で求められていた。しかし「快楽」を原理とする田村の生活者としての意識は、この戦場においては贅を満たすことになる水準の欲求に拘泥せざるをえないのであり、それに対する否定が彼の〈人間〉としての「怒り」を導き出したのだといえよう。そしてここで〈火〉に付与された含意は、作品全体に繰り返される〈火〉の主題の基底をなしている。プロメテウスの神話が示すように、もともと火の獲得は自然を領略する人間の文化的技術の原点としての象徴性をもっている。ギリシャ神話においては、プロメテウスは火とともに、数を数え、文字を書き、家を建てるといった文化的な技術をもたらし、それによって人間は獣と同列の悲惨な状態から脱却することになった。それはいいかえれば、人間は〈火〉の獲得以前にも「獣」としてそれなりの生を維持させていたということでもある。この〈火〉をめぐる含意は、『野火』における〈火〉の位置づけにも重ねられる。またギリシャ神話においては、プロメテウスが神々から火を盗んだ報いとして、諸々の不幸の源泉としての〈女〉が地上にもたらされたのだったが、『野火』の田村もやはり原野を彷徨しつつ、自身と交わりのあった女たちの姿を回想する人間であった。木々の摩擦によってもたらされる火が、端的に男女の性交を暗示するものであることは、ガストン・バシュラールの指摘にも見られる。(9)

こうした〈火〉やそれが派生させる〈女〉によって象徴される、最低水準を超えた人間の生存への執着こそが、田村の「倨傲」の内実をなしている。表題にとられている「野火」も、この意味性の系譜を逸脱して作中に点綴されているわけではない。重要なのはこの作品における野火が、決して独立した現象ではなく、つねに「我々を取り巻く眼に見えない比島人の存在を示」すものとして田村に捉えられていることである。「それが単なる野火であるにせよ、ないにせよ、その下に燃焼物と共に比島人がいるのは明瞭であった」と田村は同じ「三」章で述べている。それは田村にとって野火が、基本的に人間の生活のなかに包含されたものであり、それを用いた生活を想起させる対象であったということを物語っている。そのために火の欠如は本来の人間としての生活からの脱落として意識され、そこからの回復の手立てとして、田村は火を欲せざるをえないのである。

それは彼の内にある、人間の市民としての生活に対する執着を傍証している。大岡自身三十五歳という年齢で出征した時には、すでに家庭を持ち、企業に勤務する一人の市民であった。『ある補充兵の戦い』には、そうした自己規定が繰り返し姿を見せている。大岡は自己を「平凡な俸給生活者」(「出征」)として規定し、フィリピンに向かう船中でも「平凡な市民生活の延長として今こうして死に向って送られている」(「海上にて」)と記している。また戦場で病死した僚友に対して厳しい筆致を与えた後には、「それは多分今なお私の内にある会社員気質と、文学という悪い根性のさせる業である」(「暗号手」)と述べられている。『野火』の田村の輪郭からはこうした「会社員気質」は後景に退いているが、花﨑育代が指摘するように[10]、彼に「人間社会をつよく欲求する」感情が託されていることは否定できない。しかし花﨑の強調する田村の「社会的感情」は、その行動の〈地〉的な要素をなしているにすぎず、彼を作中の形象として突出させているものは、やはりその上に築かれている、最低限の生を維持する水準を超えた、美的なものに拘泥しようとする心性である。それが田村にフィリピン女性に向かって銃の引き金を引かせ、人肉食の拒絶を通して彼を狂気に導くことになる要因にほかならなかった。

5　審美的な倫理

このように考えると、「一九」章におけるフィリピン女性の殺害が、田村の行動に対して重要な転機を与えていることが分かる。つまり美的なものに対する執着は、田村のなかで善としての価値を与えられていたにしても、その信奉に後押しされる形で敵兵でもない人間を衝動的に殺した行為は、彼のなかで決して肯定されえない。そのため田村はそれまで自己を支えてきた価値を疎外せざるをえなくなるのである。それは田村にとっては明確な自己否定にほかならず、その後のくだりに記される次のような文はそれを明示している。

私が殺した比島の女の亡霊のため、人間の世界に帰ることは、どんな幸運によっても不可能であることが明瞭となってしまった以上、私はただ死なないから生きているにすぎなかった。

私は既に一人の無辜《むこ》の人を殺し、そのため人間の世界に帰る望みを自分に禁じていた。（二七　火）
（二九　手）

けれども興味深いのは、この自己否定によって田村がそれまでの美的な価値観を無化するのではなく、それへの執着をみずからに対して隠蔽し、その結果その価値が田村にとって外在化し、彼岸化してしまうことである。そしてその隠蔽は執筆時の〈現在〉にまで持続しているのであり、先に見た、前半部分の叙述における論理の齟齬もそこから生じていた。また展開においても田村はフィリピン女性の殺害後、安田、永松らと再会し、再び団体行動の一員となることによって、食物自体には恵まれた「楽園」から追放され、美的なものへの執着を作動させる余地は失われる。それとともに田村は、自身の行動を何者かに見られているという感覚に捉えられ始めるが、それは明らかに田村が自身を支えていた価値をみずから疎外したことに起因している。田村は「二五　光」の章で、湿原の泥のなかを進みながら、「自分の肉体が、だれかに見られていると思った」（傍点原文）のであり、次の「二六　出現」の章では、降伏のためにアメリカ兵の前に姿を晒そうと決意した時にも、「再び誰かに見られている」（傍点原文）と思う。そして「三〇　野の百合」の章に至って、田村は自然の事物に取り囲まれつつ、「万物が私を見ていた」という感慨を覚えるのである。
田村は初め自己を見ている主体として、自分が撃ち殺したフィリピン女性の眼差しを想定するが、それはすぐに打ち消される。最終的にその眼差しの主体は田村によって明示されないが、これまでの考察によって、それが田村がみずから疎外した美的な価値観によって支えられた、生活者としての自我であったことが分かる。それは自己から追いやられたもう一人の自己であり、そのため田村は自己が身体的に分裂している感覚を、この流れのなかで強く意識することになる。死んだ将校の肉を食べようとして、その右手の動きを左手が制するのはそのもっとも端的な例だが、「三〇」章で周囲に拡がる草のなかの花を食べようとした際にも、田村は同じく「右手と左手が別々に動いた」という経験をする。それに対して田村は「手だけでなく、右半身と左半身の全体が、別ものののように感じられた。飢えているのは、たしかに私の右手を含む右半身であった」という感慨を覚えている。この一連のくだりで、田村のはらんだ分裂が「右半身」と「左半身」の対照として表現されることの含意は明らかだろう。今の引用で「左手」に代表される「左半身」が、自己の「飢え」から切り離された部分の表象であったことが示されているが、それは生活を維持するための日々の営為に対して距離をとりうる側面を田村がはらみ、それがこの時点では彼に対して他者化されていることを物語っている。それがこれまで眺めてきた、田村を支え、また彼によって意識から放逐された審美的な生活者としての自我であることはいうまでもない。その対照は人肉食を左手が制する場面につづく箇所で、次のように表出されている。

私が生れてから三十年以上、日々の仕事を受け持って来た右手は、皮膚も厚く関節も太いが、甘やかされ、怠けた左手は、長くしなやかで、美しい。左手は私の肉体の中で、私の最も自負

している部分である。（二九　手）

この「長くしなやかで、美しい」と記される田村の、「左手」こそが、彼の審美的な自我の表象であることはあらためて述べるまでもない。それがこうした形で可視化されることになったのは、つまりそれが彼にとって外在化し、他者化していることの傍証であったが、この自身から疎外されることによって外在化された審美的な自我の眼差しによって、田村は〈見られている〉という感覚をもつのである。展開の後半部分においてせり上がってくる「神」もまた、そこから派生してくる表象にほかならない。田村は陽光のなかで光っている花々が自分に向かって降りてくるように感じるが、彼は「それが私の体に届かないのを知っていた」のであり、「この垂れ下った神の中に、私は含まれ得なかった」という認識を抱かざるをえない。ここでもやはり超越的な存在に「花」という美的なイメージが付与されていることは見逃せない。それは田村が自己の美的な価値観をみずから疎外することによってもたらされたものであり、そのためにそれはどれほど田村の身近に触知されようとも、彼自身がそこに同一化しえない対象である。そしてこの距離感が「神」の彼岸性の根拠をなしていることはいうまでもない。

後半部分の山場となる、田村が「神の怒り」を代行する「天使」として、肉を得るために安田を殺した永松に対して銃を放とうとする場面が、こうした田村の審美的な自我の自己疎外の帰結であることは明瞭である。この作品で田村が繰り返し人肉食を拒むのは、そうした形で彼の倫理観が発動しているからだが、この場面においてはそれはつまり、〈人間は人の肉を食べるべきではない〉

という、単純で明瞭な価値観として具体化されている。そしてその基底にあるものは、決してキリスト教的な戒律の力ではなく、その遂行が人間の本来の生活に逆行した〈醜い〉ものだという、審美的な判断以外ではなかった。けれどもそれが審美的な判断である限り、生命を維持するために食物を摂取しなくてはならないという、「右半身」に帰属する「獣」としての欲求を無条件には超越しえない。僚友と合流して以来、再び田村は「獣」としての生存の確保に努めねばならない状況で生きつづけ、その状況が「左半身」として他者化され、「垂れ下がる神」として外在化される彼の美的な価値を一層強く隠蔽していたのである。それは田村が現実には人肉を体内に摂取していたという事実に示唆されている。安田、永松と再会した田村は、彼らに「猿の肉」と称する食物を与えられ、後にそれが人肉であったことが判明するが、叙述にもあるように彼は「それを予期していた」のであり、にもかかわらずそれを受容していたのは、「左半身」の価値観が「右半身」の欲求によって隠蔽されていたからにほかならない[11]。

永松が安田に対しておこなった蛮行を眼にすることによって、あらためて田村の疎外された「左半身」の価値観は作動し始める。しかしそれに身を委ねることは、自己の分裂を確定してしまうことであり、それによって田村の〈狂気〉は彼の〈倫理〉と背中合わせに満たされることになったのである。そして田村の内にこうした分裂が生じるのが、彼が戦争を行動の舞台としているからであることはいうまでもない。われわれは平時の市民生活において、概ね田村のような美的な価値観をもって生きているが、それが「獣」としての最低限の生を保つための行動と抵触することは数少ない。大岡昇平はあえてその抵触が起こる空間を戦場に仮構し、「獣」としての側面を否定し難い状況のなかで、美的な価値に執着しつつ、それゆえに精神の均衡を狂わせていった人間を、〈書き手〉として立てることで、人間を人間たらしめる地平を、既存の宗教とは別個の地点に提示しようとしたのである。

そして大岡がこの作品を昭和二六年（一九五一）という時点であらためて書き直し、世に問おうとした動機も、こうした考察によって明らかになるだろう。先に触れたように、『野火』は初め昭和二三年（一九四八）に『文体』に掲載され、昭和二六年一月から『展望』に発表され直している。『文体』においては、精神病院を訪れた人物が、そこで出会った患者の残した手記を公開するという、志賀直哉の『濁つた頭』（『白樺』一九一一・四）や芥川龍之介の『河童』（『改造』一九二七・三）と類似した形をとっていたのに対して、『展望』では初めから田村の手記によって作品が始まる形に改められている。この変更について大岡は「二十三年では「私」はただ前線の罪の意識からの恢復を願っていればよかったのですが、二十六年では同時に進行中の再軍備に対して憤っていなければなりません。／二十三年では良心の問題であったのが、発狂しなければ、良心を保てない戦争を呪うことに、焦点が合わされました。そして小説は反戦小説と受け取られたのです」（／は段落換え、「『野火』の意図」『文学界』一九五三・一〇）と述べている。『文体』には序章の部分しか発表されていないために、当初の構想における終盤の展開を忖度することは難しいが、「前線の罪の意識からの恢復」を主眼としていたという大岡の語る意図からすれば、「神の怒りを代行しなければならぬ」といった、田村を捉える狂気に至る「怒り」は、それほど強く前景化されなかったと考えられる。

大岡自身の言葉にあるように、書き直された『野火』の叙述は、「進行中の再軍備」を中心とする昭和二六年当時の政治的状況と明確に結びついており、そこに執筆時の〈現在〉における大岡の意識の様相を見ることができる。そしてこの状況への憤りが、ここで眺めてきた田村の審美的な自我の動きと連結することも明らかなのである。『野火』が『展望』にあらためて連載され始めたのは昭和二六年一月である。したがって書き直された『野火』の構想は昭和二五年の後半に練られていたと考えられるが、これが朝鮮戦争の勃発がもたらした好景気と危機感の両面のなかに国民が置かれていた時期であったことはいうまでもない。朝鮮戦争の勃発は第三次世界大戦の序章となるとも見なされ、トルーマン大統領による、原爆使用の可能性の発言は、世界中に恐怖をもたらした。日本国内においても危機感の高まりから再軍備を望む声が高まり、昭和二五年（一九五〇）一一月の『朝日新聞』（一九五〇・一一・一五）の調査でも、過半数を越える人びとが、本格的な軍隊を備えることを要望しているという結果が出た。また昭和二六年一月にダレス特使一行が来日した際には、吉田茂首相との会談で再軍備に関する話題が出され、再軍備の具体的な方法を日本が独自に検討することが示唆されていた[12]。

『野火』の再構築が、こうした状況下で進められたことは、やはり看過することのできない前提である。執筆時の田村の〈現在〉が昭和二六年にあることは、「三七　狂人日記」の章に「あれから六年経った」と記されていることからも分かるが、同じ章には「この田舎にも朝夕配られてくる新聞紙の報道は、私の最も欲しないこと、つまり戦争をさせようとしているらしい」という記述があり、朝鮮戦争の勃発が『野火』の背後にあることをうかがわせている。こうした表現も含む形で、この作品が「反戦小説」として見なされたことはある意味では自然であり、大岡自身もそうした見方を否定していない。けれども本質的なことは、ここに込められた「反戦」の姿勢を支えるものが、あくまでも一人の生活者としての審美的な感覚であるということだ。田村を造形する大岡が危惧しているのは、戦争によって無意味に人間の市民生活が破壊されることだけでなく、そこで保たれるべき生活の価値観がないがしろにされることにほかならない。その根底にあるものは、大岡自身が口にする「俸給生活者」の感覚であるといってもよい。大岡が戦争を主題とする作品を書きつづける一方で、『武蔵野夫人』(『群像』一九五〇・一〜九)や『花影』(『中央公論』一九五八・八〜五九・八)といった、市民としての日常を送り迎えする人びとの感情生活を描いたのは別段奇妙な対照ではない。両者の根本にあるものはいずれも市民生活者としての明確な価値観であり、だからこそ田村はそれが失われかねない戦後の〈現在〉において、なお〈狂い〉つづけなくてはならなかったのである。

生き直される時間――『ノルウェイの森』の〈転生〉

1　語り直される物語

『ノルウェイの森』（講談社、一九八七・九）は『豊饒の海』のパロディーとして書かれた長篇小説である。

もちろん村上春樹は三島由紀夫への追随を表明したことはなく、むしろ三島を含めた日本文学の系譜を相対化する地点から表現者として歩み始めている。自身が多く翻訳を手がけているフィッツジェラルドやカーヴァーといったアメリカ文学の感化は、村上春樹の文学の基底としてよく知られているが、『ノルウェイの森』でも、語り手の「僕」が知己のエリート学生である永沢と『グレート・ギャツビイ』に対する嗜好によって結ばれていることが語られている。「『グレート・ギャツビイ』を三回読む男なら俺と友だちになれそうだな」と彼は自分に言いきかせるように言った。そして我々は友だちになった」のだった。村上は一九八九年五月二日の『朝日新聞』に掲載されたインタビューで、「今後、僕はまったく新しい体験として、日本文学を受入れていくかもしれない」と語っているものの、それにつづけて「ただ現段階では川端康成と三島由紀夫はうけ入れられない」と発言している。けれどもこの言葉を額面通りに受け取って、村上春樹の世界が川端、三島的なものから疎遠なところに成り立っていると見なすことができないのはいうまでもない。この発言の前提をなしているのは、村上のなかにある川端、三島の文学に対するある程度の認識であり、それに浸透されることを拒もうとする意志がそこに透けて見える。少なくとも村上は〈森鷗外と志賀直哉はうけ入れられない〉と言ったわけではないのであり、この拒否の発言が近親憎悪的な距離の近さを逆に浮び上がらせていることは明らかだろう。

そもそも『羊をめぐる冒険』（『群像』一九八二・八）の第一章は「1970／11／25」という表題をもち、語り手の「僕」と女友達は「午後の二時で、ラウンジのテレビには三島由紀夫の姿が何度も何度も繰り返し映し出されていた」のを眺めていたのではなかったのか。『風の歌を聴け』（『群像』一九七九・六）、『1973年のピンボール』（『群像』一九八〇・三）、『羊をめぐる冒険』の三部作で、時代の転換点として一九七〇年という年が大きな意味をもつことは周知であり、その年を象徴する事件であった三島由紀夫の自衛隊市ケ谷駐屯地での自決が、村上の意識を捉えていないはずはない。また川端康成の文学と村上春樹の世界は、表現の次元において一層強い親近性を示している。『ノルウェイの森』の第二章で、「僕」は高校時代の友人であったキズキが自殺した際に「**死は生の対極としてではなく、その一部として存在している**」という感慨に捉えられる。ゴシック体で強調されたこの認識は、いうまでもなくそのまま川端康成の文学の主題としても置き換えられる。幼年時代から家族の死に次々と遭遇し、一六歳（数え）の時に祖父を失うことで孤児となってしまった川端が、生と死の隣接性を繰り返し作品に表現していったことは常識に属する事柄である。川端の世界では死―彼岸が同時に自然の美や生命に反転していくことが特徴であり、『雪国』（創元社、一九三七・四）の温泉地に生を送る二人の女たちも、都市の日常生活では出会うことのできない情感を湛えながら、同時にトンネルの〈向こう側〉として表象される〈彼岸〉の住人にほかならなかった。それは初期の『伊豆の踊子』（『文芸時代』一九二六・一、二）の踊り子薫が、みずみずしい少女であると同時に、市民社会から疎外される集団としての芸人たちの一員であったことに、すでに明確に示されていた。戦後の『山の音』（筑摩書房、一九五四・四）の主人公は、忍び寄る死の予兆を、「山の音」という自然がみずから発する響きとして耳にするのだった。

村上春樹の作品世界でもデビュー作の『風の歌を聴け』以来、おびただしい死が語られ、それが主人公の周囲に生起するのは、やはり彼らに付与された一つの宿命であるように映る。その点では村上春樹の世界は、誰よりも川端康成のそれに似ているとさえいえなくない。ただ村上の世界においては、死―彼岸につながる形象が、自然の美に転換していくという着想は稀薄であり、それが両者の差異をもたらしている。一方、三島由紀夫の文学の中心とも見なされる、美と現実の相克の問題などは、あからさまに村上に欠けているものである。もっとも両者を介在する要素が皆無であるわけではなく、柄谷行人が指摘するように、三島の表現を初期の段階から特徴づけているイロニーは、村上の作品をも貫流している。柄谷行人は『終焉をめぐって』（福武書店、一九九〇・五）所収の「村上春樹の「風景」――『1973年のピンボール』」で、三部作の主人公の裏側にいつづける「鼠」が口にする「どんな変化も結局は崩壊の過程に過ぎない」という言葉のはらむものが、「超越論的な自己の優位性を確保する」ことを目指す「ロマン的イロニー」にほかならず、それが村上の作品に底流しているという。また三島由紀夫の表現者としての位相を象徴するものも「ロマン的イロニー」であり、最後の行為もハルトマンのいう「一切が戯れであるとともに、一切が真剣である」イロニーの具現化として捉えられるという。

三島由紀夫の文学を「ロマン的イロニー」によって括ることはもちろん目新しい視点ではない。また村上の世界をイロニーが覆っているとしても、重要なのはむしろ両者のイロニーのもつ差異を明らかにすることである。現実世界の場面の生々しさから体をかわそうとする村上の人物のイロニーと、現実世界の事象を高みから見下ろそうとするような三島的な表現のイロニーとの間には、明確な距離がある。ここではその問題について立ち入った考察をおこなわないが、とくに『ノルウェイの森』は作者自身の言葉を借りれば、「リアリズム小説」(『朝日新聞』一九八九・五のインタビュー、『村上春樹全作品6』月報、一九九一・三、など)として書かれた作品であり、一般的な読者の了解していない文学や音楽に関する知見をちりばめるような韜晦的なイロニーも影を潜めている。語り手の「僕」は平凡な一人の学生であり、そうした学生の知性と感性の水準に叙述の視点も合わされている。それは三島由紀夫の『豊饒の海』の視点人物である本多繁邦が、平凡とはいえない知識と洞察力をもち、それゆえに輪廻転生という、合理的な世界観を超えた現象に関与することが、劇的な展開をもたらす契機となることと、明瞭な対照をなしている。にもかかわらずこの四部作の着想を踏まえる形で、『ノルウェイの森』が構築されていることは疑うことができないのである。

その照応について考える際に見逃すことができないのが、この作品が一九六九年を主な時間的舞台としながら、それが二十年近くを経た地点から回想され、語り直されている構造をもっていることだ。叙述は「僕は三十七歳で、そのときボーイング747のシートに座っていた」という一文で始まり、ドイツのハンブルク空港に着陸しようとする際にBGMとして流れてきたビートルズの「ノルウェイの森」が「いつもとは比べものにならないくらい激しく僕を混乱させ揺り動かした」場面から始まっている。「ノルウェイの森」は自殺した直子が療養していた京都の「阿美寮」で、彼女たちとともに繰り返し聴き、奏でた曲であり、この曲によって「僕」の意識は十八年前に連れ戻されるのである。

飛行機が完全にストップして、人々がシートベルトを外し、物入れの中からバッグやら上着やらとりだし始めるまで、僕はずっとあの草原の中にいた。僕は草の匂いをかぎ、肌に風を感じ、鳥の声を聴いた。それは一九六九年の秋で、僕はもうすぐ二十歳になろうとしていた。

（第一章）

このくだりにつづけて、「僕」が飛行機のシートのなかで瞬時に遡及していった「あの草原の中」での出来事が語られていく。そこで「僕」と直子は「古井戸」の話をしていたのだったが、その「深さ」を暗喩的な媒介として、話題は彼女自身が陥っている内面の病いに移っていく。そのやりとりのなかで直子は「私はあなたが考えているよりずっと深く混乱しているのよ。暗くて、冷たくて、混乱していて」という、容易には癒し難い段階に自分の精神があることを打ち明けるのだった。彼女が大学をやめて京都の療養所で過ごすようになったのはそのためだが、それを序章として、「僕」の語りは自分が大学に入った十八歳当時の状況に戻って、直子の死に至る物語を語り直していくのである。

その回想が語られ始める第二章と第三章は、作者が「あとがき」で述べるように、短篇小説の『蛍』(『中央公論』一九八三・一)を取り込む形で成り立っている。「僕」が大学に入学して或る学生寮に入り、そこで地図にしか興味を示さない奇妙な人物と同居人になる挿話が語られるところから始まっているのは、二つの作品に共通している。また「僕」が自分と同じく神戸から上京して東京の或る女子大に入っている直子とつき合いをもち、彼女が二十歳になった誕生日に一度だけのものとなる性交をした後、精神的な問題から京都の療養所に入ったことを告げる彼女からの手紙が届き、さらに彼らが関係をもち始めるきっかけとなった、直子の高校時代の友人の自殺がそこに織り込まれていくといった内容は、ほとんど変更を加えられることなく、『ノルウェイの森』に受け継がれている。差異をもたらしているのは、『蛍』には登場しない、同じ寮の住人で外交官を目指している東大生である永沢という学生が、『ノルウェイの森』では「僕」が交わりをもつ数少ない知己として現われていることである。永沢は秀才であるだけでなく、多くの女たちと性的な関係を結ぶプレイボーイであり、「僕」は永沢の存在に一目を置きつつも、その性的な放縦さには違和感を覚えている。それは直子との絆を重んじるために、他の女性との性的交渉にある種の潔癖さを保とうとする「僕」の性向を際立たせるための設定として受け取られる。

『ノルウェイの森』の第四章以降に現われて新たな主要人物となるのは、「僕」の大学の友人である小林緑であり、「僕」と緑との交わりを付加することによって、『蛍』が『ノルウェイの森』として再構築されることになったといってよい。けれどもだとすれば、第一章を欠いても物語は成立するはずであり、三十七歳になった「僕」が十八年前に意識を遡行させていくという第一章の導入部分は必要ないようにも見える。しかし明らかにこの導入部分にこそ『ノルウェイの森』のモチーフは込められている。『蛍』との比較によって明らかなように、第一章は第四章以降の展開と照応する比重をもっており、作者自身とほぼ等身大といってよい「三十七歳」の「僕」の意識が浮上しているのである。

2 〈過去〉としての〈現在〉

『ノルウェイの森』の第二章は、「昔々、といってもせいぜい二十年くらい前のことなのだけれど、僕はある学生寮に住んでいた。僕は十八で、大学に入ったばかりだった」という一文で始まっている。後の章には「僕」が大学二年生であった一九六九年の一一月に二十歳になったことが記されており、この作品の設定では「僕」は一九四九年の一一月に生まれ、〈浪人〉をせずに一九六八年に東京の私立大学に入学したことになる。村上春樹自身は一九四九年一月に生まれ、一年〈浪人〉した後、やはり一九六八年に早稲田大学文学部に入学している。自伝的な内容をもちながら、作中の「僕」に一年間の〈浪人〉の期間を与えていないのは、そこでの経験に物語の内容を左右するものが含まれていないと判断されたからであろうが、生まれ月をずらすことによって、自身と同じ一九四九年に生まれ、〈現役〉で大学に入学した人物として主人公を設定することになった。一方、第一章は先に引用した「僕は三十七歳で、そのときボーイング747のシートに座っていた」という書き出しで始まり、次の行には「十一月の冷ややかな雨」がハンブルグ空港を覆っていたことが記されている。「僕」は一一月生まれであるため、「三十七歳」という年齢が、新しく迎えたものなのか、過ぎ去ろうとしているものなのかが分明ではないが、後者であるならばこの時間は一九八七年であることになり、「一九八六年十二月二十一日にギリシャ、ミコノス島のヴィラで書き始められ、一九八七年三月二十七日にローマ郊外のアパートメント・ホテルで完成された」（あとがき）という、執筆の時間を追い越してしまうことになる。しかし「一九六九年の秋」から現在まで「十八年」という歳月が過ぎ去ったと記されている以上、冒頭の場面はこの近未来の時間として想定されるしかない(1)。

このズレは村上自身と語り手の「僕」の間にある十カ月の差を反映させたものだが、重要なのはその作者自身が筆を執っている時点での意識が第一章の内容を形成するだけでなく、一九六八年から六九年にかけてを時間的背景とする、第二章以降の叙述にも食い込み、その痕跡を残しているこ とだ。『ノルウェイの森』の「僕」が共在させている二つの時間の折り重なりについては、木股知史が興味深い指摘をしている。木股は「指向する者」としての「私」と、「指向される者」としての「私」を共在させてしまう一人称の発話の特性に言及したエミール・バンヴェニストの論考を踏まえながら、それが「『ノルウェイの森』の「僕」という一人称が「語り手」と「主人公」の二重性としてあらわれていることに対応している」という考察を述べている。木股の見方では「語り手の「僕」の過去への追想が、物語のなかの「僕」の現在の感情に転換している」のであり、それが「若い「僕」と三十七歳の「僕」のあいだに分裂が存在していることを暗示する」という。(2)

木股がこうした考察の事例とするのは、第八章にあらわれる、東京にいる「僕」が、京都の療養所にいる直子とその共同生活者であるレイコのことを考えて、「直子はソファーに寝転んで本を読み、レイコさんはギターで『ノルウェイの森』を弾いているのかもしれないなと僕は思った。僕は彼女たち二人のいるあの小さな部屋に戻りたいという激しい想いに駆られた。俺はいったいここで何をしているのだ?」というくだりの表現である。つまり「俺はいったいここで何をしているのだ」という「若い「僕」」の感慨が、同時に「三十七歳の「僕」」のそれを混在させているという把握である。しかしそれは一人称による語りが帯びる普遍的な性格でもある。『舞姫』(『国民之友』一八九〇・一)も『仮面の告白』(河出書房、一九四九・七)もこうした、過去と現在を混在させる二重性をはらんだ語り手の意識によって綴られている。むしろ注目すべきなのは、第二章以降に語られていく展開のなかに、人物たちが生きているのとは異質な時間が入り込み、本来の時間的舞台である一九六〇年代後半の時間と交錯しているということだ。

その物語の背景とは異質な時間をまとって作品に姿を現わしているのが、第四章以降の重要な人物となる小林緑である。「僕」が直子の精神的な病いを慮りつつ、東京で親しくなり、最後には直子の死を乗り越える形で自身の思いを向ける相手となる緑は、直子とは対照的に快活な少女であり、その多弁と率直さで「僕」をしばしば辟易させたりする。『蛍』を受け継いで展開していく第四章以降の叙述は、「僕」と緑の交わりに大きな比重を与えており、村上がこの長篇小説をあらためて執筆することになった眼目の在り処を明らかにしている。「僕」と緑の交わりの叙述において見逃すことができないのは、その細部が決して一九六〇年代後半の都市風俗に帰着させることができないことである。それは多くの項目にわたっており、この作品の表象を構築する〈機能としての作者〉の意識的な方向づけを浮上させている。たとえば「僕」が書店をしている緑の家を訪れた際に、三階の物干し場で彼女の歌を聞かされる。

> 彼女は昔はやったフォーク・ソングを唄った。歌もギターもお世辞にも上手いとは言えなかったが、本人はとても楽しそうだった。彼女は『レモン・ツリー』だの『パフ』だの『五〇〇マイル』だの『花はどこに行った』だの『漕げよマイケル』だのをかたっぱしから唄っていった。
>
> （第四章、傍点引用者）

二人が生きているのが一九六九年であることを考えれば、緑が歌うフォークソングが「昔はやった」ものであると記されているのは奇妙である。一九六〇年代後半はフォークソングの全盛期であり、一九六九年には新宿駅西口の地下広場で毎週土曜の夜にフォークソング集会が開かれ、機動隊の排除を受けながらも、数千人の若者を集める活況を呈していた。この時期の日本のフォークソング・ブームの中心をなしていたのは、岡林信康や高石友也《ともや》といった、アングラ色の強い和製フォークソングであったが、『ノルウェイの森』で緑が歌うアメリカのフォークソングも、決して過去のものとなっていたわけではない。たとえばこの年に東芝から発売されたジョニー・マン・シンガーズによる『フォーク・ソング・デラックス』というLPには、引用に列挙された曲のうち、「五〇〇マイル」を除く四曲が含まれている。あるいは同じく東芝から出されたキングストン・トリオのLPにも「五〇〇マイル」「花はどこへ行った」「レモン・ツリー」の三曲が含まれている。もちろんそのことが直ちにこうした曲が当時「はやった」ことを意味するのではないとしても、少なくともそれらが懐かしく回顧される対象ではなかったことの証左にはなるはずである。

こうした時間的なズレをはらんだ記述はいたるところに見出される。第九章では緑は「僕」に「じゃあ時間も早いことだし、ディスコにでも行こう」と誘い、それにつづけて「ディスコに入って踊っているうちに緑は少しずつ元気を回復してきたようだった」と記されている。しかし一九六九年の東京にはディスコはまだ存在していない。六九年一二月現在の東京二十三区の電話番号簿には、一件のディスコ店も見出されないのである。当時流行していたのはディスコではなくゴーゴーであり、同じ年を背景とする庄司薫の『赤頭巾ちゃん気をつけて』(『中央公論』一九六九・五、九)には「ゴーゴー・パーティ」や「ゴーゴー好きの可愛い女の子」への言及が見られる(3)。しかもこのディスコを出た後、緑はさらに「ピッツァでも食べに行かない?」と「僕」を誘い、「僕」は「よく行くピッツァ・ハウスに彼女をつれていって生ビールとアンチョビのピッツァを注文した」と語られている。しかしやはり彼らがいる一九六九年の新宿には、専門店としての「ピッツァ・ハウス」は存在しないのである(4)。

さらにもう一点を加えれば、ディスコに行く前に「僕」は「ポルノ映画」を見たいという以前からの緑の要望に応える形で、彼女と新宿の映画館で「ばりばりのいやらしいSM」ものを見たのだが、これも一九六〇年代後半の風俗としては、そのまま受け取り難い。「ポルノ映画」という言葉が定着するのは、一九七一年に日活が「ロマン・ポルノ」に主流を移すようになってからであり、それまでにつくられていたエロティシズムを売り物にする映画は、「成人映画」ないし「ピンク映画」と呼ばれていたはずである。村井実の『ポルノ映画おもしろ雑学事典』（サンデー、一九八三・三）によれば、「ピンク映画」の呼称が最初に与えられたのは一九六三年八月に製作、配給された関孝二監督による国映の『情欲の洞窟』であり、その内容は「動物と女ターザンのような生活をしているヒロインのセックスが描かれるというタワイのない」ものであったらしい。『ノルウェイの森』で「僕」が緑と見たのは「男がはあはあと息をし、女があえぎ、「いいわ」とか「もっと」とか、そういうわりにありふれた言葉を口にした」とあるので、日本製のものと考えられるが、「ペニスがヴァギナに入って往復する音」を観客に聞かせるような「ピンク映画」は、当然一九六〇年代には製作されていない。「ピンク映画」は日本映画の興業的な不振を打開する手立てとして求められた路線であり、邦画五社の幹部によって構成される映連配給部会は「ピンク映画一掃」の旗印を掲げていた。にもかかわらずそのメンバーであった東映が一九六八年に『徳川女系図』を製作、配給したことは物議をかもした。当時の東映社長岡田茂はこの映画の眼目が「エロとドラマを結びつけ」（『ポルノ映画おもしろ雑学事典』による）ることにあると主張したが、物語は五代将軍徳川綱吉が大奥の女中や家臣の奥方たちと関係を重ねていくというものであり、『ノルウェイの森』で描写されるような、性交そのものの即物的な描出とは大きな違いがある。こうした内容のポルノが映

画としてよりもビデオとして流通するのは、やはり家庭用ビデオ・デッキが普及する八〇年代以降の現象である。(5)

3　時間の越境

作品に盛り込まれたこのような時間的なズレは、単に作者の思い違いによるものにすぎないのだろうか。それは決してそうではなく、六〇年代後半の東京に村上春樹自身が居住して生活していた以上、前節で指摘したようなズレは当然、了解の上で作品を書き進める〈作者〉によって織り込まれたものであると考えられる。それが示すものは、緑が生きているのが実は一九八〇年代の時間であり、約二十年の時間を遡行して一九六九年の東京に姿を現わしているということだ。それを示唆するように、六〇年代には存在しない事物の名を口にしているのは、ほとんど緑の方からである。「じゃあ時間も早いことだし、ディスコにでも行こう」という誘いも、「それはそうと元気になったらおなかが減っちゃったわ。ピッツァでも食べに行かない?」という提案も、いずれも緑によってなされている。「君はポルノ映画を見すぎていると思うね」という言葉は「僕」が先に口にしているが、これを受けて「でも私、ポルノ映画って大好きなの。今度一緒に見にいかない?」と誘うのは緑の方であり、それにつづけて彼女は自分の好みのポルノ映画の詳細を語っていくのである。また緑がフォークソングを歌うくだりでも、「彼女は昔はやったフォーク・ソングを唄った」と記されており、やはり主体は緑なのである。

また緑の示す言動自体が、六〇年代後半の空気にそぐわない軽さをはらんだ多弁に彩られている。彼女は大学のサークルで『資本論』を読んだ経験があるが、このサークルで現実に周囲の学生と違和をきたしている。

「ディスカッションってのがまたひどくってね。みんなわかったような顔してむずかしい言葉使ってるのよ。それで私わかんないからそのたびに質問したの。『その帝国主義的搾取って何のことですか？　東インド会社と何か関係あるんですか？』とか、『産学協同体粉砕って大学を出て会社に就職しちゃいけないってことですか？』とかね。でも誰も説明してくれなかったわ。それどころか真剣に怒るの。そういうのって信じられる？」（第七章）

こうした自分の無知を隠そうとしない率直さは、やはり彼女が六〇年代よりも後の時代に帰属する人間であることを物語っているだろう。しかしこうしたズレを根拠として、彼女が八〇年代から時間を遡行して六〇年代にやって来た者として見立てるのは、奇矯な読解であるように映るかもしれない。けれども日常生活のなかにそれとの断層を存在させるのは、村上春樹の得意とする手法であり、多くの作品で主人公が異界との往還を経験することは、村上の読者であれば周知であろう。『ダンス・ダンス・ダンス』（講談社、一九八八・一〇）では、北海道のホテルを訪れた主人公が、そこには現実に存在しないはずの部屋につながる暗闇のなかに引き込まれる経験をする。『ノルウェイの森』にも話題として現われる「井戸」には、『ねじまき鳥クロニクル』（新潮社、第一部・第二部一九九四・四、第三部一九九五・八）では、主人公の深層意識を暗示する空間として大きな比重を与えられている。こうした作品に現われる異空間は、「井戸―イド」の含意が示すように、多くは主人公の深層意識のイメージ化として成り立っている。しかし見逃せないのは、村上春樹自身の作品世界において一つの鍵をなす一九七〇年という年が、区切りとして作用することによって、それ以前の時間を異界ないし他界として括り出しているということである。村上の人物たちにとって、一九六〇年代後半は過ぎ去った良き時代であり、そこでは人間同士が結びつけられる熱気をはらんだ空気が流れていた。その空気はいうまでもなく、作品のなかでもしばしば示唆されるように、この時代に各地に吹き荒れていた学園紛争を背景とするものである。そこで感覚的に共有されていた熱気や昂揚が冷却し、人間がそれぞれ個人の生のなかに放置されていく時代として、七〇年代以降の時代が眺められている。その一つの時代の〈死〉を意識のうちに繰り込み、今生きている時代を是認しようとする志向が、彼らの内に深層的な異世界をもたらす契機をなすのだといえよう。

村上春樹の作品世界で、この六〇年代的な昂揚感を引きずった存在として登場するのが主人公の分身をなす「鼠」であり、『羊をめぐる冒険』で「鼠」に〈死〉を与えることによって、六〇年代への執着に一つの決着がつけられることになった。「イド」的な異世界がこれ以降前景化されてくるのは、それに照応した成行きである。『風の歌を聴け』『1973年のピンボール』『羊をめぐる冒険』の三部作に語られる「鼠」は、したがって加藤典洋が指摘するように、異界の住人として姿を現わしているといってよい。加藤は処女作の『風の歌を聴け』の時間設定を詳細に分析することによって、「鼠」が異界ないし「幽霊世界」の住人であるという解釈を示している。加藤によれば、この作品は「1970年の8月8日に始まり、18日後、つまり同じ年の8月26日に終る」と記されているにもかかわらず、叙述のなかに示された時間の経過を線状につないでいくと、この「18日」間をはみ出してしまう。そこから「僕」が「鼠」と交わりをもつ場面は、異界での物語であり、現実世界を流れる時間の推移から削除されねばならないという(6)。

これはたいへん興味深い分析と解釈だが、「僕」が「鼠」と交わる場面を現実ならざる異界や「幽霊世界」に位置づける必要はないと思われる。つまりこの作品を構成する四十の断片的な章が示している内容が、一九七〇年の八月八日から八月二六日にかけて、直線的な前後関係をもって継起していると考えなくてはならない理由はないからだ。この二つの日付は物語の時間的な始点と終点を指示しているにすぎず、語り手自身の回想だけでなく、その間を埋めるものとして語られる出来事や会話も、二つの日付の間に起こっているという保証はない。とくに「鼠」が六〇年代の残滓として存在する人物であることを考慮すれば、「僕」が「鼠」と会話を交わす場面は、一九六九年までの過去の挿話として受け取るべきであろう。加藤典洋が述べるように、「僕」が「鼠」やバーテンのジェイと話をし、四本指の少女と出会うジェイズ・バーは「現実と異界をつなぐ蝶番的な場所」であるといってよいが、むしろそれは帰郷するたびに「僕」が赴き、ジェイや「鼠」と会っていた場所である点では、過去と現在を結ぶ空間である。「僕」が「鼠」と出会ったのは「3年前の春のこと」であり、それから一九七〇年の夏に至るまで、「僕」と「鼠」は繰り返し「ジェイズ・バー」で会い、内容的に大差のない話を交わしていたに違いない。たとえば「28」章は「一週間ばかり鼠の調子はひどく悪かった」という一文で始まっているが、この「一週間」はおそらく一九七〇年における「一週間」ではない。一九六八年や六九年の話題であったものが、一九七〇年の夏を舞台とするテクストに織り交ぜられていたとしても、もともと断片的な出来事の集積として成っている内容に対してズレをきたすことはないのである。こうした挿話にあらわれる時間的な情報を直線的に並べれば、初めに設定された時間の分量をはみ出してしまうのは当然である。むしろそれによって、この作品が現在と過去の時間を交錯させたテクストであることが暗示されているというべきだろう。

けれども『風の歌を聴け』では、確かに異界との交通を担う人物が存在している。それは「僕」がジェイズ・バーで出会う、四本指の少女である。彼女は冥界的な死者の世界ではなく、異界としての六〇年代に赴き、しかも一九七〇年の夏の時間を「僕」と共有しうる存在として、この作品のなかで生きている。それを端的に物語るのが、彼女が「僕」に「一週間ほど」旅行すると言い、この期間を経て「僕」と再会する場面である。電話で戻ったことを知らされた「僕」が「旅行は楽しかった?」と尋ねると、少女は「旅行になんて行かなかったの。あなたには嘘をついていたのよ」という返事をする。この一週間の不在にもかかわらず、「旅行になんて行かなかったの」という彼女の言葉はそのまま受け取ってよいものである。つまり彼女は六〇年代という異界に〈旅〉をし、そこでさまざまな経験をした後、一九七〇年の一週間後に帰還してきたからだ。

そのことは文中に示唆されている。「僕」は再会した彼女の姿を見て「一週間ばかりの間に彼女は三歳くらいは老けこんでいた」(傍点引用者)という感想を抱くのである。「髪型と眼鏡のせいかもしれない」という現実的な保留が付加されているものの、この一行は明らかに、四本指の少女が六〇年代に遡行し、そこで〈三年間分〉の経験をくぐり抜けてきたことを物語っている。そこには彼女にとって悲痛な要素も含まれていたようで、彼女の言葉は勤め先であるレコード屋で働いている時とはうって変わった、沈痛な趣きを帯びている。会話の途中で彼女は唐突に「僕」に「何故人は死ぬの？」という質問を発したりするのである。その後、少女のアパートに赴いた時にも、彼女は子供を堕胎したばかりであるという理由で、「僕」との性交を拒もうとしている。しかし少女の恋人との関係はそれまで一切触れられていない話題である。相手の男についても彼女は「すっかり忘れちゃったわ。顔も思い出せないのよ」と話すが、それは彼女が六〇年代に遡行している間の経験であるために、その記憶が急速に色褪せてしまったからである。この場面に限らず、四本指の少女の言葉は脈絡を欠いた唐突さを見せることが珍しくないが、それは彼女が過去と現在を往還する存在であることによって、外部世界との関係性を多重化してしまうことから生まれる側面である。

4　分身としての〈直子〉たち

こうした、過去の挿話を現在の記述に織り交ぜるとともに、文字通り異界としての過去と往還する人物を登場させることによって、小説内の時間を交錯させる手法は、村上春樹の世界に頻繁に現われるわけではない。しかし『ノルウェイの森』では明らかにこの処女作の手法がスタイルを変えて用いられている。先にも引用したように、村上自身はこの作品を「リアリズム小説」として括っているが、確かに『風の歌を聴け』と比べれば、叙述が通時性を重んじる形で平坦になっているという、誰にでも見て取れる印象に加えて、異種の時間を生きる人物も、より一義的な輪郭のなかに提示されている。つまり小林緑は四本指の少女と違って、六〇年代と八〇年代を往還する人物ではなく、八〇年代から六〇年代末に遡行したまま、そこで生きつづけているからである。

ところで緑が八〇年代からやって来た人物であるとした場合、彼女が本来いるべき時間はやはり、第一章の設定であり、また作者が筆を執っている一九八六年から翌八七年にかけてであろうと推定される。そしてその時点で緑が大学に入学する年齢に達しているとすれば、彼女が生まれたのは一九六八年前後であることになる。それはちょうど語り手の「僕」が大学に入学した時期に相当しており、そこから一つの仮説を立てることができる。つまり緑は『ノルウェイの森』に語られる内容が生起する時期に生を享けた少女であり、そのときに失われた人物の生を引き継ぐ形でこの世に姿を現わし、成長した後、自分が生まれた時代に遡行し、あらためてその失われた者の生を生き直しているのではないか、という見方である。その失われた者とは、いうまでもなく直子にほかならない。緑は死んだ直子の生を引き継ぐ者であり、精神的、生理的な自閉のなかに宿命づけられていた直子が生きえなかった生の形を、代わって体現していく存在にほかならない。『蛍』の書かれた四年後に、緑を新たな主要人物とする物語を書き加えることで、『ノルウェイの森』が成立した事情をそこに見ることができる。この論の冒頭で、『ノルウェイの森』が『豊饒の海』を踏まえて書かれたと述べたのは、この仮説による把握である。三島由紀夫が、二十歳で死ぬ人物の生を引き継いでは、再び自身も二十歳で生を終える者たちの連なりを、大乗仏教のアーラヤ識に基づく転生の理論を支柱としつつ描こうとしたように、村上春樹は同じく二十歳で死んだ直子の生を代替的に引き継ぎ、直子とは別個の生を生きていく者として緑を造形している。

もちろんこの図式は『豊饒の海』におけるほど意図的に差し出されてはおらず、年齢的な照合も完全にはなされない。たとえば今直子を二十歳で死んだ者として記したのは、作品の表現に逆行した読み方である。テクストのなかでは、直子は一九七〇年の夏に、二十一歳で首を吊って死んだという設定で描かれているからだ。しかし直子の死の時期については、加藤典洋も指摘するように、実際は一九六九年の夏に想定される。第三章の終わりで、寮の同居人である「突撃隊」が「僕」に「蛍」をくれるが、この蛍は明らかに直子の魂の形象であり、この蛍を放つ場面は直子の死の暗示以外には受け取れない。

> 蛍が飛びたったのはずっとあとのことだった。蛍は何かを思いついたようにふと羽を拡げ、その次の瞬間には手すりを越えて淡い闇の中に浮かんでいた。それはまるで失われた時間をとり戻そうとするかのように、給水塔のわきで素速く弧を描いた。そしてその光の線が風ににじむのを見届けるべく少しのあいだそこに留まってから、やがて東に向けて飛び去っていった。
> 蛍が消えてしまったあとでも、その光の軌跡は僕の中に長く留まっていた。目を閉じたぶ厚い闇の中を、そのささやかな淡い光は、まるで行き場を失った魂のように、いつまでもいつまでもさまよいつづけていた。
> 僕はそんな闇の中に何度も手をのばしてみた。指は何にも触れなかった。その小さな光はいつも僕の指のほんの少し先にあった。
> （第三章、傍点引用者）

このくだりは『ノルウェイの森』の原形である『蛍』の末尾と同一であり、一つの終局感を漂わせている叙述である。傍点を施した「ささやかな淡い光」や「行き場を失った魂」という言葉が、直子の生の形と照応する表現であることは明瞭である。この長篇小説に与えられた「ノルウェイの森」という表題も、おそらくこうした直子の「行き場を失った魂」のさまよいつづける姿を暗示するものである。この表題は冒頭の章で「僕」を一九六〇年代末の光景に引き戻す契機として織り込まれた、ビートルズの曲の題を用いたものだが、ビートルズの曲とは違った含意をもつ日本語に移されている。ビートルズの"Norwegian Wood"の「Wood」は「森」ではなく「用材」であり、「Norwegian Wood」は直訳的には「ノルウェー材(を用いた部屋)」を意味するからだ。"Norwegian Wood"は、「僕」がつきあっていた少女の「ノルウェー調」の部屋に招かれ、夜中まで話をするものの、翌朝眼が覚めると少女はすでにいなくなっており、「僕」はその部屋に火を放ったという内容の曲である。(7) この歌詞と村上春樹の『ノルウェイの森』とは内容的な連関はほとんどなく、あくまでも「ノルウェイの森」という誤訳に近い日本語のイメージのなかで、表題として機能している。

村上春樹の作品世界では、「森」は現実世界の進み行きから逸脱して、身を隠す空間として用いられるイメージである。たとえば『世界の終りとハードボイルド・ワンダーランド』(新潮社、一九八五・六)で、「ハードボイルド・ワンダーランド」と交互に現われる「世界の終り」の章の一つは「森」と名づけられ、ここでは「僕」が「地図」を完成させるべく、森に調査に赴く挿話が語られている。そこは「不思議なほどひっそりした平和な世界」であり、「樹木と草と小さな生物がもたらす限りのない生命の循環」がある代わりに、「足跡もなければ、人が何かに手を触れたような形跡もなかった」という、人間の生命感を欠如させた空間である。あるいは短篇の『踊る小人』(『新潮』一九八四・一)では、「僕」が夢のなかで出会った踊りの巧みな小人は、「革命が起って、あんたも知ってのように皇帝がお亡くなりになり、あたしも町を追われた。そして森の中で暮すようになった」と語るのだった。こうした作品に共通する、現実世界の前線の動きから疎外されつつ、それに対して距離をとる拠点となる村上的な森のイメージが『ノルウェイの森』の表題にも込められている。「世界の終り」の生命感を欠いた静謐な森のイメージは、直子の存在の暗喩であるとともに、彼女が東京を離れて暮らす阿美寮のイメージでもある。『踊る小人』の森もやはり逃避、隠遁の場所としての意味合いを帯びている。さらに「ノルウェイの森」の「ノルウェイ」という地名が、「森」のイメージを強化する形で機能している。「Norway」は語源的には「北方の道」を意味するが、そこには「No way」つまり「道—行き場がない」という閉塞の含意が込められているからである。(8)

その点でこの表題が、第三章の末尾に描かれる、「行き場を失った魂」の暗喩としての蛍の光と呼応する形で、直子に付与された自閉の運命を表象していることが分かる。この蛍が「飛び去って」しまうことが、直子の死を意味することはいうまでもなく、そのためその直後の第四章で、初めて作品に緑が姿を現わすことが、直子の〈転生〉としての意味を帯びることになるのである。けれども〈転生〉の枠組みのなかで直子—緑の連続性を考えた場合、緑の生年がその条件を正確に満たしていないことは否定できない。『豊饒の海』の顰《ひそみ》に倣わなくとも、直子が緑の〈転生〉した姿であれば、直子の死後四十九日の「中有」の期間に、緑が誕生していると想定するのが妥当であろう。けれども緑がそれに相当する一九六九年八月から一〇月にかけて誕生しているとすると、彼女が大学に入学してくるのは一九八八年の四月であることになる。これは、村上春樹が『ノルウェイの森』の筆を執っている一九八六年から八七年にかけての時間を追い越してしまうことになる。しかし第一節の時間設定の検討で見たように、この作品はもともと現在時を追い越した時点から語り始められていた。またこの約二年の時間的なズレを埋める文脈が、テクストのなかに見出される。それは「僕」が第三章で、寮の先輩である永沢と、評価すべき作家について議論をする場面である。永沢は「死後三十年を経ていない作家の本は原則として手にとろうとしない」という選択の基準をもっているが、彼と「僕」が共通して評価するスコット・フィッツジェラルドについて、「僕」が「でもスコット・フィッツジェラルドが死んでからまだ二十八年しか経っていませんよ」と反論すると、永沢は「構うもんか、二年くらい」とそれを意に介さず、「スコット・フィッツジェラルドくらいの立派な作家はアンダー・パーでいいんだよ」と答えるのである。一つの時間的な原則を立てながら、「構うもんか、二年くらい」とそれを一方で崩してしまう姿勢を、緑の誕生した時期にあてはめれば、作品の執筆時に彼女を「アンダー・パー」で大学に入学させることも可能になるだろう。また緑が八八年から六九年に遡行していたとしても、この運動性自体に本質的な差異が生じないことはいうまでもない。(9)

緑が直子の転生者であることは、二人が作品の空間で決して顔を合わして言葉を交わさない描き方にも滲出している。その点については加藤典洋の批評でも指摘されているが、重要なのは緑と直子が作品のなかで出会わないだけでなく、緑が直子に対してほとんど嫉妬の感情を抱かないことである。緑は「僕」とつき合い始めてから、「僕」の心を捉えている女が他にいることを知るが、緑はその女のことを強く詮索しようとせず、その関係を断ち切るような働きかけもしようとしていない。確かに終盤の第十章では、緑は「ねえ、教えて。その人と寝たことあるの?」と「僕」に訊くが、それに対して「僕」が一度だけ肉体関係をもったことをはじめとして、直子との事情の複雑さを話すと、緑はきわめて寛大な返事を与えるのである。

緑は体を離し、にっこり笑って僕の顔を見た。「いいわよ、待ってあげる。あなたのことを信頼してるから」と彼女は言った。「でも私をとるときは私だけをとってね。そして私を抱くときは私のことだけを考えてね。私の言ってる意味わかる?」

「よくわかる」

「それから私に対して何してもかまわないけれど、傷つけることだけはやめてね。私これまでの人生で十分に傷ついてきたし、これ以上傷つきたくないの。幸せになりたいのよ」(第十章)

緑が〈二股〉をかけているともいえる「僕」の態度を容認することができるのは、結局直子が自分と〈同一〉の人間であるからにほかならない。そのため彼女は直子についての情報を得ようともしないのである。村上春樹自身、「村上春樹大インタビュー『ノルウェイの森』の秘密」(『文藝春秋』一九八九・四)で、「「僕」と直子、「僕」と緑というのは並行する流れ」であって、「三角関係じゃない」ことを明言している。そして表面的には快活に見える緑が口にする「私これまでの人生で十分傷ついてきたし、これ以上傷つきたくないの。幸せになりたいのよ」という言葉が、直子が表現することをみずから封じてきた願望を示していることはいうまでもない。

このように考えると、緑が「僕」のために別れたという、作中に姿を現わさない恋人が、直子の高校時代の恋人であったキズキに相当する存在であることが分かる。性的な諧謔を好んで口にする緑だが、本来の恋人であったはずの男との交渉について語ることはなく、逆にその男と二人で旅行に行ったものの、月経が突然始まって一度の性交もすることがなかったといった話を「僕」に対してしている。一方、直子はキズキと生理的な体質から一度も交わることがなかったのであり、〈作者〉がこの本来の恋人との間の性的結合の不在を、緑に模倣的に付与していると推測される。そして直子がキズキを経て「僕」と親密になる過程は、緑が姿を現わさない恋人を経て「僕」と結ばれようとする過程と明らかに相似形をなしている。その相似性を浮上させ、緑が〈直子〉であることを暗示するべく、記号化された恋人が緑に配されているのだといえよう。

この緑と直子の〈同一性〉を補強しているのが、第二章と第三章に登場する、「僕」の寮の同居人である「突撃隊」である。「突撃隊」は第三章の終わりで「僕」に蛍を渡すと、それ以降の章では一切姿を見せず、代わって緑が重要な人物として語られていく。この作品世界からの「突撃隊」の退場と緑の登場が、意識的な連続性として仕組まれていることは明らかである。それは「突撃隊」がこの作品におけるさらにもう一人の〈直子〉であることを物語っている。「ささやかな淡い光」を放つ蛍が、直子の「行き場を失った魂」の表象であるなら、それを「僕」にもたらした「突撃隊」は、それ自体ですでに直子との強い類縁を示している。加えて二人はともに自己の内面を円滑な発話に移すことのできない点で、共通点を分けもっている。第二章で直子は「僕」に「うまくしゃべることができないの」と言い、「何か言おうとしても、いつも見当ちがいな言葉しか浮かんでこないの。見当ちがいだったり、あるいは全く逆だったりね」と打ち明けるが、「うまくしゃべることができない」のは、とりも直さず吃音の傾向をもつ「突撃隊」の属性でもある。彼は地理学を専攻しているにもかかわらず、「地図」という言葉を口にするたびにどもってしまう人間」であり、「ぼ、僕の場合はち、ち、地図が好きだから、ち、ち、ち、地図の勉強をしてるわけだよね」といった発話を余儀なくされてしまうのである。直子と「突撃隊」は見かけの上では何の共通性ももたないが、にもかかわらず、こうした「うまくしゃべることができない」という意思表出の不如意によって結ばれた者同士である。またそれが比喩となる形で、いずれも外界と円滑な関係性を結ぶことができずに、自閉していかざるをえない宿命のなかにいる者たちとして、両者は重ねられる。

その意味で、緑が直子の陽画的な分身として、直子の生きえなかった生を享受しうる存在として造形されているのに対して、「突撃隊」は直子の負の側面を戯画的に強調した形象にほかならない。しかも〈作者〉は注意深く緑と「突撃隊」を結びつける要素を盛り込んでいる。それは両者に共通する「地図」への関わりである。「突撃隊」は地図にしか興味をもたない浮世離れした人間であったが、緑もまたアルバイトに「地図の解説を書いている」のである。緑はそれについて「ほら、地図を買うと小冊子みたいなのがついてるでしょ？　町の説明とか、人口とか、名所とかについていろいろ書いてあるやつ。ここにこういうハイキング・コースがあって、こういう伝説があって、こういう花が咲いて、こういう鳥がいてとかね。あの原稿を書く仕事なのよ」と説明している。地図とは本来自分のいる位置を見定め、これから進むべき地点への道を誤りなく把握するための道具であろう。この地図の製作に対して「突撃隊」は鳥瞰的な形で、緑は虫瞰的な形で関与しているといえる。そして両者が合わさることによって、地図をもつ人間に対して、自分が身を置く空間の様相を知らしめる結果がもたらされるだろうが、この作品で「地図」をもっとも必要としている人間が直子であったことはいうまでもない。表題に含まれる「ノルウェイ」という地名が「No way」をはらむ言葉でもあったことを念頭に置けば、「way」の場所を明らかにする仕事に携わっている二人の人物は、やはり直子と背中合わせの位相にいて、彼女に〈行き場〉を教えようとする存在であったことが分かる。とりわけ緑は直子の生をあらためて生き直すことによって、直子の魂を慰める存在であり、そこに「死んでしまった何人かの友人と、生きつづけている何人かの友人に捧げられる」と「あとがき」に記される、この作品に込められたモチーフに対する具現化を見ることができる。そして少なくとも表面は怖いもの知らずに見える緑の行動力と快活さは、彼女こそが「突撃隊」であったことを告げているのである。

註

序　語り直す機構

(1) たとえば『漱石とその時代』（第一部～第五部、新潮社、一九七〇～一九九九）などはその代表的な例だが、ここで江藤は明らかに作者によって書かれた作品ではなく、作品を書く作者の存在に目を注いでいる。

(2)『鷗外　闘う家長』（河出書房新社、一九七二・一一）、『不機嫌の時代』（新潮社、一九七六・九）、『曖昧への冒険』（新潮社、一九八一・五）など、山崎の大半の批評がこの方法によって書かれている。

(3) R・バルト『物語の構造分析』（花輪光訳、みすず書房、一九七九・一一）所収。原論文は一九六八年。

(4) R・バルト『物語の構造分析』（前出）所収。原論文は一九七一年。

(5) M・フーコー『作者とは何か』（清水徹・豊崎光一訳、哲学書房、一九九〇・九）所収。原論文は一九六九年。

(6) 松澤和宏が『こゝろ』について提示した〈主人─奴隷〉という〈形〉について、当然松澤はそれを漱石の生活意識に結びつける解釈をしていないが、私見ではこの〈形〉ないし図式は『こゝろ』について妥当であるとともに、漱石の現実世界に対する認識を表象していると思われる。これまであまり指摘されていないが、漱石の世界は一九世紀末から二〇世紀初めにかけての帝国主義の流れをつねに底流させている。それはすなわち、欧米の列強と日本が〈主人〉として中国・朝鮮などを〈奴隷〉化しようとする趨勢にほかならなかったからである。

（7）拙著『三島由紀夫　魅せられる精神』（おうふう、二〇〇一・一一）。

（8）しかし基本的な理念の次元においては、小論は加藤典洋の論とほぼ同一の方向性を共有している。加藤は図示によって「読み手（＝読者）→テクスト（＝作品）→書き手→作者の像≠作者」という連関を「言語行為領域」として提示し、それを「脱テクスト論の『作者の像』」として、「テクスト論批評」における「作者の死」と差別化しようとしている。小論との差異をなすのは、「作者の像≠作者」という不連続の捉え方であり、加藤はテクストとしての作品の読み込みから抽出された「作者の像」が伝えていると信憑される「作中原事実」が「作品の言表行為の外にあるいわゆる現実Xとは、何のつながりもない。両者は、無関係なのである」と述べている。しかし本章後半の『舞姫』を論じた部分や以下の章で示したように、決して「作中原事実」は作者自身の生きる「現実X」とは無関係ではない。前者は後者を暗喩的に収斂させた地点に生み出されているのであり、それをもたらす営為によって作者は曖昧な「現実X」に対する自身の位置を見定めることになるのである。

（9）W・C・ブース『フィクションの修辞学』（米本弘一・服部典之・渡辺克昭訳、水声社、一九九一・二、原著は一九六一）。

（10）P・リクール『時間と物語』（Ⅰ〜Ⅲ、久米博訳、新曜社、一九八七・一一、八八・七、九〇・三、原著は一九八三〜八五）。

（11）『時間と物語』の論理的な基底をなす、物語と時間性の関係に対する視点は、なかで言及されているように、フランク・カーモードの『終わりの意味』（Frank Kermode, *The Sense of An Ending*, Oxford University Press, 1967）の主題を踏まえている。ここでカーモードはリクールに先行する形で、筋立てが直線的に流れていく時間である「クロノス」を、何らかの「終わり」に関連づけられる意味をはらんだ「カイロス」へと変容させることで人間化する手立てであるという前提を立て、現代がその「終わり」を拡散させてしまった時代であるという認識を語っている。カーモードは筋立てることが統合形象化であることを前提しながら、その形象化が困難になった時代としての現代の姿が、作品内容の拡散としてあらわれているという見方をとり、その端的な例としてムージルやロブ＝グリエの作品を取り上げている。『終わりの意味』は『時間と物語』ほどの分量をもたないが、主題と小説作品の内容の照応においてはより具体的な議論を展開させている。

（12）N・フライ『批評の解剖』（海老根宏・中村健二・出淵博・山内久明訳、法政大学出版会、一九八〇・六、原著は一九五七）。

（13）W・ベンヤミン『アレゴリーとバロック悲劇』（ちくま学芸文庫『ベンヤミン・コレクション1 近代の意味』久保哲司訳、一九九五・六、原著は一九二八）。

（14）この二重性の透過によって寓意（アレゴリー）は象徴（シンボル）と区別されうる。しかしもちろん広くいえば寓意も象徴的表現形式の一つであり、むしろその典型として見なす視点もある。アンガス・フレッチャーの『アレゴリー』（Angus Fletcher, ***Allegory*** — *The Theory of a Symbolic Mode*, Cornell University Press, 1964）はその立場をとっており、ここで指摘したような二重性を踏まえながらも、ドン・キホーテや『白鯨』のエイハブ船長におけるように、情念や情熱が一人の人物に凝縮され「daemon」（霊的な権化）化されるところに、寓意の典型的な表象を見ようとしている。

（15）笹淵友一『明治大正文学の分析』（明治書院、一九七〇・一一）。

（16）三谷邦明「近代小説の言説・序章」（『日本文学』一九八四・七）。

（17）三好行雄『鷗外と漱石――明治のエートス』（力富書房、一九八三・五）。
（18）蒲生芳郎『森鷗外――その冒険と挫折』（春秋社、一九七四・四）。
（19）千葉俊二の『エリスのえくぼ――森鷗外への試み』（小沢書店、一九九七・三）にも「官長が「独立の思想を懐きて、人なみならぬ面もちしたる」豊太郎を喜ぶはずがない」という指摘があるが、その官長の意向と豊太郎の免官の因果性については明確な言及はなされていない。また千葉は豊太郎の内に生じた意識が「互恵的な精神共同体を構築することをめざした儒教のそれとよく似ている」という見方を示しているが、それがベルリンで「法の精神」や「歴史文学」に親炙することによってもたらされたものであることを考えると、やはり西欧の浪漫的精神と連繫するものと見なすべきであろう。だからこそエリスという〈西洋人〉が、豊太郎の内面の鏡像として現われるのである。
（20）J・ラカン『エクリⅠ』（弘文堂、一九七二・五）所収の「〈わたし〉の機能を形成するものとしての鏡像段階」（宮本忠雄訳、原論文は一九四九）。
（21）J・ラカン『エクリⅡ』（弘文堂、一九七七・一二）所収の「治療＝型の異型について」（三好暁光訳、原論文は一九五五）。
（22）小森陽一『文体としての物語』（筑摩書房、一九八八・四）所収の「結末からの物語」。
（23）田中実『小説の力――新しい作品論のために』（大修館書店、一九九八・二）所収の「多層的意識構造のなかの〈劇作者〉――森鷗外『舞姫』」でも、帰国後の鷗外が「大日本帝国憲法発布を心から喜び、天方伯のモデル山県有朋の軍閥への参画を試み（略）、日本の近代化批判として激しい「戦闘的啓蒙」に乗り出」すという保守的な姿勢への傾斜が指摘されている。田中はその傾斜が、体制への批判が鷗外のなかで「深く眠ったまま」だったことによるという見方を語っているが、少なくとも帰国後の鷗外の保守主義的るのである。『舞姫』の内容自体が、ここで見たようにそれを示唆しているのである。

I　視角としての〈現在〉——谷崎潤一郎

遡行する身体

（1）山口政幸「『痴人の愛』の「西洋」——幸福の指数として」（『日本近代文学』第37集、一九八七・一〇）には、「ここで谷崎は、大阪を中心とする関西読者に向って、なかんずく横浜を中心とした当地のハイカラさを伝えようとしたのではあるまいか」という指摘がある。

（2）小林秀雄「谷崎潤一郎」（『中央公論』一九三一・五）。引用は『小林秀雄全集』第一巻（新潮社、一九八八・五）による。

（3）加藤周一『日本文学史序説』（下、平凡社、一九八〇・五）。

（4）岩野泡鳴「普通学としての外国語を廃止せよ」（『新日本主義』一九一六・二）。引用は『岩野泡鳴全集』第一三巻（臨川書房、一九九六・一二）による。

（5）ここに挙げた英文法の著作については、『日本の英学100年大正篇』（日本の英学100年編集部、研究社出版、一九六八・一一）、高梨健吉『日本英学史考』（東京法令出版、一九九七・九）を参照し、それぞれの内容を確認した。

（6）中村光夫『谷崎潤一郎論』（河出書房、一九五二・一〇）。

（7）永井良和『ダンスと日本人』（晶文社、一九九一・八）によれば、日本で最初の営業ダンスホールは大正九年（一九二〇）横浜に開設された鶴見花月園舞踏場である。ここは新しい社交会場として人気を集め、翌年には東京にもダンス熱が波及し、多くの同好会が結成された。社交ダンスの指導者として著名であったのは、ロシアからの亡命者であったエリアナ・パブロバであり、『痴人の愛』のシュレムスカヤ夫人には彼女の像が投影されているだろう。

(8)『痴人の愛』における西洋映画の文脈には多くの言及があるが、とくに斉藤淳の「『痴人の愛』――デミル映画の痕跡」（『日本文学』68号、立教大学、一九九一・三）が詳しい。同論文によれば、妖婦的な女となって以降のナオミの行動には、「ポーラ・ネグリの映画の痕跡」が見られるのであり、とくに一旦「退屈な夫」のもとを去った妻が、再び帰還するという構図は、ポーラ・ネグリやグロリア・スワンソン、ビーブ・ダニエルスらを使ったセシル・B・デミルによる映画の筋に近似しているとされる。

(9) 前田久徳『谷崎潤一郎 物語の生成』（洋々社、二〇〇〇・三）。

(10) 小森陽一「都市の中の身体／身体の中の都市」（佐藤泰正編『文学における都市』笠間書院、一九八八・一、所収）。

(11) 滝川政次郎によれば江戸幕府は私娼の駆逐を方針として強く打ち出していたが、それによって遊廓の経営者たちは遊女たちに芸を身につけさせることを怠り、江戸中期以降、新吉原は衰微の道を辿ったとされる。自身の個的な芸と色香によって客を惹きつける積極性は、やはり中世の遊女たちの属性としての側面が強いようである。

(12) 野口武彦『谷崎潤一郎論』（中央公論社、一九七三・八）、田中美代子「神になった女――「痴人の愛」について」（『海』一九七七・七）。田中は「プロスティテュートをその身上として、あらゆる男に身をまかせ、しかも誰のものにもならず」に、「永遠に手のとどかぬ虚妄の花に化身する」という、ナオミの示す娼婦性を芸術の寓意と見なしている。野口はナオミが「悪」の超越性によって、「だれにも所属しない女」となるという見方を示しているが、ナオミが「だれにも所属しない女」となることに、超越的な比喩性を付与することにあまり意味はないと思われる。

(13) 柳田国男『女性と民間伝承』(岡書院、一九三二・一二→『柳田國男全集』第六巻、筑摩書房、一九九八・一〇)、中山太郎『売笑三千年史』(春陽堂、一九二七・一二)。

(14) 『痴人の愛』における近代批判の側面については、小泉浩一郎「谷崎文学の思想——その近代天皇制批判をめぐって」(『国語と国文学』二〇〇一・一)にも指摘がある。ここではこの作品における「ナオミの支配権確立」が「男性原理的な近代天皇制や〈家〉制度」を相対化しているとされる。しかしここでいわれる「女性原理に導かれるエロスの王国」がなぜ「もう一つの天皇制」と称され、「近代天皇制」と対比させられねばならないのかは不明であり、またそれ以前に「男性原理」「女性原理」といった用語の内実も明確ではない。

〈物語り〉えない語り手

(1) 語り手の柿内園子の家は兵庫県西宮市にあり、関西方言にも京都、大阪、神戸で微妙な差異があるが、ここではそうした地域ごとの色合いを問題にしていないために、「大阪言葉」という呼称によってそれらを総称することにする。

(2) 河野多恵子『谷崎文学と肯定の欲望』(文藝春秋社、一九七六・九)。

(3) 千葉俊二『谷崎潤一郎——狐とマゾヒズム』(小沢書店、一九九四・六)所収の「語り手の声」。

(4) 『卍』が『改造』に連載され始めた最初の三カ月間は、園子は大阪言葉ではなく「先生、わたくし今日はすっかり聞いて頂くつもりで伺ひましたんですけれど、でもあの、……折角お仕事のところをお宜しいんでございますの？　それはそれは詳しく申し上げますと実に長いんでございますのよ」といった標準語的な言葉遣いによって、自身の経験を語ろうとしている。地理的な設定に背いたこの言葉遣いが不自然であることはいうまでもなく、その後谷崎は助手の力を借りて大阪言葉に書き直している。まだ関西移住後さほど時間が経っていなかった『卍』の執筆当時では、大阪言葉を登場人物に語らせることに自信がなかったのかもしれないが、小論で述べたような主題の表出や人物の造形を成就させるためには、大阪言葉への移行は不可欠の条件だったといえよう。

（5）P・リクール『時間と物語』（I、久米博訳、新曜社、一九八七・一一、原著は一九八三）。

（6）澤田の著作とほぼ同時代に出されたハヴェロック・エリスの『性の心理』（一九二八）では、修道尼や女工たちの間で同性愛が起こりやすいといったように、女性間同性愛が環境や職業といった後天的要素によって発動することが多いことが指摘されている。また女子学生が「同輩や年上の相手や女子教師に対して激しい愛着を示す」（佐藤晴夫訳、以下同じ『性の心理4　性対象倒錯』未知谷、一九九五・一二）ことも多いとされるが、その理由の一つとして「女子の方が男子よりも仲間に対して強い愛情と自己献身の衝動を抱いている」という傾向が挙げられている。しかし澤田が想定するような風俗的な流行としての位置づけはエリスの言説では同性愛に対して与えられていないようである。

（7）前出の澤田順次郎やハヴェロック・エリスの言説に逆行するようだが、女性間同性愛において後天的要素が強いとはいえ、そこに強く傾斜していきがちな女性は、やはりかなり早い時期からその傾向を発現させている。大島正見編著『女性同性愛者のライフ・ヒストリー』（学文社、一九九九・四）に紹介された事例においても、多くの女性間同性愛者は、少女期から自分が同性と肉体的接触を持つことが嫌いではないことを自覚することによってその歩みを始め、そこから性的交渉を深める方向に進んでいく場合が多いようである。ただその過程においては、やはり彼らを同性愛により強く駆り立てていく環境的な条件が作動している。

(8) 榊敦子は『行為としての小説――ナラトロジーを越えて』(新曜社、一九九六・六)の『卍』を論じた章(「話声と記述の饗宴」)で、園子の語りが出来事の事実性を確定していくのではなく、逆に錯雑なものにしていく性格をもつことについて、因果的照応における「多対多対応のモデルを顕示し、私たちに語りという行為の複雑さを教えてくれる」と述べているが、『卍』のもつ特性は決して語りの一般性の地平に還元されてしまうものではない。

(9) たとえば野口武彦は『谷崎潤一郎論』(中央公論社、一九七三・八)で、『卍』において「不思議にけろりとした即物性」が「冷酷なユーモア」をもたらしていると指摘している。また千葉俊二もこの野口の見方を受ける形で、『卍』を満たしているものが「どこかとぼけたような大阪弁のユーモラスな語り口」であるという評価を与えている(『谷崎潤一郎――狐とマゾヒズム』前出)。

(10) H・ベルグソン『笑い』による。生の連続性の途絶に笑いの要因を求めるベルグソンの論理は決して十分ではない。道路で激しく転倒して死亡した人間を見て笑うことはできないからである。ベルグソンが挙げる、バナナの皮に滑って転んだ人間の姿がおかしいのは、決して歩行の連続性が途絶したためだけではなく、にもかかわらずそこで生命が持続し、またその際に彼が見せた手振りや表情が、そのなかに潜んでいた別個の生命の形を垣間見せたからにほかならない。〈笑い〉とは結局、制度化された運動性が相対化されると同時に、それまでそこで抑圧されていた別個の生命の感触が浮上してくる取り合わせによってもたらされるものであるといえよう。

（11）前田勇『大阪弁』（朝日選書、一九七七・二）中の「語尾の陰影」の章では、こうした大阪弁特有の語尾について考察され、東京弁の語尾が「きれいさっぱり」に話者の意思を表現するのに対して、大阪弁のそれらが「なあ」「な」に典型的に示されるように、むしろ「情を相手に人なつっこく訴える」効果をもつとされている。

表象としての〈現在〉

（1）「『細雪』を書いたころ」には「『細雪』の上巻の稿を起したのは太平洋戦争の勃発する一二箇月前、昭和十七年の十月前後ではなかつたかと思ふ」と記されており、明らかな誤謬が含まれている。「太平洋戦争の勃発する一二箇月前〔一、二カ月前〕」であれば、当然それは昭和一六年（一九四一）のことになるが、市居義彬の『谷崎潤一郎の阪神時代』（曙文庫、一九八三・三）では、「戦争勃発は忘れられない出来事だけに、おそらく昭和十六年十月頃から『細雪』を書き始めたのでしょう」と推測されている。しかし当初の「三寒四温」の構想からの変更を考慮すれば、あるいは『細雪』自体の稿は谷崎自身がいうように、「昭和十七年の十月」頃に起こされていたのかもしれない。

（2）参照、引用は渡部直己『谷崎潤一郎 擬態の誘惑』（新潮社、一九九二・六）による。なおここでは「雪子と八月十五日――『細雪』を読む」に改題されている。

（3）鈴木貞美『人間の零度もしくは表現の脱近代』（河出書房新社、一九八七・四）。

（4）引用は『ベンヤミン・コレクション1　近代の意味』（浅井健二郎編訳、久保哲司訳、ちくま学芸文庫、一九九五・六、原著は一九二八）による。

（5）野口武彦『谷崎潤一郎論』（中央公論社、一九七三・八）。

（6）東郷克美「戦争とは何であったか——『細雪』成立の周辺ｅｔｃ」（『國文學』一九八五・八）。
（7）その際重要となるのは、発禁に抗する姿勢がどの時点で谷崎のなかで明確になったかということだが、もちろん発禁の処分は突然与えられたのではなく、『中央公論』昭和一八年一月号へ最初の掲載がなされた時にすでに弾圧が軍部から加えられていた。当時『中央公論』の編集長であった畑中繁雄の「『生きてゐる兵隊』と『細雪』をめぐって」（『文学』一九六一・一二）には、一五年五月号に掲載予定であった『細雪』第三回分のゲラ刷りが出ていた段階で、掲載中止が決定された事情が語られている。一方、市居義彬の『谷崎潤一郎の阪神時代』には、「三月号に第二回が掲載されたとき、陸軍報道部から連載禁止令が出て」、連載中止に追い込まれたと述べられている。おそらく谷崎は軍部からの禁止令を知りつつ「十四」章以降を書き継ぎ、結局掲載を許されなくなったのであろう。この作品に対する軍部の評価が、「軟弱かつはなはだしく個人主義的な女人の生活をめんめんと書きつらねた」（「『生きてゐる兵隊』と『細雪』をめぐって」）小説であるということを谷崎は当然感じ取っていただろうから、第三回掲載分に入っていたであろう「十七」章のキリレンコ一家との政治談義などは、そうした「軟弱」さを緩和するための戦略であったともいえよう。
（8）『新修神戸市史』（歴史編、新修神戸市史編集委員会、神戸市、一九九四・一）、『大阪朝日新聞』一九三八年七月六日の記事などによる。
（9）「絶対国防圏」は千島、小笠原からサイパン、トラックを含む南洋の諸島、さらには西ニューギニア、インドネシア、ビルマなどを囲う圏域を指す。これはイタリアの降伏によって危機感を覚えた軍部が、絶対に確保すべき共栄圏の中心部として設定したものである。
（10）鈴木貞美『人間の零度もしくは表現の脱近代』（前出）。

(11) 小森陽一・蓮實重彥対談「谷崎礼賛——闘争するディスクール」(『國文學』一九九三・一二)。
(12) 引用は『木下杢太郎全集』第五巻(岩波書店、一九八〇・七)による。
(13)『細雪』のもつ予見性については、河野多恵子が「義妹(重子——引用者注)の結婚があまりよいものではあるまいという〈豫覺〉」と、「雪子を交えた一家で趣味も美食も花見もほしいままにできた時代が再び戻ってくるべきはずだという〈豫覺〉」を挙げている(『谷崎文学と肯定の欲望』文藝春秋、一九七六・九)。これは創作の動機の次元に想定された予見性であり、小論での文脈とは異なる。
(14) 第一回国勢調査のおこなわれた大正九年(一九二〇)を一〇〇とする府県別の人口比では、昭和一〇年(一九三五)と一五年(一九四〇)で東京はそれぞれ一七二、一九九であるのに対して、大阪は一六六、一八五であり、兵庫は一二七、一四〇にとどまっている(『人口統計年鑑』総務庁統計局監修、一九八五・一〇、による)。これはやはり流入人口の差であり、高橋勇悦の『東京人の研究——都市住民とコミュニティ』(恒星社厚生閣、一九九五・七)によれば、大正九年の段階ですでに東京の人口の四七パーセントは他府県からの流入者であった。
(15) 清水良典は「文と陰翳」(『群像』一九九四・一一→『虚構の天体 谷崎潤一郎』講談社、一九九六・三)で、下巻での妙子の描出について、「いわばここには〝敗戦〟の、そして〝戦後〟の姿がある。谷崎が背を向け、また自ら自滅していった日本の近代の「非常時」のうとましい「病苦」の姿がある」と指摘している。東郷克美にも「『細雪』試論——妙子の物語あるいは病気の意味」(『日本文学』一九八五・二)での、「妙子の造形には、戦中戦後の混乱した世相に対する作者の異和感の反映があるかもしれない」という指摘がある。

〈戦い〉の在り処

(1) 平野謙「解説」(新潮文庫版『芽むしり 仔撃ち』一九六五・五)。
(2) 小森陽一『小説と批評』(世織書房、一九九九・六) 所収の「差別と排除の言語システム」。
(3) 年譜によれば、大江は昭和二五年(一九五〇)三月に大瀬中学校を卒業し、四月に愛媛県立内子高等学校に入学している。翌二六年(一九五一)に愛媛県立松山東高等学校に転校し、後に俳優、映画監督になる伊丹十三と親交を結ぶことになった。
(4) スーザン・ネイピアは、村人に置き去りにされることを契機として、少年たちが「驚くべく調和的な共同体」をつくり上げることを重視し、そこに現出する充溢感が、村の境界の外側に拡がっている「荒野」としての現実社会に対する代替物となるという見方を示している (Susan J. Napier, *Escape from the Wasteland — Romanticism and Realism in the Fiction of Mishima Yukio and Oe Kenzaburo*, Council on East Asian Studies, Harvard University, 1991)。
(5) 浜館菊男『学童集団疎開』(太平洋出版、一九七一・一一) には、疎開中に一番辛かった経験を学童に尋ねると、言い合わせたように「仲間はずれにされること」であったという答えが返ってくるという記述が見られる。また山中恒の『欲シガリマセン勝ツマデハ』(『ボクラ少国民』第四部、辺境社、一九七九・一) には、作家の小林信彦の、疎開の集団生活がたちまち「ミニ軍隊化」していき、「腕力の強いやつ、それにとりいってずるく立回るやつが、支配していく」傾向があるという話や、俳優の小笠原良知の「まったく弱肉強食」であったといった回想が紹介されている。こうした現実には苛酷な力関係に支配されていた集団疎開の側面は、『芽むしり仔撃ち』からは捨象されている。

(6) 引用は河出書房新社版『新編江藤淳文学集成4』(一九八五・二)による。

(7) 砂川闘争に関する記述は主に宮岡政雄『砂川闘争の記録』(三一書房、一九七〇・六)により、他に基地問題文化人懇談会編『心に杭は打たれない』(河出書房、一九五七・一)、高木正幸『全学連と全共闘』(講談社現代新書、一九八五・四)、および本文に挙げた堀田善衛と廣中俊雄の論考に加えて、『中央公論』一九五六年一二月号にそれらと合わせて掲載された中野好夫「基地問題の背後にあるもの」を参照している。なお大江健三郎のこの闘争への参加の痕跡は、他に『新しい人よ眼ざめよ』(講談社、一九八三・六)にある、大江に相当する語り手が、「砂川闘争の支援に行くバスのなかで、自分は警棒で頭を殴られて死んでも平気なんだ」と話すくだりや、『懐かしい年への手紙』(講談社、一九八七・一〇)にある、やはり大江に当たる語り手の妻が、夫が大学時代「「砂川闘争」のデモで怪我をした」ということを話したという箇所などにも認められる。

(8) 砂川闘争における衝突の犠牲者は、基地拡張の反対者の側だけではなく、それを抑圧した警官隊の側にも生じていた。この論考が「警察官の悲劇」という表題をもつのは、この現場に出動した警察官の一人が、事件の約一週間後に自殺したことによっている。筆者によれば、この警察官の死は「力による抑圧をよしとする誤った考え方」への批判を投げかけようとしていたが、それが警察当局を動かすことはなかった。

(9) 中村隆英『昭和経済史』(岩波セミナーブックス、一九八六・二)による。

(10) この特集では当時東大に在学中であった大江健三郎の『奇妙な仕事』にも言及されている。五月祭を記念する懸賞小説の当選作であったこの作品に対して、「犬殺しのアルバイトをする東大生、私大生、女子学生を描きながら筆致がセン細」であることが指摘され、それが「たとえドギツイ事件でも、一つの風俗として眺めるようなゆとりが、いまの学生に出てきた」ことのあらわれであると見る、選者の荒正人の言葉が引用されている。

(11)『飼育』でもアメリカ兵である「黒人兵」が、「疫病のように子供たちの間にひろがり浸透していた」という記述が見出される。また『芽むしり 仔撃ち』では、共同体を襲う脅威として「疫病」と「洪水」は近似的な暗喩性をもっているが、『戦後世代のイメージ』では、「洪水のように、かれらは日本をひたしていた。時がたち、かれらは日本からひきあげていった。しかし、かれらは洪水がひいてゆくように、すっかりひいてしまって、そのあとには何ものこさなかったか?」という記述があり、はっきりと占領軍が「洪水」に譬えられている。こうしたイメージをこの時期の大江がもっていたとすれば、『芽むしり 仔撃ち』において「疫病」が「アメリカ」の比喩として機能している蓋然性は十分あるはずである。

(12) Philippe Forest, *Ôé Kenzaburo — Légendes d'un romancier japonais*, Edition Pleins Feux, 2001.

(13) Angus Fletcher, *Allegory — The Theory of Symbolic Mode*, Cornell University Press,1964.

(14) こうした大江の主人公の「平和」を否定し、「戦争」を希求する心性が、昭和三〇年代以降の三島由紀夫のそれと通底するものであることはいうまでもない。〈戦後民主主義〉と〈天皇至上主義〉といった形で対比されがちな大江と三島だが、戦後社会に対する認識の方向性は重ねられる部分が大きい。むしろ戦後社会に対する相対化の意識は、イデア化された天皇を武器としてそれをおこなおうとする三島の方が、ムラ共同体的な世界にとどまろうとする半面の心性によって、所与としての現実を受容してしまう傾向を示す大江よりも熾烈であるといえよう。『遅れてきた青年』の主人公も、世俗的な上昇志向を抱えた人物としての相貌を備えている。そしてこの現実の所与性の端的な形象としての意味をもつことになるのが、共生を宿命づけられた、障害をもつ長男光の存在であったといえよう。

(15) 他の作品を例にとれば、『不意の唖』(『新潮』一九五八・九)では終戦後の村を舞台として、進駐軍の通訳をする男が靴を盗まれたと主張することを契機として、部落長が兵士に撃ち殺されることになった後で、村人の総意によってその通訳を水に沈めて殺すに至る経緯が描かれる。ここでは作者の意識は明らかに村人の側に寄り添っている。あるいは『他人の足』(『新潮』一九五八・八)で無為な快楽に日々を送る脊椎カリエス患者の少年も、意識の改革を訴える新しい患者の学生に対して違和感を覚え、彼が自分の足で歩けることを知った瞬間に、埋めがたい距離を生じさせてしまう。この作品の冒頭部分には「僕らには外部がなかったのだといっていい。壁の中で、充実して、陽気に暮していた」という記述があるが、こうした「壁の中」の住人としての生を選び取ろうとする心性が大江のなかには潜んでいる。

〈鏡〉のなかの世界

(1) 松原新一『大江健三郎の世界』(講談社、一九六七・一〇)。
(2) 片岡啓治『大江健三郎論――精神の地獄をゆく者』(立風書房、一九七三・七)。
(3) 黒古一夫『大江健三郎論――森の思想と生き方の原理』(彩流社、一九八九・八)。
(4) 石橋紀俊「大江健三郎『個人的な体験』論――〈赤〉色・身体・間-テクスト性あるいは事前性」(『論樹』第9号、一九九五・九)。
(5) W・ジェームズ『宗教的経験の諸相』(桝田啓三郎訳、日本教文社、一九八八・六、原著は一九〇二)。
(6) W・C・ブース『フィクションの修辞学』(米本弘一・服部典之・渡辺克昭訳、水声社、一九九一・二、原著は一九六一)。但し序章でも述べたように、ブースが力点を置いているのは、登場人物の表象を修辞的に浮び上がらせる技法を駆使する者としての〈作者〉の存在である。小論で扱っているものは、修辞をはじめとして、作品内の表象を方向づける主体としての〈作者〉であり、含意としてはブースよりも広いといえよう。

(7) 大江健三郎の長男光に対してなされた手術の詳細については、執刀医である森安信雄による報告(「脳分離腫の1例」『森安信雄教授退職記念業績集』日本大学医学部脳神経外科教室、一九八二・三、所収)を参照した。但しここではプライバシーを考慮し、手術の詳細に関する記述は避けた。報告の表題にある「脳分離腫」が、作品中で「肉瘤」として示される症例に対する医学的な呼称であることだけを記しておきたい。なおはじめ脳ヘルニアであると思われた異常が、結果的に余剰の肉瘤であることが分かったという作中の流れは、大まかな経緯としては事実に即している。

(8) 拙著『大江健三郎論――地上と彼岸』(有精堂、一九九二・八)。

(9) K・バーク『文学形式の哲学』(森常治訳、国文社、一九七四・二、原著は一九四一)。

(10) アポリネールが第一次世界大戦で、流れ弾によって頭部を負傷したのは一九一六年三月一七日のことである。しかもこの傷をアポリネールは戦場での戦いにおいてではなく、兵営で新着の雑誌を読んでいる際に負ったのであり、その面でも包帯を巻いたアポリネールの像は、〈兵士〉というよりも〈文学青年〉のそれに近接していることになる。

(11) 蓮實重彥『大江健三郎論』(青土社、一九八〇・一一)。なお鳥《バード》と赤ん坊のイメージ的な照応を指摘した論考としては、この蓮實の著書を踏まえた石橋紀俊「大江健三郎『個人的な体験』論――〈赤〉色・身体・間-テクスト性あるいは事前性」(前出)がある。ここでは「赤」色のイメージが『個人的な体験』に繰り返し現われることに着目し、「赤ん坊」の「赤」と、赤ん坊を見棄てようとするエゴイズムに鳥《バード》がみずから「赤面」してしまうことの照応などが述べられている。これは興味深い指摘だが、こうした「赤」のイメージの反復の意味するものについては考察されていない。また結論部で述べられた「事前性を正統に生きる」という倫理的な問題性との接合も、十分に論理立てられていない。

(12) J・ラカン「〈わたし〉の機能を形成するものとしての鏡像段階」(宮本忠雄訳、『エクリI』弘文堂、一九七二・五、所収、原論文は一九四九)。

(13) J・ラカン「〈わたし〉の機能を形成するものとしての鏡像段階」(前出)。

(14) 去勢はフロイトの理論においては、母を犯そうとする息子のペニスに対してなされる否認を意味するが、ラカンの理論においてはより広い含意で捉えられている。それは言葉をはじめとする他者的な媒体を内に導き入れ、原初的な自己の存在を無化しつつ、自己を社会化していく作用を指している。ここでもその意味において去勢を捉えている。しかし『舞姫』においてもそうであるように、それが文学作品の主題となる時は、何らかの表象によってその象徴的去勢が表現されているようである。

(15) 中村隆英『昭和経済史』(岩波セミナーブック17、一九八六・二)、『昭和』(12、講談社、一九九〇・五)などによる。

(16) 「純文学論争」に関わる議論としては他に、座談会「純文学と大衆文学」(出席者は伊藤整・山本健吉・平野謙、『群像』一九六一・一二)、福田恆存「文壇的な、あまりに文壇的な」(『新潮』一九六二・四)などが挙げられる。

希求される秩序

(1) 柄谷行人『終焉をめぐって』(福武書店、一九九〇・五)。

(2)黒古一夫『大江健三郎論――森の思想と生き方の倫理』(彩流社、一九八九・八)。

(3)シンポジウム「明治百年をどう評価するか」(『潮』一九六七・二)。討論参加者は他に松本三之介、大石嘉一郎、市井三郎。「明治百年祭」に対しては、松本は「第一、明治百年の何を祝おうとしているのか、私にはまったく納得がゆきません」と述べ、大石はこの催しが「たんに老人相手の復古主義」ではなくて「若い青年層」にも向けられており、しかもそれを国が対外的にアピールする形でおこなおうとしているところに不満をもらしている。市井はこの催しに対して一定の理解を示しながら、「下積みの人間と、上層の参加意識をもっている自信に溢れたエンジニヤとの断絶」が定着してしまったことを、現在の近代化の問題として指摘している。

(4)J・ラカン「《盗まれた手紙》についてのゼミナール」(佐々木孝次訳、『エクリⅠ』弘文堂、一九七二・五、所収、原論文は一九五七)。ラカンは自己の社会化と喪失、疎外が表裏をなして生起する関係について、「〈わたし〉の機能を形成するものとしての鏡像段階」(宮本忠雄訳、『エクリⅠ』前出、所収、原論文は一九四九)では、「鏡像的なわたしから社会的なわたしへの反転に始まるパラノイア性の自己疎外(aliénation paranoïaque)」(傍点原訳文)を「ヒステリー性の抑圧」が端的に示すという見方をしている。しかしこうした主体の無力化や自己疎外に対して、ラカンが「去勢」(la castration)という言葉そのものを充てているわけではない。ここではこの言葉はあくまでもラカンの意を敷衍した上での比喩的な用法において用いている。

(5)しかもこの作品ではこの「狂気」の力が二つの鏡像を結びつける要素として作動しており、それが一層蜜三郎を圧迫している。つまり白痴に宿命づけられているらしく思われる赤ん坊の頭部に生じた異常が、蜜三郎から遺伝的にもたらされたものである可能性が示唆されているからだ。それは個人を襲った不条理な運命として提示されていた『個人的な体験』との差異を明確にしつつ、自死した友人―蜜三郎―鷹四の三者を結びつける要素をなしている。

(6) J. Lacan, *Séminaire XI*, Seuil, 1973.

(7) 『昭和史』(有斐閣、一九八二・七)による。

(8) もっとも大江自身の郷里である喜多郡大瀬村(現内子町大瀬)には、一九六七年の時点でスーパーマーケットは存在していない。内子地区全体においても、当時はチェーン店「愛媛スーパーチェーン」の「内子主婦の店」があっただけである。

(9) J・ラカン「〈わたし〉の機能を形成するものとしての鏡像段階」(前出)。

(10) 柄谷行人『終焉をめぐって』(前出)。

(11) カトリーヌ・クレマン『ジャック・ラカンの生涯と伝説』(市村卓彦・佐々木孝次訳、青土社、一九八五・一、原著は一九八一)、佐々木孝次『ラカンの世界』(弘文堂、一九八四・一一)。これらの著作においては「大文字の他者(l'Autre)―象徴界―超自我」の等価性が、フロイトとラカンを結ぶ項目として明確化されている。

(12) 拙著『大江健三郎論――地上と彼岸』(有精堂、一九九二・六)でも、すでに蜜三郎と鷹四の類似性を指摘している。そこでは現実世界を生きる足場としての自己同一性を希求しつつ、それを得ようとする行動が、彼らを〈死者〉たちの彼岸的世界に接近させてしまう逆説に、両者を介在する契機を見出していたが、ここではむしろそうした関係性を現出させてしまう、現実世界における条件を焦点化しようとしている。

(13) 成田龍一「方法としての「記憶」――一九六五年前後の大江健三郎」(『文学』一九九五・四)。成田は小野武夫の著作をはじめとする広範な資料を紹介しつつ、大江が「つねに信頼度の高い資料集を「谷間の村」の一揆を描くときに参照していることがうかがわれる」という評価を与えているが、大江がそれらを踏まえて歴史上の一揆をどのように虚構化したかについては考察されていない。また小論で参照した「丹後の百姓一揆」に対しても成田の論文は言及していない。

(14) 引用は『谷川俊太郎詩集』(続、思潮社、一九七九・二)による。

(15) 一般に御霊とは早良親王や菅原道真によって代表される政治的な失脚者の霊を指し、それを慰め、彼らが現世の人間に対してなすであろう祟りを回避するべく催される祭りが北野、祇園などの御霊会であった。それによって御霊は共同体に祟りをなすのではなく、それを守る存在に転化させられることになる。『万延元年のフットボール』における御霊はこうした本来の鎮魂の対象から逸脱した規定を与えられているが、それは蜜三郎の言葉に挙げられているように、折口信夫の言説を大江健三郎が取り込んだことによってもたらされた性格である。大江が参照したのはおそらく『民族史観における他界観念』(『古典の新研究』角川書店、一九五二・一〇、所収↓『折口信夫全集』第一六巻(改訂新版、中央公論社、一九七三・八))に含まれる「念仏踊り」の項目である。蜜三郎が「折口信夫は、この新しい『御霊』のことを新発意《シンボチ》と呼んで」いるというように、折口は新参の霊魂を「新発意」と称し、「未完成の霊魂が集つて、非常な労働訓練を受けて、その後他界に往生する完成霊となることが出来る」とする信仰が念仏踊りの基底にあると述べている。この折口的な御霊観を受けて、『万延元年のフットボール』の念仏踊りの輪郭がもたらされている。折口の論では御霊の主体の政治性はほとんど考慮されていない。それは「完全に他界に居ることの出来ぬ未完成の霊魂」であり、それゆえそれが「将来他界身を完成させることを約せられた人間を憎み妨げる」ことを回避するための祭り——御霊会が必要であるとされる。

(16) 片岡啓治『大江健三郎論——精神の地獄をゆく者』(立風書房、一九七三・七)。

（17）柄谷行人『終焉をめぐって』（前出）。
（18）小森陽一「「乗越え点」の修辞学――『万延元年のフットボール』の冒頭分析」（『文学』一九九五・四↓『小説と批評』世織書房、一九九九・六）。

Ⅲ　重層する時空

生きつづける「過去」

（1）J・P・サルトル『想像力の問題』（平井啓之訳、『サルトル全集』第一二巻、人文書院、一九五五・一、原著は一九四〇）。
（2）H・ベルグソン『精神のエネルギー』（渡部秀訳、『ベルグソン全集』5、白水社、二〇〇一・一〇、原著は一九一九）。
（3）S・フロイト『精神分析入門』（高橋義孝・懸田克躬訳、『フロイト著作集』第一巻、人文書院、一九七一・九、原著は一九一七）。
（4）P・ヴァレリー「夢・意識・想像力」（恒川邦夫訳、『ヴァレリー全集カイエ篇』5、筑摩書房、一九八〇・八、原著は一九七三）。
（5）東北大学附属図書館所蔵の「漱石文庫」の蔵書リストには和書、洋書ともにフロイトの著作は含まれておらず、漱石におけるフロイトの影響は想定し難い。
（6）渡部直己「汎フロイディズムのために――『夢十夜』の楽譜」（『思潮』3、一九八九・一↓『読者生成論』思潮社、一九八九・七）、尹相仁『世紀末と漱石』（岩波書店、一九九四・二）、芳川泰久「夢の書法」

(『新潮』一九九二・九→『漱石論』河出書房新社、一九九四・五)など。渡部は「第十夜」の末尾の光景に「《媾合》と《去勢》と《堕胎》」の重複を見て取り、芳川もやはり「豚の鼻」に「勃起と去勢をともに可能にする」という「両義的」なイメージを付与している。尹は漱石が見た可能性のある、豚の大群に人間が迫られ倒される様を描いた絵との照応を踏まえた上で、「第十夜」の豚の群れを「人間の果てしない欲望の表徴」と見なしている。

(7) 伊藤整「解説」(『現代日本小説体系』16、河出書房、一九四九・五)。

(8) 荒正人「漱石の暗い部分」(『近代文学』一九五三・一二)。

(9) 高山宏「夢の幾何学」(『漱石研究』第8号、一九九七・五)。高山の論は「第四夜」について「もう少し夢に近づけたところでメタ・ドリーミングの物語だということもできるし、夢の祖述即ち物語の結構というジャンル上の約束事からして小さなメタ・フィクションであるということもできる」と述べている。しかしその「メタ」性が、叙述のメカニズムにおいてどのように現出しているのかに関する考察はなされていない。

(10) 桶谷秀昭『夏目漱石論』(河出書房新社、一九七二・四)、佐藤泰正『文学その内なる神』(桜楓社、一九七四・三)。

(11) 石井和夫「『夢十夜』の構成と主題——直線と円の饗宴」(『漱石研究』第一巻、一九九三・一〇)。

(12) 江藤淳「登世という嫂」(決定版『夏目漱石』新潮社、一九七四・一一、所収)。

(13) 相原和邦「『夢十夜』論の構想」(『現代文学試論』第一五号、一九七六・一一)。

(14) 小林康夫「涙と露——夏目漱石『夢十夜』」(『叢書 比較文学比較文化6 テクストの発見』(中央公論社、一九九四・一〇→『出来事としての文学——時間錯誤の構造』講談社学芸文庫、二〇〇〇・四)。

(15) この側面については、「第一夜」が「身体感覚によるリアリティーを意図的に回避した、漱石の精妙な、そして唯一の春画である」という関谷由美子の指摘（「『夢十夜』の構造――〈意識〉の寓話」『日本文学』一九九三・七）があるが、これは妥当な解釈であろう。関谷が「第一夜」を漱石による「春画」であるとする根拠は、「女は「仰向に寝」ており男は上から姿を「覗き込」んでいる」という、性交を暗示する姿勢と、性的なエクスタシーを想起させる「もう死にます」「さうかね、もう死ぬのかね」といったやり取りである。小論での方向性とは異質だが、こうした〈性交〉をめぐる文脈がこの話に埋め込まれていると考えることは十分可能であろう。

(16) 相原和邦「『夢十夜』論の構想」（前出）。

(17) たとえば漱石は明治三九年（一九〇六）一〇月二三日付の狩野亨吉宛書簡で「教授や博士になるならんは瑣末の問題である」と述べ、明治四〇年（一九〇七）三月二三日付野上豊一郎宛書簡では「教授は皆エラキ男のみと存候。しかしエラカラざる僕の如きは殆んど彼らの末席にさへ列するの資格なかるべきかと存じ、思ひ切つて野に下り候」と記している。

(18) 漱石と英文学の関係を論じた著書、論文は枚挙にいとまがないが、教職を辞した明治四〇年代以降の作品と英文学との関係に詳しく言及したものとしては、千種キムラ・スティーブンスの『『三四郎』の世界（漱石を読む）』（翰林書房、一九九五・六）、飛ヶ谷美穂子『漱石の源泉――創造への階梯』（慶應義塾大学出版部、二〇〇二・一〇）などが挙げられる。それらを参照することによって、作家専業になって以降も、漱石のなかに〈英文学〉が住みつづけていたことが明瞭になる。

(19) 漱石の日記の記述と呼応するように*"The Times"*一九〇一年一月二四日には、ロンドン中が女王の喪に服している様が記されている。「国全体が文字通り喪に服している。その表徴は、半旗や黒縁の旗の掲揚、役所や住宅の降ろされたブラインド、商店の半ば閉ざされたシャッター、黒服をまとって道を行く人々の多さや、ほとんどの公的な業務がすべて中断されているといった形で、至る所で目につく」という報告がなされている。

(20) リットン・ストレイチイ『ヴィクトリア女王』(小川和夫訳、富山房、一九八一・一、原著は一九二一)。

(21) 漱石のなかに「二〇世紀」への意識が強く存在することは、処女作の『吾輩は猫である』に「二十世紀の今日」「二十世紀の青年」「二十世紀のアダム」といった表現が頻出し、同じ時期(一九〇五、六)の「断片」にも「二十世紀に存在せんとすれば」「二十世紀に於てをや」といった言い回しが見られることからもうかがわれる。

(22) 笹淵友一『夏目漱石――「夢十夜」論ほか』(明治書院、一九八六・二)。

(23) 柄谷行人「内側から見た生」(『季刊藝術』一九七一夏→『漱石論集成』第三文明社、一九九二・九)。

(24) 芳川泰久「夢の書法」(前出)、渡部直己「汎フロイディズムのために――『夢十夜』の楽譜」(前出)。他には「百年」を端的に「永遠」の比喩として見る佐々木充「『夢十夜』解析」(『帯広大谷短期大学紀要』第八号、一九七〇・一二)、「日常的な時間概念を離れなければ捉えきれない、無限というほかのない時間」とする中原豊「『夢十夜』の時間・試論」(『語文研究』第七四号、一九九二・一二)などがある。

(25) 荒正人「漱石の暗い部分」(前出)。

(26) 柄谷行人「内側から見た生」(前出)。

(27) 吉本隆明『夏目漱石を読む』(筑摩書房、二〇〇二・一一)。吉本は佐藤泰正との対談『漱石的主題』(春秋社、一九八六・一二)でも、「盲目の子供」が子供であると同時に不気味な大人でもあるという、「そういうイメージとして全体的に見ることが、重要な気がするんです」と述べ、その根本には「漱石の一種の罪障感といいましょうかね、根元的な罪障感」があるのではないかと推察している。
(28) 富山太佳夫『ポパイの影に――漱石／フォークナー／文化史』(みすず書房、一九九六・一)による。
(29) 語り手のいる時間的な地点が、現実の執筆時の時間を追い越している他の例としては、『こゝろ』(『東京／大阪朝日新聞』一九一四・四～八)が挙げられる。この作品については、明治天皇と乃木大将の死につづいて、「先生」がみずからの命を絶った時点では存在していなかった語り手の「私」の子供が、「上 先生と私」が語り始められる段階では存在しており、そこから「先生」の死後「奥さん」と「私」が夫婦になったのではないかといった見方が小森陽一や秦恒平によって出され、数々の議論を呼んできた。しかし「私」の子供がいるという設定は、むしろ「先生」の自殺からかなりの時間が経過した段階で、この物語が語り始められていることを物語るものとして受け取るべきであろう。詳しい論証は別の場所に譲るが、つまり「私」が「上」を語り始めるのは執筆時の大正三年(一九一四)ではなく、彼が結婚し、子供をもうけ、その子供がある程度成長した時期に仮構されているということだ。それによって〈明治〉の表象としての「先生」と、〈大正〉という新しい時代の表象としての「私」の生きる世界の差異が明瞭になると漱石は考えたのであろう。この『こゝろ』の「上」が語り出される時間を、執筆時よりも未来の時間に想定する見方は、松澤和宏『生成論の探求――テクスト 草稿 エクリチュール』(名古屋大学出版会、二〇〇三・六)所収の「『こゝろ』論(3)」や、『漱石研究』第6号(一九九六・五)の小森陽一・石原千秋との鼎談における蓮實重彥の発言にも見られる。
(30) 江藤淳「夢中の「夢」」(『文学界』一九九三・七)。
(31) H・ベルグソン『時間と自由』(平井啓之訳、『ベルグソン全集』1、白水社、二〇〇一・一〇、原著は一八八九)。なお漱石の蔵書には *Time and free will*, Sonnenschein, 1910 という英訳本が存在し、それを参照している。他には『創造的進化』『笑い』の英訳が漱石の蔵書に含まれている。刊行年はいずれも一九一〇年から一一年、つまり明治四三年から四四年にかけてであり、『夢十夜』執筆の後である。しかしジェームズの『多元的宇宙』中の「ベルグソンと知性主義」を漱石は熟読しており、ジェームズを介して漱石はベルグソンの思想をあらかじめ了解していた。

(32) 小倉脩三『夏目漱石――ウィリアム・ジェームズ受容の周辺』(有精堂、一九八九・一二)。漱石の言説におけるウィリアム・ジェームズの影響は「文芸の哲学的基礎」の約一年後におこなわれた講演「創作家の態度」(一九〇八・二、於・青年会館→『ホトトギス』一九〇八・四)にも見られる。ここでも漱石は意識の選択という主題に言及しているが、その含意はAという出来事に次いでBという出来事が継起した場合、「吾々はAと云ふ現象を心裡に認めると、之に次いで起るべきBに就ては、其性質やら、強度やら、色々な条件について出来得る限りの撰択をする」という形で、むしろ先行する出来事によって選択の可能性が限定されるという、反意志的な側面に比重がかけられている。一方、ジェームズにおいては意識の選択は焦点化とほとんど同義であり、「創作家の態度」における漱石の「撰択」説は、「文芸の哲学的基礎」よりもその非意志性においてジェームズに近似しているとはいえ、やはり異質である。むしろここで今の引用につづいて述べられる「仰山に言ふと一時間の意識は其人の生涯の意識を包含して居ると云つても不条理ではありません」といった発言は、ベルグソンの意識観に近いものである。ベルグソンが強調するのは、過去の意識的営為の堆積が現在の活動の方向性を左右するということであり、たとえば『精神のエネルギー』における「前に言ったように、意識は過去をとどめ未来にかかるとすれば、それはまさしく、疑いもなく、意識が選択をするようによびかけているからです」(渡辺秀訳)といった言葉は、漱石がそのまま口にしていたとしてもおかしくない響きをもっている。

（1）「『野火』の意図」（『文学界』一九五三・一〇→『大岡昇平全集』15、岩波書店、一九八二・一一）で大岡は、『野火』の〈神〉が「孤独者を見ている神、保護者としての神から出発」していると語っている。これは小論での考察を補強する面をもつが、この「孤独者」を「見」、「保護」する者が、キリスト教の言説に位置づけられる〈神〉ではなく、あくまでも自己自身から抽出されるものであり、それゆえに彼を否応なく分裂させてしまうことを忘れるべきではない。大岡自身この神を「子供の神」として規定している。

（2）三好行雄『作品論の試み』（至文堂、一九七〇・五）。

（3）亀井秀雄『個我の集合体』（講談社、一九七七・五）。

（4）フロイトの超自我についての規定は主に『自我とエス』（中山元訳、ちくま学芸文庫『自我論集』一九九六・六、所収、原論文は一九二三）による。

（5）村松剛「大岡昇平論」（現代作家論叢書第七巻『昭和の作家たち3』英宝社、一九五五・一一、所収）。

（6）I・モリス「『野火』について」（『海』一九六九・八→日本文学研究叢書『大岡昇平・福永武彦』有精堂、一九七六・三）。

（7）石田仁志は「大岡昇平『野火』論――〈時間〉と自我」（『昭和文学研究』第三四集、一九九七・二）で、この箇所について「確実な予感であった筈の「死」は結局戦場において到来せず、生きている「今」の「私」がここに露呈している」点で、作品の叙述に「決定的な差異」がもたらされているという見方を示している。戦場における田村の死への意識と、執筆時における田村の生への志向との逆行に対する石田の着目は興味深いが、「一七」章のこの地点に至って、語られる対象としての田村の死への意識を裏切る、生の平穏さが浮上してきたわけではない。むしろ隊からの放逐によって生の危機に直面しつづける田村の背後に、その行動を書き綴っている、生き長らえた田村が存在していることは冒頭から示唆されており、「一七」章の記述はそれを明示する機能を担っている。

（8）ベルグソンはここで既視感に対する先行論を受け継ぐ形で、「誤った認知の起源は心的な調子の低下に求められることになろう」（渡辺秀訳、以下同じ、『ベルグソン全集』5、白水社、二〇〇一・一〇、原著は一九一九）と述べている。ベルグソンの見方では既視感も夢の光景も本質的には大差なく、いずれも「正常な状態では他のメカニズムが十分な結果を生ずることを妨げていたあるメカニズムが、弛緩したか停止したか」の状態がもたらしたイメージとして捉えられている。吉本隆明は『共同幻想論』（河出書房新社、一九六八・一二）で『野火』のこの場面を取り上げ、「生理的にいっても心の体験としても〈私〉の体験は、たんに遊びのため山登りに出かけ、疲労したあげくに感ずる誰かの〈既視〉体験とどこもかわっていない」という、ベルグソンと近似した説明を与えている。吉本によれば、ここで田村が「あまり愉快ではない」い感覚を覚えるのは、彼の既視感がこうした一般論のなかに解消されてしまうことによって、自己存在の独自性が相対化されるように感じたからであるとされる。しかし小論の考察に即していえば、田村の感じた〈不快〉は、彼が既視感の理論的根拠として想定するベルグソンの理論が、時間的な連続性を重んじるために、空間的な形における生命の昂揚を軽んじているように受け取られたからであろう。田村にとって生命感の高まりは、むしろ空間的な自他の融合によってもたらされるからである。

（9）G・バシュラール『火の精神分析』（前田耕作訳、せりか書房、一九九九・四、原著は一九三八）。ここでは「火がいっさいの精液の原理であるということは前科学的精神にとってはきわめて当然のこと」であり、錬金術における「果てしない性的な夢想」が、火を用いた「炉の夢想」にほかならないと述べている。

（10）花﨑育代「大岡昇平『野火』論——〈社会的感情〉の彷徨」（『国語と国文学』一九九三・七）。

（11）大岡はこの作品の素材となった人肉食について、「『野火』の中の人食いグループの話は、レイテ島の俘虜収容所で十六師団の兵隊から聞いた話がもとになっています」（「人肉食について」『作家と作品の間』第三文明社、一九七三・一二）と述べ、その信憑性については疑念も呈している。戦時下の事実としては、『野火』の舞台となるフィリピンで人肉食は繰り返しおこなわれていた。永尾俊彦『棄てられた日本兵の人肉食事件』（三一書房、一九九六・一二）によれば、もっぱらフィリピンにおける日本兵の人肉食は、現地人に対しておこなわれ、それができない場合に仲間の日本兵の肉が食われることも珍しくなかったようである。

（12）ダレス特使と吉田首相の会談は二月七日に持たれ、『読売新聞』二月八日には、会談の方向性として、「日本が自らの再軍備をいつまでに実現するか、再軍備の定員、装備等の規模、種別、性格をどうするか等の具体的問題については今後日本が自ら研究し、実現の方法を見出すべく義務づけられたことを意味するものといえよう」と報じられている。一行の来日以降、再軍備に関する記事は繰り返し新聞紙上に現われ、『朝日新聞』二月四日にも、使節団の高官の「日本は進んで自国を防衛するのでなければならない」「日本再軍備費の一部をアメリカが負担するであろう」といった発言が伝えられている。

生き直される時間

（1）確認のためにいえば、執筆の開始の直前である一九八六年一一月の時点では、語り手の「僕」は三十六歳から三十七歳になろうとしており、その「十八年」前は一九六八年である。しかし作者の村上春樹自身はこの時点で三十七歳から三十八歳になろうとしているのであり、「僕」の感慨に相当するものを抱いても不思議ではない。
（2）木股知史「手記としての『ノルウェイの森』」（『昭和文学研究』一九九二・二→『イメージの図像学』白地社、一九九二・一一）。
（3）川田宇一郎の「由美ちゃんとユミヨシさん――庄司薫と村上春樹の「小さき母」」（『群像』一九九六・六）で論じられるように、庄司薫の存在は意外に村上春樹の世界で大きな比重をもっている。川田は、『風の歌を聴け』で語り手の「僕」が学んだ先達の作家として挙げられるデレク・ハートフィールドが、実は庄司薫にほかならないことを、両者の活動と沈黙の期間の照合によって論証している。また庄司薫の『赤頭巾ちゃん気をつけて』に始まる四部作の由美と『ノルウェイの森』の緑が、主人公を性的に挑発しつづける存在である点で、相似形をなしているという指摘がされているが、確かに村上は庄司の由美を下敷きとして緑を造形した節が見られる。
（4）東京二十三区の職業別電話番号簿に最初にディスコ店の名前が掲載されるのは、一九七四年一二月現在における「ディスコ・ゴットネス」（渋谷区）である。ちなみにピザハウスは一九六九年においても、新宿区以外には数店存在している。しかし地理的、時間的に「僕」と緑がそこに行ったとは考え難い。
（5）緑がまとう〈八〇年代〉的な要素としてもう一点加えれば、彼女が平凡な書店の娘であるにもかかわらず、本来富裕な階層の子女が通う私立の中・高校の出身であるという設定にも認められる。緑が高校生であった一九六〇年代半ばはまだ東京でも公立校への志向が強く、日比谷、西といった都立の〈名門校〉が健在であった。この流れが私立校志向へと変化するのは、いうまでもなく一九六七年に始まった「学校群制度」をきっかけとしている。それ以降、学力レベルの高さを求めるだけでなく、「子どもの個性に合った校風の学校で学ばせたい」、「女の子だし、あまり学力が高くないので、いまのうちに私学にいれて大学までいけるようにしてやりたい」（いずれも近みち子「私立中学受験の加熱で小学生があえいでいる」『教育』一九九一・九、による）といった理由で「私立ブーム」が八〇年代から九〇年代にかけて起こってくる。緑の場合は、さらに親の経済力に見合わない学校に通っていたという〈バブル〉的な側面が強い。これが少なくとも六〇年代的な趨勢から距離がある状況であることは明らかだろう。

（6）加藤典洋の『風の歌を聴け』に対する解釈は、『國文學』一九九五年三月号の特集「村上春樹――予知する文学」所収の論文「夏の十九日間――『風の歌を聴け』の読解」にも示されている。それらによれば、「僕」が小指のない少女と出会ったのは八月五日であり、少女がジェイズ・バーに「鼠」を捜しに行った際に、「僕」が「一週間も来ないのは体の具合が悪いんじゃないか」と言われた、その「一週間」は「異界の物語」であるという。この操作によって「8月8日に始まり、18日後、つまり同じ年の8月26日に終る」と前提された物語の時間的なつじつまを合わせることができるとされる。しかしこの読解には重大な欠陥がある。つまりこの作品の主筋は「僕」と四本指の少女の出会いから別れに至る束の間の交わりであり、「18日」間という時間はその短さを示している。したがって「8月8日」と「8月26日」はやはり少女との交わりの始点と終点を指示すると考えるしかない。しかし加藤の読解では「僕」が少女と出会ったのは八月五日という、始点よりも前の地点に追いやられており、これだと少女との出会いが回想的な挿話として位置づけられることになる。

それは加藤が一九七〇年の現実のカレンダーに固執しすぎたところから生じた無理である。加藤は一九七〇年の八月八日が「土曜日」であることを、動かし難い前提とし、そこに作品の時間的な経過を押し当てようとしているが、私は村上春樹が必ずしも現実のカレンダーに忠実に作品を構築したのではないと考えている。確かに「僕」にラジオのＤＪから電話がかかってくる土曜日が八月八日であるとすると、少女と出会ったのはその前に置かれざるをえないが、この作品のなかでは〈八月一一日〉が土曜日である。そう設定することによって、出来事の展開と時間的な設定を無理なく照応させることができる。以下のように小説内の時間は進行していっている。〔　〕内の数字はその内容をもつ章の番号である。

8／8（水）ジェイズ・バーで四本指の少女と出会う。
／9（木）少女のアパートで目覚める。↓〔8〕〔9〕
／10（金）ジェイズ・バーに行き、フランス人水兵と話をする。↓〔10〕（但しこれは前後からの推測による）
／11（土）ラジオのD・Jから電話があり、「僕」宛のリクエスト曲がかかる。↓〔11〕〔12〕〔13〕
／14（火）放送の「三日目の午後」にラジオ局からTシャツが届けられる。↓〔14〕
／15（水）「一週間前に洗面所に寝転がっていた小指のない女の子」に再会する。↓〔15〕
／16（木）少女から電話がかかる。ジェイズ・バーで出会う。↓〔18〕
／17（金）少女から「昨日は楽しかったわ」という電話があり、彼女のアパートに行く。少女は明日から「一週間ほど」旅行をするという。↓〔22〕
／24（金）少女が一週間ぶりに「旅行」から帰る。↓〔33〕
少女と一緒に食事をする。「僕」は「来週」東京に帰ると言う。↓〔35〕
少女のアパートへ行くが、性交を断られる。↓〔36〕
／25（土）ラジオのD・Jの語り。↓〔37〕
／26（日）「僕」は東京へ帰る。↓〔38〕

この設定だと前半部分では八月の日付と章の番号がほぼ一致していることが分かる。あるいは〈26章〉でこの作品を終わらせるという構想が初めは抱かれていたのかもしれないが、前半部分の照合は、やはりこの作品の時間的な設定を示唆するものといえよう。とくに八月一一日に想定されるD・Jの語りが置かれるのが「11」章であることは見逃せない。ここに含まれていない数字の章においては、「僕」の幼少年期の回想か、「鼠」との交わりが語られているが、本論で述べたようにここで語られる「僕」と「鼠」の交わりは、すべて六〇年代のものの挿入と考えられるために、この表から省いている。なおこれを現実のカレンダーに当てはめると、八月五日から二三日に至る物語となるが、それでは「僕」が郷里の街を去るとともに夏が終わるという感覚は弱められる。またD・Jの語りは確かに〈月曜の夜〉よりも「土曜の夜」の雰囲気により相応しいだろう。そのためあえてカレンダーに逆らって、三日間を後にずらしたのだと考えられる。

（7）『ビートルズ詩集』（岩谷宏訳、シンコー・ミュージック、一九八五・四）。なおこの訳詩集のなかでは“Norwegian Wood”の表題は「北欧調の部屋」と訳されている。

（8）付言すれば、国名としての「Norway」は一般に「ノルウェー」と記されるはずである。この長篇小説の表題が「ノルウェーの森」ではなく「ノルウェイの森」であるのは、やはりwayの含意を前景化させようとする配慮によるものであろう。

（9）川田宇一郎の「由美ちゃんとユミヨシさん——庄司薫と村上春樹の「小さき母」」（前出）にも、「直子は古い緑であり、緑は新しい直子である」という記述があるが、ここではそれは「車のモデルチェンジと同じである」という比喩として提示されており、〈転生〉の視点からは捉えられていない。

あとがき

本書は日本の近・現代文学を対象として、その生成の機構を〈作者〉の側に比重をかける形で追ってみた試みである。

二〇世紀後半に〈作者の死〉が文学研究における一般的な一般的な了解事項となったが、文学作品が作者によって〈書かれる〉ものなのか、時代・社会の文脈のなかでおのずと〈成る〉ものなのかという問題を考える際に、私にはどうしても前者の側面が捨象しえない前提として存在するように思われた。もちろん筆を執って言葉を連ね始めた作者は、その生成の流れに身を委ねるしかなく、人物の行動や感情を力ずくで動かしていくということはできない。にもかかわらず、作者はやはり全体を支える企図をもって作品を構想し、それを実現するべく書き手となったはずである。おそらく小説の作者は、初めに立てた全体的な構想を、実際に叙述を進める段階で生まれてきた微視的な展開によって裏切られつつ、それを止揚する中間的な視野を絶えず更新することによって、一篇の作品を完成に導いていっている。また具体的な表象をもたらしながら、その性格や方向性を明確にする過程で、創作の起点にあるものを作者が遡及的に明確にしていくということも珍しくないだろう。いずれにしても、小説を含む芸術作品の創作は、表現に対する支配と被支配のせめぎ合う関係のなかに作者が置かれることによって、はじめて実現されるものであるに違いない。

ここではその関係のなかの「支配」の側に重きを置いて小説の構築を眺めてみたわけだが、動かし難い前提は、やはり作者が〈書き手〉である限り、書かれるものは書き手の意識によって限定されざるをえないということである。それは歴史叙述に対する言説と比較することによっても明瞭になると思われる。アーサー・ダントやヘイドン・ホワイトの著作に見られるように、歴史叙述が客観的な〈事実〉の列挙ではなく、国や民族に起こった（あるいは起こらなかった）出来事を、書き手としての歴史家が執筆時の意識によって整理し、一つの因果性を押し出す形で編み上げた〈物語〉であるという考え方が、やはり二〇世紀後半に一般化していった。歴史叙述がそうした性格をもつ言説であるならば、初めから事実性の裏付けを必要としない虚構の産物である小説が、作者の意識によって左右される度合いが乏しいということはありえないはずである。歴史叙述の検討において書き手の主観的な意識が取り沙汰され、虚構の創作を論じる際には書き手の主体的な造形意識が相対化されるという、奇妙な逆説が生まれているようにも見えた。

もっともここであげつらおうとした〈作者〉は、生活者としての生身の存在ではなく、自他における経験や出来事を語り直しつつ、そこでもたらされてくる表象に一つの方向性を与えていく〈機能〉としての存在であったが、それが作品の読解によって読み手が見出す〈解釈〉にすぎないことは分かっている。その点で私がここでとった方向性は、いわゆるテクスト論的な批評とさして異質ではない。またこうした方法は、〈解釈〉として作品から抽出した〈機能としての作者〉の像を、あらためて起点として作品の造形を吟味していくという、循環論法的な性格を帯びているかもしれない。そのとき論理の循環性に歯止めをかける補助線を提供しているものが、結局生活者としての作者の存在であり、作品の表象をもたらしていく作者の〈機能〉が、生活者としての作者の営為と決して無関係ではなく、暗喩的な照応関係をなしていることが見て取られた。

こうした問題を、個々の作品を一通り論じ終えた後で書いた序論において考えてみたが、その論を書きつつあった際に加藤典洋氏の『テクストから遠く離れて』が『群像』に連載されていたのは、興味深い重なりであった。加藤氏は作品の読解を作者に連繫させないテクスト論批評への不満から、作品をつくる主体としての作者の存在をあらためて浮き彫りにしようとしていた。序論の「語り直す機構」で述べたように、私は加藤氏の論に全面的に賛同したわけではないが、基本的な立場としては強い共感を覚えた。また同じ章で言及したように、やはりほぼ同じ時期に上梓された松澤和宏氏の『生成論の探求――テクスト 草稿 エクリチュール』にも示唆を与えられた。総論的な立場には距離を感じながら、各論的には共鳴しうる部分が大きく、対蹠的な立場をとっているはずの加藤氏の論に、いわば背中合わせの形で重なってくるように見えたのは興味深かった。

ここで私がとった〈機能としての作者〉という観点は、前著にあたる『三島由紀夫 魅せられる精神』のなかに含まれる「戦略としての〈告白〉」という『仮面の告白』論を書いている時に明確になったものである。この作品が同性愛者の現在に至るまでの性愛の来歴を告白するという体裁をとっていながら、後半部分においてはその設定に逆行する、平凡ともいえる異性愛の経験が語られている齟齬をもつことの意味について考えていくと、結局語り手は自己を同性愛者として仮構することによって、執筆時に近接する出来事であった、自身の異性愛の破綻を正当化し、宿命化しようとしているのではないかということに気づかされた。そう考えると、浮び上がってくるのは、そうした齟齬をあえてつくることによって、叙述に一つの基調をもたらそうとしている〈作者〉の存在であった。本書に収録された論考のなかでは、まとまったものとしては「表象しての〈現在〉――『細雪』の寓意」がもっとも早く書かれているが（「〈物語り〉えない語り手――『卍』と大阪言葉」の一部はそれ以前に発表されている）、論中でも言及しているように、これは渡部直己氏の「雪子と八月十五日――『細雪』を読む」（『谷崎潤一郎 擬態の誘惑』所収）に触発されて書かれた側面が大きい。太平洋戦争前の状況を映しているはずのこの作品のなかに、作者谷崎が筆を執っている戦中から戦後にかけての時間が刻みつけられているという着想はきわめて興味深く、それに導かれて『細雪』をあらためて読み直してみると、そうした執筆時の作者の眼差しはこの作品のそこかしこにちりばめられていることに気づかされた。結果的には渡部氏の把握とはかなり異質な内容の論考となったが、先蹤としての渡部氏の批評の価値は揺るがないものである。

今挙げた論者たちに加えて、小森陽一氏の論考も、多岐にわたって参照させていただいた。本書に収められた論考が、こうした優れた批評、研究の成果と多少とも拮抗していれば幸いである。構成としては谷崎潤一郎と大江健三郎に比重をかけた形になったが、それは作品から抽出しうる〈機能としての作者〉が蓋然的なものではなく、作家にとって一つの総体的な方向性を示していることを明らかにしたかったからである。その結果、谷崎については時代・社会に対する批評意識、大江については社会を支えるべき秩序への希求という、それぞれ従来の把握とはむしろ逆行する像が抽出されることになった。谷崎、大江以外に論じた作品は四つにすぎないが、それらについても、起点にいる生活者としての作者に眼を配りつつ、表象を構築する主体としての〈作者〉の営為を括り出すことによって、作品と作家の新しい様相を見出す〈冒険〉ができたのではないかと思っている。なお理論的にはポール・リクールの物語論と、ジャック・ラカンの精神分析理論に依るところが大きかった。とくにラカンの鏡像段階論と象徴的去勢の理論は数度にわたって援用することになったが、結局小説のなかに現われる人物は、想像的な鏡像段階をなかなか脱することができず、象徴的秩序の浸透によって去勢されきらない、未成熟さをはらんだ人間たちなのであろう。だからこそ彼らは読み手にとっての〈鏡〉としての意味をもちうるのに違いない。

最後に、本書の出版を快く引き受けてくださった新曜社の堀江洪氏と、論考の内容から各章の構成に至るまで、丁寧な示唆を与えてくださった、編集部の渦岡謙一氏に深い感謝を捧げたい。

二〇〇四年六月

柴田勝二

初出一覧

序

語り直す機構――〈機能としての作者〉と『舞姫』　『敍説』Ⅱ―07（二〇〇四・一）

Ⅰ

遡行する身体――『痴人の愛』の文化批判　『東京外国語大学論集』65号（二〇〇三・三）

〈物語り〉えない語り手――『卍』と大阪言葉

「谷崎潤一郎と大阪言葉」（東京外国語大学『日本研究教育年報』2号（一九九八・三））

「合一と侵犯の間で――『或る女』『春琴抄』『卍』における性交」（『敍説』Ⅱ―06（二〇〇三・八））を融合

表象としての〈現在〉――『細雪』の寓意　『日本文学』二〇〇〇年九月号

Ⅱ

〈戦い〉の在り処――『芽むしり仔撃ち』の〈戦争〉　『敍説』Ⅱ―04（二〇〇二・八）

〈鏡〉のなかの世界――『個人的な体験』のイメージ構築　『東京外国語大学論集』66号（二〇〇三・一一）

希求される秩序――『万延元年のフットボール』の想像界と象徴界　東京外国語大学「総合文化研究」6号（二〇〇三・三）

Ⅲ

生きつづける「過去」――『夢十夜』の表象と時間　『敍説』Ⅱ―06（二〇〇三・八）

審美的な兵士――『野火』の狂気と倫理　『敍説』Ⅱ―05（二〇〇三・一）

生き直される時間――『ノルウェイの森』の〈転生〉　『敍説』Ⅱ―03（二〇〇二・一）

「審美的な兵士――『野火』の狂気と倫理」は『大岡昇平『野火』作品論集』（亀井秀雄編、クレス出版、二〇〇三・六）にも収載されている。なお本書に収録するにあたって、各論考に多少の改稿を施している。

や 行

ら 行

わ 行

ま　行

な　行

は　行

た　行

か 行

さ 行

人名・作品索引

著者紹介
柴田勝二（しばた しょうじ）
1956年兵庫県生まれ。大阪大学大学院（芸術学）博士課程修了。
現在，東京外国語大学教授（日本文学）。
著書に『大江健三郎論――地上と彼岸』（有精堂，1992），『三島由紀夫 魅せられる精神』（おうふう，2001）など。

新曜社
〈作者〉をめぐる冒険
テクスト論を超えて

初版第1刷発行　2004年7月15日©

著　者　柴田勝二
発行者　堀江　洪
発行所　株式会社　新曜社
101-0051　東京都千代田区神田神保町2-10
電話（03）3264-4973（代）・FAX（03）3239-2958
URL：http://www.shin-yo-sha.co.jp/

印　刷　長野印刷商工
製　本　イマヰ製本
Printed in Japan
ISBN4-7885-0904-0　C1095